KB125758

감히 넘볼 수 없게 하라

패션의 권력학

감히 넘볼 수 없게 하라

패션의 권력학

초판 발행일 2021년 10월 30일
지은이 계정민
펴낸이 유현조
책임편집 강주한
디자인 연못
인쇄·제본 영신사
종이 한서지업사

펴낸 곳 소나무
등록 1987년 12월 12일 제2013-000063호
주소 경기도 고양시 덕양구 대덕로 86번길 85(현천동 121-6)
전화 02-375-5784
팩스 02-375-5789
전자우편 sonamoopub@empas.com
전자집 post.naver.com/sonamoopub1

ISBN 978-89-7139-706-0 03840

감히 넘볼 수 없게 하라

패션의 권력학

계정민 지음

소나무

머리말 따라하기와 구별짓기

1부 실버포크 소설의 부상

1장 실버포크 소설: 품격을 쇼핑하기

2장 콜번의 유혹하는 마케팅

2부 댄디, 댄디즘, 여성

3장 댄디의 탄생

4장 댄디즘: 무위의 포즈, 응시의 갈망, 미학적 소비

5장 실버포크 소설과 여성

3부 실버포크 소설의 몰락

머리말

따라하기와 구별짓기

낯선 세상에서 살아남기

이제까지 살아오던 세계와는 전혀 다른, 경험해보지 못한 세상으로 들어서는 일은 극한의 공포와 함께한다. 산업혁명의 한복판을 통과해야 했던 19세기 영국의 노동자들이 생생하게 드러내던 충격과 두려움의 반응도 그리 놀라운 일은 아니다. 증기기관차의 탄생은 마부들을 경악시켰다. 거대하고 빠르게 움직이는 쇳덩어리 앞에서 그들이 모는 마차는 왜소하고 무기력했다. 거친 몸짓으로 두려움을 몰아내고 무력감을 떨쳐내려고 했던 노동자들도 있었다. 방직노동자들은 자신들을 작업현장에서 밀어낸 기계를 파괴했고, 세상은 이들을 러다이트Luddite로 불렀다.

새로운 기술문명의 등장은 노동자들만 불안에 떨게 한 것은 아니었다. 지식인들 역시 급속도로 이루어지는 변화 앞에 현기증을 느꼈다. 이 시기 신학적 논쟁의 커다란 부분은 속도와 관련된 것이었다. 철도의 괴기할 정도로 빠른 속도에 경악한 성직자들은 신의 뜻을 말하며 반대의사를 밝혔다. 만일 하나님께서 인간이 그토록 빠르게 이동하기를 바라셨다면, 인간을 창조할 때 날개를 달아주셨으리라는 것이 반대의 이유로 제시되었다.

영국의 중간계급에게 산업혁명은 위기나 불안이 아닌 도전과 기회로 다가왔다. 산업혁명과 함께 기존의 경제적·계급적 질서가 무너져 내리고 있었기 때문이다. 이들은 대개 초라한 작업장 안에서 가족들의 노동력에 의지하는 소규모 수공업에 종사하거나, 지역 내에서 동네사람들을 상대로 상점을 운영하며 살아갔다. 동력기관과 새로운 기계의 발명은 대량생산을 가능하게 만들었고, 혁신적인 운송수단의 등장은 장거리 거래와 더 나아가 해외무역을 시도할 수 있게 했다. 일수놀이 정도의 규모로 이루어지던 금융산업 역시 규모와 지역을 빠르게 확장해갔다. 급속한 변화의 과실은 중간계급 주변에 가장 많이 떨어졌고, 이들은 산업혁명 최대의 수혜자가 되었다.

산업혁명의 소용돌이 속에서 계급 재배치는 빠르게 진행되었다. 토지를 기반으로 농업생산에 전적으로 의존하던 귀족계급은 회복하기 힘든 타격을 받았고 빠르게 쇠락해갔다. 다급해진 귀족계급은 경제적 기득권을 수호하기 위한 다양한 시도를 계속했다. 외국에서 수입하는 곡물을 제한하여 영국 지주계급의 이익을 보장하고자 했던 곡물법(Corn Law)은 그 대표적인 사례가 된다. 이런 시도는 귀족계급이 사회적 책임감이나 애국심과는 거리가 먼, 탐욕과 이기심에 가득한 집단임을 폭로하는 계기로 작용했다. 귀족계급에 대한 실망과 혐오는 전통적으로 승인되던 사회적 신분과 위계에 대한 저항감을 촉발시켰다. 대중의 적대감은 강화되었고, 귀족계급의 정치적 몰락은 가속화되었다.

생산수단의 변화는 계급적 유동성을 가져왔고, 중간계급은 기회를 결코 놓치지 않았다. 이들은 변화의 물결에 올라탔고, 증가한 부를 발판으로 정치적 영향력을 확대해나갔다. 중간계급의 상층부가 참정권을 얻게 된 1832년 선거법 개정(Reform Bill)은 앞으로 이들이 거둘 거대한 승리의 서막이었다. 이들은 정치권력뿐 아니라 상징자본까지 열망했다. 학위에 대한 중간계급의 욕망은 옥스브리지Oxbridge를 둘러싼 귀족계급의 강고한 방어선을 넘지 못하고 좌절되는 것 같았다. 하지만 이들의 열망은 런던대학의 설립이라는 우회로를 통해 실현되었다.

중간계급의 인정욕구와 소설사용법

중간계급은 새로 획득한 경제적 지위에 걸맞은 사회적 존경을 욕망했다. 이들의 인정욕구는 전혀 다른 두 가지 경로를 통해 분출되었다. 하나가 도덕적·윤리적 우월성에 대한 승인이라면, 다른 하나는 품격을 갖춘 소비의 과시였다.

중간계급은 극도의 쾌락을 추구하느라 윤리적 황폐함을 드러낸 귀족계급의 삶과는 완전히 다른, 절제와 근면 그리고 검약을 실천하는 삶을 통해 도덕적 수월성을 입증하려고 했다. 중간계급은 도덕적 차별성을 극대화하기 위해 여성을 동원했다. 여성이 두 계급을 가장 선명하게 나누는 경계선이라고 판단했기 때문이다.

문학텍스트에 재현된 귀족계급과 중간계급 여성의 모습을 살펴보더라도 중간계급의 판단은 크게 어긋나 보이지 않는다. 영문학에서 기사가 사랑한 여인은 대부분 기혼여성이고, 그들의 사랑을 찬미한 기사도문학은 불륜문학으로 부를 수 있기 때문이다. 랜슬롯 경Lord Launcelot과 격렬한 사랑에 빠졌던 기네비어Guinevere는 아서 왕King Arthur의 부인이었다.

문학텍스트에서 중간계급 여성은 불륜관계의 여주인공이던 귀족여성과는 전혀 다른 유형의 인간으로 그려진다. 중간계급 여성은 가정 밖의 세상과는 분리되어 타락의 가능성이 소거된, 섹슈얼리티 자체가 부재한 '가정의 천사(Angel in the House)'로 재현된다. 중간계급은 자기계급 여성의 무성성(asexuality)과 귀족여성의 성적 타락을 대비시킴으로써 윤리적 우월성을 과시하는 전략을 채택했다. 중간계급은 여성의 섹슈얼리티에 대한 엄격한 통제를 시도했고, 이들이 시도한 여성 섹슈얼리티의 통제에는 모성의 규제마저 포함됐다. 중간계급은 "레즈비언적인 쾌락"[1]을 방지하기 위해 수유 회수와 시간 그리고 장소까지 세밀하게 관리했다.

인간의 심리는 단순하지 않다. 그녀와 그의 내면은 복잡하고 중층적이다. 인간의 행위 역시 마찬가지다. 그녀와 그의 행동은, 짐작과는 전혀 다른, 모순과 역설로 가득하다. 영국의 중간계급은 귀족계급과 윤리적 구별짓기를 통해 사회적 인정을 받으려 했다. 하지만 이들은 귀족계급의 무절제하고 사치스러운 삶도 따라하려 했다. 이들의 행위는 난해하고 극단적으로 모순되지만, 또한 열기로 가득했다.

19세기 초엽 영국사회는 섭정황태자시대(Regency Era, 1811~1820)를 통과하고 있었다. 섭정황태자시대는 이전에도 없었고 이후에도 다시 나타나지 않은 매우 독특한 시간으로 기록된다. 무엇보다도 이 시대는 귀족계급 남성의 패션과 소비가 그 화려함과 사치에서 절정에 이른 시기였다.

중간계급 남성은, 특유의 성실성과 집요함으로, 이 시기 귀족남성의 스타일을 따라했다.

귀족계급의 삶을 흉내 낸 것은 중간계급 남성들만은 아니었다. 중간계급 여성들 역시 귀족여성의 삶을 모방했고, 그렇게 하도록 권장되었다. 거대한 계급 변동성을 가져온 산업혁명은 젠더공간과 젠더역할도 재배치했기 때문이다. 중간계급 여성은 '천사'이기는 하지만 '가정'의 천사로 규정되었고, 그들의 영역은 가정 '안'으로 축소되었다. 산업혁명 이전에는 남편과 아내가 '함께' 가내수공업에 종사하거나 소규모 상점을 운영했다면, 산업혁명이 가져온 대량생산과 경영의 전문화는 중간계급 여성을 생산현장에서 몰아냈다.

이제 중간계급 여성의 역할은 무성적인 존재로 남는 것만으로 충분하지 않게 되었다. 그들은 가정 안에 머물면서 남편의 성취를 드러내는, 트로피 와이프 같은 장식적이고 소비적인 존재가 되도록 요구받았다. 중간계급 여성에게는 우아하게 차려입고 품격 있게 소비하고 세련되게 행동하는 것이 기대되었고, 이들의 귀족여성 따라하기는 그 자연스러운 귀결이었다.

장식적·소비적 존재로서의 여성은 귀족계급과 중간계급 여성에게만 해당되는 것이었다. 가족의 생존을 위해 가정 밖으로 나가 일해야만 했던 노동계급 여성은 결코 이 범주 안으로 들어갈 수 없었다. 여기가 바로 중간계급과 하위계급을 가르는 경계선이었다. 집 밖에서 가혹한 노동을 수행하느라 탈진한 상태로 집에 돌아온 여성노동자들에게는, 그들이 해야 할 집안일이 기다리고 있었다. 식사준비, 육아, 청소와 같은 가사노동

1811년부터 섭정황태자로 지내다 1820년에 왕위에 오른 조지 4세는 댄디즘의 창시자 뷰 브러멜을 총애했고, 스스로도 패션 아이콘으로 군림했다. 조지 4세의 선도와 격려 속에 영국의 댄디즘은 꽃을 피웠다.

은 여성의 몫으로 성별화(gendering)되었기 때문이다. 임금노동과 여기에 더해 여성의 어깨에만 얹어진 집안일을 감당하기 위해 수면과 휴식시간이 희생되었고, 기혼 여성노동자의 건강과 삶의 질은 치명적으로 훼손되었다.

(1980년대 초반 동해안에 있는 마을로 하계농활을 간 적이 있다. 바닷가 근처의 농촌이 대개 그렇듯이, 농사를 주로 하면서 고기잡이나 해산물 채취도 함께하는 곳이었다. 그곳에서 3주가량 머물면서 여성이 수행하는 살인적인 노동량을 목격했다. 그들은 새벽부터 부엌일을 하다가 바다에 나가 물질을 했고, 등에 아이를 업고 밭일을 했다. 날이 저물면 집에 돌아와 저녁을 준비했고 밤늦게까지 못 다한 집안일을 했다. 그곳에 머무는 동안 나는 그들이 낮잠을 자거나 제대로 된 휴식을 취하는 모습을 보지 못했다. 여성농민회 간사는 이 마을이 다른 농촌지역에 비해 여성노인의 비율이 낮다고 말했다.)

중간계급 얘기를 계속하자. 19세기 영국의 중간계급에게 소설은 단지 이야기의 즐거움이나 예술적 향취를 전달하는 문학텍스트로 존재하지 않았다. 정규교육을 많이 받지 못한 중간계급 독자에게 소설은 교양을 키워주고 사회와 역사, 정치에 대한 비판의식을 심어주는 학교였다. 이들은 소설을 읽으면서 철학적 사유와 만났고, 신학적 쟁점에 관해 알게 되었고, 영국 정치와 외교의 작동방식을 배웠다. 중간계급에게 소설은 "거의 모든 종류"를 포괄하는 "지식의 매개체"와 "정보체계"[2]가 되었다.

중간계급의 소설사용법에는 소설에 나오는 대로 귀족계급을 따라하기도 있었다. 중간계급이 귀족 따라하기 매뉴얼로 선택한 소설장르는 실버포크Silver Fork 소설이었다. 소설의 명칭으로 식기류가 사용되는 것은 자주 있는 일은 아니므로 미리 짧게 이야기하고 가자. 우리의 '금수저'에 해당하는 영어표현은 '은수저(silver spoon)'가 된다. '은수저'라는 단어가 세습된 경제적 부를 의미한다면, 실버포크라는 단어는 생선요리를 먹을 때 은제포크를 사용하는, 막대한 부에 더해 문화적 소양까지 물려받은 최상류계급을 가리킨다.

이름에서부터 계급성을 분명하게 드러내는 실버포크 소설은 이 시기의 영국소설이 주목하던 지점과는 다른 곳을 바라보았다. 당대의 작가들이 사회변혁이나 제도개혁에 집중했다면, 실버포크 소설가들은 귀족들의 라이프 스타일에 관한 정보로 텍스트를 구성했다. 소설 속에는 귀족들이 어떤 음식점에서 식사를 하고, 의상은 어느 곳에서 맞추고, 장신구는 어느 상점에서 구입하며, 집 안 내부는 어떻게 장식하고, 휴가철에는 어디에 가서 무엇을 하는지에 관한 정보가 가득했다.

처음 등장했을 때 실버포크 소설은 비평적 호응을 받지 못했다. 대부분의 비평가들은 이 소설장르를 "견습생과 양재사들을 위해 씌어진"[3] 소설로 폄하했고 어두운 전망을 제시했다. 얼마 지나지 않아 출판시장에서 사라질 것으로 예견되던 실버포크 소설이 열광과 환호의 대상이 된 것은, 전적으로 중간계급 독자 덕분이었다. 실버포크 소설은 중간계급이 궁금해하던 귀족계급의 소비와 여가에 관한 자료를 충실하게 제공했다. "사업이나 혹은 무역을 통해 돈을 번" "서투르고 예법이 형편없으며 상스러운 중간계급 벼락출세자들"[4]에게 실버포크 소설은 "일종의 궁정행사 일보(Court Circular)"나 "예법에 관한 교과서"[5] 역할을 수행했고, 1820년대 후반과 1830년대 초반에 이르는 기간 대중적 인기의 정점을 차지할 수 있었다.

중간계급 독자들은 귀족들이 참가하는 무도회와 그곳에 입고 가는 의상과 착용하는 장신구, 여름휴가를 위해 구입하는 호수와 바다 근처의 별장, 사교모임의 종류와 각각에 맞는 예법 등에 관한 정보를 실버포크 소설에서 얻었다. 이들은 소설 속에 묘사된 상위계급의 삶을 충실하게 모방하는 데 소유한 재력을 아낌없이 사용했다. 이제 중간계급은 자신들이, 최소한 외면적으로는, 귀족처럼 살아가게 되었다고 자신했다. 하지만 중간계급의 귀족 흉내는, 리스터Thomas Henry Lister의 소설 『그랜비Granby』에서 코트니Courtenay가 지적한 것처럼, 아직 서투르고 흉하게 보이는, "기는" 정도의 수준에 머물렀다.

> 성공하는 데는 여러 가지 방식이 있고, 이것이 아주 예외적인 방법은 아니지만 신흥부자들이 매우 잘 이해하는 방식이지. 상류사회에 끼어드는 아주 멋진 방식은 아니지만, 사람들은 걸어 올라갈 수 있게 되기 전에는 기게 마련이지.

댄디의 등장

19세기 내내 영국의 귀족계급은 치솟아 오르는 중간계급의 기세에 위축됐다. 경제적 지위는 하락했고, 정치권력도 중간계급에게 상당부분을 나눠주어야 했다. 계급적 좌절감은 특히 젊은 세대의 귀족들에게 크게 다가왔다. 이들은 태어나서 경제적 우월감을 제대로 한번 느껴보지 못했고, 먼 조상이나 심지어는 바로 앞 세대에게도 태생적으로 보장되던 정치권력마저 중간계급에 의해 잠식당하는 것을 무력하게 지켜봐야만 했다. 영락한 귀족 혹은 '가세가 기운 양반집'에 태어나 자란 젊은이들에게 남아 있는 것은 문화자본이었다.

사람은 자기가 지닌 것 중 우월한 것으로 승부를 건다. 19세기 영국의 귀족 젊은이들 역시 마찬가지였다. 이들은 중간계급 남성이 — 화려한 의상과 호화로운 장신구에도 불구하고 — 아직 투박하고 '촌스러운' 스타일에 머문다는 사실에 주목했다. 프랑스어를 모국어처럼 사용하고 유럽대륙의 문화와 예술에 해박하며 그곳에서 유행하는 첨단의 패션을 소비하는 자신들과 비교하면, 중간계급 남성은 귀족남성의 삶을 서투르게 흉내 내는 수준에 불과하다고 판단한 것이다. 젊은 귀족남성들은 문화자본을 과시하는 세련되고 독특한 스타일을 개발해 중간계급 남성과의 구별짓기를 시도했다. 세상은 이들을 댄디Dandy로, 이들이 전시한 스타일과 태도, 가치관을 댄디즘Dandyism으로 불렀다.

댄디는 중간계급의 가치관인 근면성과 실용성, 생산성을 거부하고 장식성과 무용성, 비생산성에 집착했다. 댄디는 나른하고 권태로운 포즈로 중간계급이 기획했던 노동의 존중으로 이루어진 세계와 맞서려 한 것이다. 그의 하루일과는 다음과 같이 요약된다. 오후 느지막이 일어나 외모를 치장하는 데 많은 시간을 보내고, 기괴할 정도로 '튀는' 복장으로 시내 한복판을 천천히 산책한다. 댄디의 산책을 통한 여유로움 혹은 나태함의 전시는 거북이를 데리고 산책한 데서 그 정점에 이르렀다. '거북이와 산책하기'는 19세기 초 프랑스 파리에서 이미 목격되었고, 나중에 보들레르Charles Baudelaire의 행위로 유명세를 탔다는 점에서 영국귀족들의 독창적인 퍼포먼스라고 하기는 어렵다. 하지만 거북이와 함께 산보하는 모습은 바쁘게 일하는 중간계급과 구별짓기를 하는 데 매우 효과적인 스펙터클이었다. 산책을 마치면 댄디는 클럽에 들르거나 파티에 참가해 시간을 탕진했다. 댄디는 중간계급이 드러내는 삶에 대한 진지하고 열정적인 태도를 경멸했고, 심각한 문제도 가볍고 경쾌하게 혹은 심드렁한 태도로 처리했다.

댄디즘을 구성한 것은 무위와 권태를 과시하는 행위에서 분명하게 드러난 계급적 차별성만은 아니었다. 댄디즘에는 젠더적인 전복성도 함께 들어 있었다. 댄디는 '거울 앞에서 외모를 꾸미는' 일에 가장 많은 시간과 관심, 열정을 투입했다. 섬세하게 손본 머리와 화장한 얼굴, 정교하게 재단된 의상, 빈번하고도 다양하게 사용되는 장신구는 댄디의 외양을 특징지었다. 스스로를 아름답게 가꾸고 화려하게 치장하여 타인의 시선을 받으려는 욕망은, 여성으로 성별화된 속성이었다. 타인의 시선을 갈망하며 남다른 패션과 스타일로 자신의 육체를 스펙터클로 전시하는 댄디가 젠더규범에 대한 도전과 저항이 되는 이유다.

중간계급은 댄디를 향해 매혹의 시선을 보냈다. 댄디가 구별짓기를 시도한 대상인 부르주아계급이 오히려 댄디즘의 신봉자가 된 것이다. 실버포크 소설이 댄디에 관한 정보를 충실하게 담고 있을수록 소설의 인기와 판매량은 증가했는데, 이런 사실은 중간계급이 댄디 따라하기에 기울인 열정을 반증한다.

댄디는 계급과 젠더이데올로기가 작동되는 복합적인 구성물이었다. 하지만 빅토리아시대 영국인들은 댄디를 오직 외모꾸미기에 치중하는 존재로만 생각했고, 댄디의 스펙터클 뒤에 은폐된 강렬한 계급적 욕망과 젠더적 전복성을 보지 못했다.

중간계급 청년들은 댄디즘을 주저 없이 수용했고 빠르게 모방했다. 댄디즘은 중간계급 남성의 소박하고 단순한 옷차림, 삶을 더 낫게 만들기 위한 열정, 노동하며 흘리는 땀의 고귀함을 전면적으로 거부하는 몸짓이었다. 댄디즘이 중간계급 남성성과는 도저히 함께할 수 없는 가치 체계라는 점을 고려한다면, 중간계급 젊은이들의 이런 반응은 납득하기 힘든 아이러니로 다가온다. 하지만 중간계급에게 내재된 상승과 인정에 대한 강한 욕구를 기억한다면, 이들이 상위계급의 라이프 스타일을 적극적으로 따라하는 것을 망설이지 않았다는 사실이 그리 놀랄 일은 아니다. 중간계급은 자신들의 가치관과 상반된 삶의 방식을 흉내 내서라도 문화적 소양의 결핍을 극복하고 사회적 존경과 승인을 획득하려고 했다.

비판과 조롱, 노동자/소비자의 탄생

중간계급의 귀족 따라하기는 거센 비난과 공격에 직면했다. 당대의 지식인들은 앞다투어 중간계급의 행태를 혹독하게 꾸짖었고, 칼라일Thomas Carlyle은 그 맨 앞줄에 있었다. 비판의 목소리는 특히 댄디 따라하기를 향해 가장 크게 울렸다. 귀족계급의 문화자본이 총동원되어 구성된 댄디즘은 중간계급이 지향하는 삶의 방식과는 가장 멀리 떨어진 것이기 때문이었다. 댄디 따라하기가 계급적 배신행위로까지 간주되었던 이유다.

중간계급이 귀족의 삶을 모방하는 행위에 대한 태도와 대응은 1832년을 통과하면서 달라지기 시작했다. 기억하자. 1832년은 영국사회의 많은 것이 달라진 시대적 분기점이었다. 영어로 쓰인 가장 뛰어난 장편소설의 하나인 엘리엇Geroge Eliot의 『미들 마치Middlemarch』가 1832년에 선거법개정안이 의회에서 통과되었다는 사실을 알리며 끝을 맺는 것도 우연은 아니다. 중간계급 남성의 일부에게 선거권을 허용한 1832년 1차 선거법 개정을 시작으로 2차, 3차로 개정작업은 이어졌고, 중간계급의 정치적 영향력과 사회적 지배력은 확대되었다.

계급적 영향력이 커져가면서 중간계급의 귀족 따라하기에 대한 비판의 목소리도 격렬한 분노에서 조롱으로 바뀌어갔다. 정당한 사회적 인정과 정치적 배당을 받지 못하고 있다는 불만과, 다시 귀족계급의 지배가 강화될 수도 있다는 불안이 1차 선거법 개정으로 누그러졌기 때문이다. 정치적 지위를 승인받았다는 사실은 중간계급의 자신감을 상승시켰고, 귀족을 모방하는 행위에 대해서도 이전보다는 훨씬 여유로운 태도를 취할 수 있도록 만들었다.

빅토리아시대 소설에서 댄디 따라하기에 대한 거센 비난과 공세가 조롱과 냉소로 바뀐 것은 이런 변화를 반영한다. 댄디를 흉내 내는 중간계급 청년은 계급적 우려를 자아내는 인물에서, 상징자본의 결핍과 미학적 빈곤함으로 인해 실소를 짓게 만드는 코믹 캐릭터로 재현되기 시작했다. 댄디 따라하기가 중간계급이 어렵게 확보한 지배력을 감소시키는 계급적 위반에서, 철없는 젊은이들이 벌이는 우스꽝스러운 일탈로 축소된 것이다.

중간계급의 댄디 따라하기에 대한 문학적 대응은 거센 비난과 공격에서 조롱과 비웃음으로 전환되는 데 그치지 않았다. 문학은 귀족계급의 남성성과 분명하게 구별되는, 중간계급의 가치를 반영하고 강화하는 남성성을 규범적 남성성으로 구축하고 유포하는 데까지 나아갔다. 새커리 William Makepeace Thackeray가 쓴 『허영의 시장(Vanity Fair)』은 그 대표적인 사례다. 새커리는 귀족을 따라하는 중간계급을 속물(snob)로 조롱하던 지점에서 한 발 더 나아가 중간계급 남성성을 구현한 캐릭터를 창조하고 그를 이상적인 남성상으로 제시했다.

계급적 자부심과 자신감이 커지면서 중간계급은 따라하기 대열에서 빠르게 이탈했고, 새로운 대오가 이들이 빠져나간 자리를 메꿔나갔다. 노동자계급이 바로 그들이었다. 노동자들은 계급혁명의 전사로 혹은 체제를 위협하는 세력으로 '굶주린 40년대(Hungry Forties)'를 통과했다. 1840년대 후반기에 시행된 노동개혁의 수혜자가 되면서 이들은 품위 있는 소비를 욕망하는 주체로 변신했다. 1851년 런던에서 열린 수정궁박람회(Crystal Palace Exhibition)에 집결한 수많은 노동자들은 전시된 다양한 상품에 매혹된 소비자가 되었다. 노동해방의 대오가 마침내 소비의 물결로 바뀌는 순간이었다. 그리고 오랫동안 거대한 강물이 되어 흘렀다.

세월이라고 불러도 좋을 시간을 영문학을 공부하며 지냈다. 그 세월 동안 내가 했던 공부의 큰 가지는 범죄, 남성섹슈얼리티, 소비로 나뉜다. 『범죄소설의 계보학』과 『남성섹슈얼리티의 위계』는 앞의 두 가지에 맺힌 결과물이다. 이 책에는 소비에 관한 내 공부를 담았다.

이 책을 쓰기 시작하고 얼마 지나지 않아 코로나19가 찾아왔다. 산업혁명으로 달라진 세계에서 영국인들이 느낀 충격과 공포에 관해 쓰고 있을 때였다. 낯선 세계와 시간을 통과하며 책을 썼다. 이 책을 그 두려움의 시간에 의연하게 맞서던 대구의 이웃들에게 바친다. 아내와 나는 1997년 가을 대구에 와서 아이를 키우며 나이가 들었다. 영화 〈서칭 포 슈가맨Searching for Sugar Man〉의 대사처럼, 당신을 받아준 곳이 당신의 고향이다.

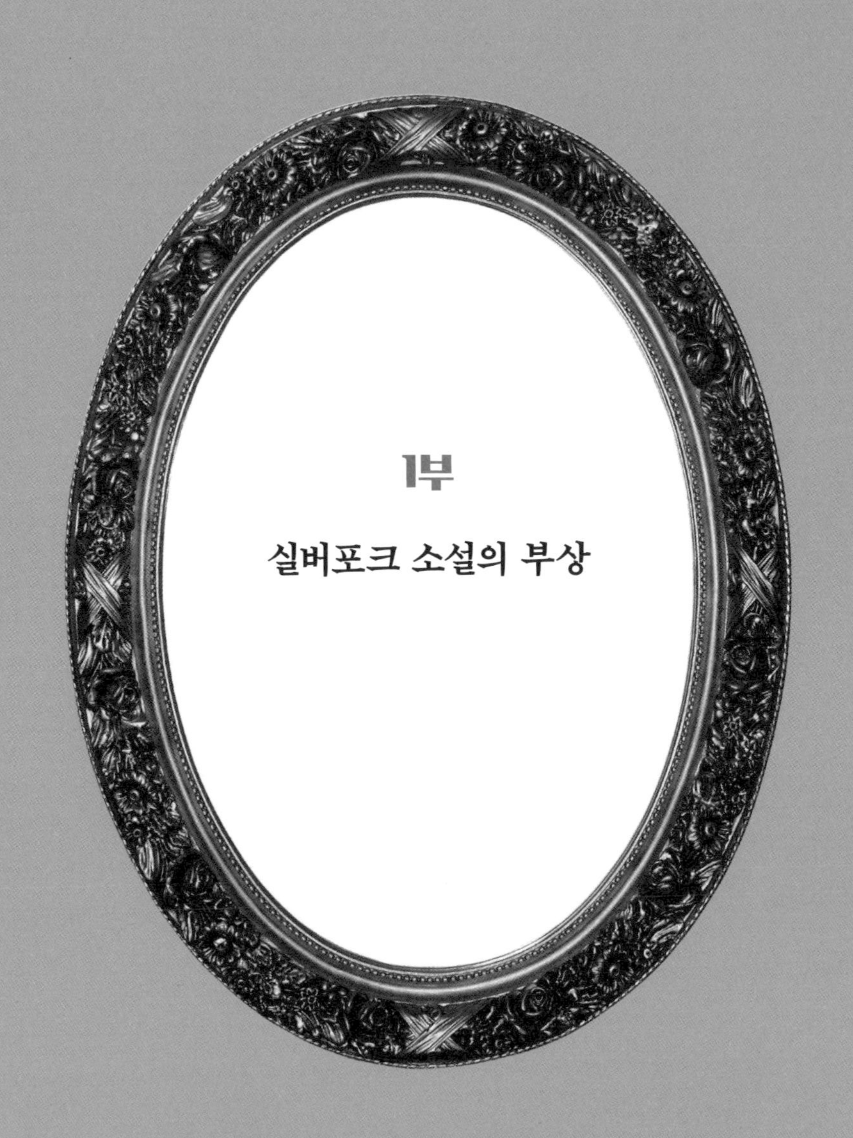

1부

실버포크 소설의 부상

1장

실버포크 소설

품격을 쇼핑하기

구입 가능한 품위

19세기 영국이 배경인 소설이나 영화에서 마주치는 중간계급의 모습은 차분하고 소박하다. 경건한 침묵과 성실한 노동, 식사기도와 예배참석이 이들의 삶을 요약하는 것처럼 보인다. 문학과 영화에서 낮은 톤의 색감으로 그려지는 중간계급의 이미지는, 역사적 사실과는 커다란 괴리를 보인다. 작가, 편집자, 출판업자, 사회개혁가, 셰익스피어 연구자로 활동하면서 그 모든 역할을 성공적으로 수행했던 나이트Charles Knight는, 중간계급의 삶이 19세기 전반부 동안 걷잡을 수 없이 소비적으로 바뀌었다고 회고했다.

중간계급을 둘러싼 이미지와 현실 사이에 존재하는 널따란 간극은, 경제적 도약에 걸맞은 사회적 지위를 향한 이들 계급의 욕망에서 비롯된다. 대략 1780년대에 시작되어 1830년대에 이르기까지 진행된 산업혁명은 생산기술의 발전과 무역과 금융의 혁신을 가져왔고, 토지에 기반을 두어오던 경제시스템을 어지러울 정도로 빠르게, 근원적으로 뒤흔들었다. 중간계급은 산업자본가와 거대상인, 은행가와 주식중개인, 토목기술자와 건축가를 모두 아우르는 강력한 집단으로 변모했고, 영국사회의 전면에 등장한 이들은 경제적 역량에 합당한 정치적 지위를 요구했다. 중간계급의 요구는 선거권 획득을 위한 법령개정 운동으로 집중되었다.

중간계급은 광장에 모여 선거권 확대를 목 놓아 외쳤다. 하지만 경제적·정치적 시민권만으로 중간계급의 인정욕구가 충족되는 것은 아니었다. 중간계급이 궁극적으로 욕망한 '존경받을 만한 자질(respectability)'은 부를 축적하고 투표권을 획득한다고 해서 자동적으로 주어지는 것이 아니기 때문이다. 여전히 영국사회에서는 귀족계급의 문화적 품격과 고급스러운 소비가, 경제적으로 급부상하기는 했지만 천박한 부르주아들을 견제하는 중요한 계급적 장치로 작동했다.

문화적 역량을 갖추는 데는 시간이 오래 걸린다. 여러 세대에 걸친 문화자본의 축적과 상속이 필수적이기 때문이다. 넘치는 인정욕구에 비해 인내심이 부족했던 중간계급은 귀족계급의 소비패턴을 따라하는 쪽을 택했다. 모아놓은 돈으로 빠르게 승부를 걸 수 있는 지점이 바로 여기라고 판단한 것이다.

실버포크 소설의 장르적 공식을 완성했다는 평가를 받는 리스터가 1826년에 발표한 『그랜비』에서, 품격은 돈으로 구입할 수 있는 자질로 규정된다. 귀족계급에 속하기는 하지만 많은 부를 소유하지 못한 그랜비에게 한 지인이 "품위는 상속되는 것인가"라는 질문을 던진다. 그랜비는 다음과 같이 답한다.

리스터는 낮에는 관청에서 호적관리를 했고 밤에는 서재에서 실버포크 소설을 썼다. 그는 두 가지 일을 모두 매끄럽게 처리해냈다. 리스터는 장관의 자리까지 올라갔고, 실버포크 소설의 공식을 완성시켰다.

거기에 대해서는 무어라 말해야 할지 모르겠네. 상당히 많은 사람들이 그렇다고 할 걸세. 사실 품위는 많은 사람들이 상상하는 것처럼 그렇게 귀족적인 것은 아닐세. 다른 많은 것들처럼 구입 가능하지. 위대한 조부를 둔 우리들로서야 그렇지 않기를 소원해야겠지만.

중간계급의 인정욕구는 품위 있는 소비의 모방이라는 우회로를 통해 분출되기 시작했고, 이들이 실버포크 소설에 전적으로 기대게 되는 데는 오랜 시간이 걸리지 않았다. 실버포크 소설은 상류사회에 관한 정보를 충실하게 제공하여 귀족적인 삶에 대한 중간계급의 욕망을 구체화시켰기 때문이다. 중간계급 독자에게 실버포크 소설은 "귀족의 집 창문에 코가 납작해질 정도로 얼굴을 붙이고 보는 것을 허용"하고 "그 안으로 들어가게 하는 공공연한 열쇠"[1]가 되었다.

호적관리를 하며 실버포크 소설의 공식을 완성시키다 — 토머스 헨리 리스터

리스터(1800~1842)는 귀족가문에서 태어나 케임브리지대학에서 교육을 받았다. 공직을 맡았기 때문에 그는 소설창작에 모든 열정과 시간을 쏟지는 못했다. 공직자로서 리스터가 수행한 커리어의 정점은 1836년에 설립된 호적총국(General Register Office)의 초대 장관을 역임한 것이었다. 그는 상류사회의 내부자라는 배경을 활용해 실버포크 소설에 사실성과 진정성을 불어넣었고, 『그랜비』(1826), 『허버트 레이시 Herbert Lacy』(1828), 『알링턴 Arlington』(1832)을 통해 실버포크 소설의 장르적 문법을 완성했다. 출생과 결혼, 사망 등의 기록을 관리하면서 귀족들의 가계와 라이프 스타일에 관한 소설을 쓰는 일은 매우 조화로운 삶의 방식처럼 보이기도 한다.

『그랜비』(1826)

『그랜비』에서는 귀족계급 출신이지만 무일푼인 그랜비Henry Granby가 막대한 재산을 상속받은 캐롤라인Caroline Jermyn의 마음을 얻기 위해 분투하는 과정이 그려진다. 소설에는 그랜비의 사촌 터렐Tyrrel이 등장해 뛰어난 사기술로 그랜비를 고난에 빠뜨린다. 터렐은 자신이 사생아라는 비밀이 탄로 나면 아버지의 재산과 작위가 그랜비에게 상속되리라는 두려움에 중상과 모략으로 그랜비를 해치려고 한다. 그랜비는 터렐의 사악한 음모를 이겨내고, 진실이 밝혀진 후 터렐은 자살한다. 그랜비는 캐롤라인과 결혼해 행복한 가정을 이룬다.

실버포크 소설이 그린 풍경들

숨 가쁘게 몰아치는 산업구조 개편과 계급구조 해체의 광풍 앞에서도 영국귀족의 삶은 크게 달라진 모습을 보이지 않았다. 선거구 개정과 선거권 확대를 향한 세찬 흐름 속에서도, 귀족계급의 라이프 스타일은 섭정황태자시대의 화려함과 사치스러움에서 많이 벗어나지 않았다. 복음주의의 영향을 받아 검소하고 경건한 생활을 실천한 소수의 귀족들이 있던 것도 사실이지만, 대다수 귀족들의 삶은 이전과 변함없는, 오히려 더 호화롭고 방탕한 양상을 띠었다.

새커리의 「귀족과 제복을 입은 하인들(Lords and Liveries)」은 귀족계급의 변하지 않은 소비생활을 풍자적으로 묘사한 대표적인 사례다. 텍스트에는 "한 마리에 25파운드를 호가하는 조랑말을 1,000마리"나 소유한 백작과, 조상으로부터 물려받은 수많은 호화로운 식기 세트를 두고서도 "은 접시가 176개나 담겨 있는 찬장을 메서즈Messrs에서 구입하고, 차일즈Childs', 럼블Rumble, 브릭스Briggs 제품의 금 접시세트와 벤베누토 첼리니Benvenuto Cellini 문양의 개러웨이Garraway 제품"[2]을 사들이는 그의 부인이 등장한다. 이들 부부는 귀족계급의 달라지지 않은, 무절제한 소비의 한 극단을 보여준다.

중간계급의 전위에 포진된 상공업자와 금융업자들은 더 이상 귀족계급을 막연하게 동경하거나 품위 있는 모습을 바라보며 경탄하는 정도로 만족하지 않았다. 이들은 확보된 경제력과 정치적 지위를 바탕으로 상위계급의 라이프 스타일을 적극적으로 자신들의 삶 속에 이식하려 했다. 실버포크 소설의 인기가 정점에 이른 1830년대는, 경제적 도약과 뒤이은 선거법 개정으로 중간계급의 자신감이 최고조에 달하던 시기이기도 했다.

중간계급은 귀족계급의 생산과 투자방식에는 별다른 관심을 보이지 않았다. 귀족계급은 여전히 전통적인 농지개발과 곡물투자에 집착함으로써 시대의 변화에 적응하지 못하고 경제적으로 퇴행하고 있었기 때문이다. 중간계급이 열정적인 눈길을 보내던 지점은 귀족계급의 소비였다. 이들은 귀족들의 거실, 침실, 옷장, 별장을 살펴보고 싶어 했고, 쇼핑, 향연, 무도회, 도박, 사냥, 유럽여행을 구경하기를 원했다.

부를 늘리기 위한 생산활동에 주력하던 중간계급에게 소비는 오직 효용가치와 밀접하게 연관된 행위로만 존재했다. 이들은 귀족적 소비를 해본 경험이 없었고 가지고 있던 지식도 매우 적었다. 중간계급에게 "상류사회 재현"[3]에 특화된 장르인 실버포크 소설은 귀족계급의 품격 있는 삶에 관한 디테일을 제공하는, 품격 있는 소비를 따라하기 위한 지침서로 다가왔다. 귀족계급의 화려한 삶을 세밀하게 묘사한 실버포크 소설은 중간계급 독자들의 학습욕구를 자극했고, 실버포크 소설의 거대한 부상은 중간계급의 모방욕구가 발현된 결과다.

실버포크 소설이 집중한 시간은 사교시즌(Season)이었다. 귀족계급은 8월이 오면 도시를 떠나 시골의 저택에서 2월까지 지내다가 사냥철이 끝나고 의회가 열리는 시점에 맞추어 런던으로 돌아오곤 했다. 실버포크 소설은 귀족들이 사교시즌 런던에서 머물고 방문하는 장소와 그들이 참가하는 이벤트의 묘사에 초점을 맞췄다. 소설에는 런던광장 어디쯤에 집을 빌리는 것이 유행인지에 관한 정보부터 시작해서, 상점은 어느 곳을 이용하고 공급업자는 누구로 정할지, 그리고 하루 중 남의 집을 방문하는 시간은 언제가 좋을지에 관한 정보까지 담겨 있었다.

실버포크 소설은 귀족계급이 후원하고 참여하는 다양한 이벤트를 세밀하게 기록했고, 낭비와 무절제까지도 경이와 존경의 톤으로 재현했다. 실버포크 소설에서는 유럽여행의 방탕과 주말 별장파티에서의 주사가 유쾌한 일탈로 그려지고, 무도회와 디너파티에서의 과시가 경쾌하게 묘사되고, 하이드 파크Hyde Park에서 즐기는 승마와 뉴마켓Newmarket과 굿우드Goodwood 경마장에서의 탕진이 모험담처럼 펼쳐진다.

실버포크 소설에서 가장 공을 들인 지점은 무엇보다도 사교클럽과 고급상점의 소개에 있었다. 크록포즈Crockford's와 알막스Almack's와 같은 클럽은 "가장 성스러운 장소"인 동시에 "사교계의 제7천국(the seventh heaven)"[4]이라는 상찬을 받았다. 소설텍스트에는 사교클럽에서 지켜야 할 예법에 대한 설명과 함께 치명적인 실수를 방지하기 위한 조언도 함께 담겨 있었다. 실버포크 소설은 고급상품을 판매하는 상점의 정보와 그곳에서 필수적으로 구입해야 할 물품의 목록도 제공했다.

사교계와는 전적으로 무관한, 고립과 은둔의 삶을 살아간 소설가 샬롯 브론테Charlotte Brönte가 상류사회 생활에 대한 정보를 접한 곳도 실버포크 소설이었다. 샬롯 브론테는 대표적인 여성 실버포크 소설가이던 고어Catherine Frances Gore의 『해밀턴 가 사람들(The Hamiltons)』을 읽고 작가에게 보낸 편지에서 이러한 사실을 고백한다.

> 그 책은 내가 자주 들어왔고 오랫동안 고대했던 작품으로서 그것만의 독특한 가치를 지닙니다. 이제 그 책을 읽었습니다. 책의 페이지들에서 독창적인 관찰과 실제 삶으로부터 온 충실한 묘사의 결과를 발견했습니다. 그런 책은 흥미로운 반면에 정보를 줍니다. 『해밀턴 가 사람들』을 읽기 전에는 나는 당신이 묘사한 상류사회에 대해서는 아무것도 몰랐지만 지금은 상류계급에 대해 무엇인가를 확실히 안다고 느낍니다.[5]

실버포크 소설을 구성하는 또 다른 중요한 요소로는 결투와 도박이 있었다. 디즈레일리Benjamin Disraeli의 『젊은 공작(The Young Duke)』에서 비어 부인Mrs. Dallington Vere은, 실버포크 소설을 작성하는 공식에 관해 거론할 때 도박과 결투를 무도회나 결혼만큼이나 필수적인 구성요건으로 제시한다.

> 한 쌍의 권총과 카드 한 통, 요리책과 카드리유quadrilles 춤을 절반의 음모와 온전한 결혼과 뒤섞어라. 그리고 그것들을 똑같이 세 부분으로 나눠라.

결투는 귀족계급의 초법적인 폭력과 연루된, 시대에 뒤떨어진 행동규범이나 부정적인 귀족적 유산으로 간주되었다.[6] 하지만 실버포크 소설은 결투를 이익과 손실이라는 잣대로만 모든 것을 판단하는 자본의 시대를 거스르는, 생명을 담보로 명예를 수호하는 고결한 귀족의 행위로 재현했다. 19세기 영국 사실주의 소설에서 도박은 상류계급의 탐욕과 윤리적 무모함을 드러내는 장치로 사용되었다.[7] 그러나 실버포크 소설에서 도박은 귀족적인 경합을 보여주는 행위로 미화되었고, 귀족남성의 영웅적 자질을 드러내는 장치로 작동했다. 디즈레일리의 『젊은 공작』에서 주인공 조지George Augustus Frederick가 이틀 동안 이어진 도박판에서 모든 것을 잃고 난 후에 승자를 축하하면서 의연한 태도로 도박판을 떠나는 장면은 그 대표적인 사례다. 반면에 도박에서의 부정행위나 기만은 귀족이 저지를 수 있는 최악의 범죄로 그려졌다.

실버포크 소설 사용법

우리가 실버포크 소설에 관해 말할 때 가장 먼저 이야기해야 할 작가는 훅Theodore Hook이 된다. 훅은 좋은 의미에서건 부정적인 시각에서건 실버포크 소설의 창시자이기 때문이다. 그는 1824년부터 『언행-삶에 대한

훅은 계급적 한계를 뛰어넘어 조지 4세와 친교를 맺은 "속물근성의 완성자"였다. 그는 감옥에서 실버포크 소설가로 데뷔한 "실버포크 소설의 아버지"이기도 했다. 지금은 세계에서 가장 오래된 우편엽서의 수취인으로 기억된다.

일련의 스케치(Sayings and Doings: A Series of Sketches from Life)』를 시리즈로 내면서 실버포크 소설의 특징으로 자리 잡게 되는, 귀족적 삶에 대한 "세밀한 사실주의"와 텍스트에 깃든 "구조적 우둔함"[8]의 길을 열었다.

훅은 『언행-삶에 대한 일련의 스케치』에서 거액을 상속받은 인물들이 상류사회에 새롭게 진입하면서 경험하는 충격과 경이를 생생하게 그려낸다. 1824년 2월에 출판된 첫 번째 연작소설인 『댄버스Danvers』에서는 삼촌이 사망하면서 막대한 유산을 상속받은 버튼Burton Danvers의 이야기가 펼쳐진다. "나라에서 가장 부유한" 변호사가 된 버튼과 "시골에서 제일가는 상속녀"가 된 그의 부인 메리Mary Danvers는 이제 선망하고 동경하던 귀족적인 삶을 실현하고자 한다. 버튼은 재정 곤란에 시달리던 앨버스톡 공작Duke of Alverstoke에게서 밀포드 파크Milford Park를 사들인다. 그가 밀포드 파크를 "장엄하게 치장하는" 과정은 중간계급 독자들에게 따라해야 할 정보들로 가득한 지침이 된다. 버튼은 가사를 위해 일꾼들 — "시종들, 집사들, 하인들, 하녀들, 부인담당 하녀들, 세탁부들, 부엌에서 일할 하녀들, 가정부들, 요리사들, 마부들" — 을 고용한다. 그가 구입해서 저택을 채우는, 품위 있는 삶에 필수적인 물품들의 명단은 다음과 같다.

> 오토만, 카우치, 소파, 긴 의자, 굽은 다리(cabrioles), 그리고 모든 종류의 편안하고 안락한 의자들. 장엄하게 윤이 나는 촛대와 샹들리에가 새로 만든 갤러리를 장식했고, 루벤스와 같은 유명 화가들의 원화가 수십 점 전시되었다. 가장 아름다운 보석 조각들, 오르물루ormolu로 입힌 가지가 달린 촛대

들(candelabras), 금과 은으로 화려하게 무늬를 새긴 흑단 캐비닛들, 거북이 껍질로 만든 서랍장 위에 놓인 값을 매길 수 없이 비싼 셀 수 없이 많은 도기와 자기들. 토르카노 궁전에서 온 은색의 샹들리에, 플로렌스에서 가져온 고대의 조각상들, 로마에서 구입한 고가의 조각품 유물들, 그리고 최고의 금세공업자에게 주문 제작한 너무도 아름다운 식기 세트가 나왔다.

혹이 『댄버스』에서 시도한 귀족적인 삶을 구성하는 데 필요한 인력과 물품에 대한 세밀한 기록행위는 실버포크 소설의 장르적 관습으로 자리 잡는다.

사교시즌을 위해 런던으로 진출한 밴더스 가족에게는 전혀 다른 삶이 전개된다. 밤늦지 않은 시간에 잠자리에 들고 해가 뜨기 전에 일어나던 밴더스 가족은, 이제 "일주일에 여섯 번"은 무도회와 디너파티에 참가한 후 "아침 4시쯤 잠자리에 들고, 두통으로 괴로워하는 만족감"을 느끼며 점심때쯤 침대에서 일어난다. 이들은 "최고의 오페라 특별석"을 차지하고 "저명한 사교모임"에 가입하기 위해 거액을 기부한다. 밴더스 가족은 사교계에 "동화되기 위해" 아낌없이 돈을 지출하고, 다양한 사교모임과 이벤트에 참가해 "보고 듣는 데 그리고 응시하고 감탄하는 데" "마음의 전부"를 바치는 삶을 살게 된다.

『언행-삶에 대한 일련의 스케치』 연작의 두 번째 소설인 『친구 많은 남자(The Man of Many Friends)』 역시 비슷한 서사의 패턴을 보여준다. 고아인 주인공 조지George Arden는 예상치 못했던 거액의 유산을 상속받은 후, "그의 신분에 걸맞은" 새로운 삶을 살아간다. 그는 "장점과 미덕"을 사들이고, 구입한 미덕들은 사람들로 하여금 조지를 칭송하고 존경하게 만든다.

> 웅장하게 치장된 그로스베너 가Grosvenor Street의 집, 찬탄이 나오도록 와인들이 저장된 지하실, 개가 먹을 요리를 담당하는 일급의 요리사와 보조자들, 시내외출용 한 쌍의 말들, 멜튼Melton에서 여우사냥을 할 때 타는 말들, 뉴마켓의 경마장에서 뛸 경주마들.

훅의 소설은 중간계급 독자들의 열광적인 호응을 받았다. 그의 소설이 "대중적 인기의 상당량을 점유"하는 까닭에 대해 『런던 매거진London Magazine』은 다음과 같은 결론을 내렸다. "세련되어지기를 원하는 사람들(would-be fine people)의 호평 속에서 그는 번성한다. 이들 세련되어지기를 원하는 사람들이야말로 거대한 부족이기 때문이다."

훅에게 뒤지지 않을 정도로 중간계급이 따라해야 할 목록을 충실하게 소설에 담아내던 고어 역시 대표적인 실버포크 소설가 중 한 명으로 우뚝 서는 데 성공했다. 그녀의 소설 『아내의 용돈(Pin Money)』을 예로 든다면, 이 소설은 호비Hoby, 폴몰Pall Mall, 런델Rundell, 태터설Tattersall과 같은 런던의 유명상점에 대한 정보로 가득하다. 상점과 구입목록에 대한 그녀의 묘사는 놀라울 정도로 구체적이면서 정확해서 『웨스터민스터 리뷰Westerminster Review』는 『아내의 용돈』을 "런던상점 안내도"이자 "광고판"으로 불렀다.

고어가 귀족적인 삶을 꿈꾸는 중간계급 여성이 알아야 할 필수적인 정보들을 제공했다면, 화이트Charles White는 상류사회로의 진입을 소망하는 중간계급 남성에게 그들이 따라야 할 매뉴얼을 제시했다. 『다시 찾은 알막스(Almack's Revisited)』에서 화이트는 중간계급 남성독자가 참가해야 할 이벤트와 갖추어야 할 물품에 대해 친절하게 설명한다. 가장 시급하게 해야 할 활동으로는 "크로이던Croydon과 솔트-힐Salt-Hill에서의 사냥"을, 참가해야 할 가장 중요한 행사로는 "크리스티 경매장에서 최고의 그림을 향한 응찰"을 지목한다. 화이트는 구입해야 할 물품도 세심하게 선정한다.

> 오페라 박스, 밸독스Baldock's의 불buhl 상감세공품, 쪽매붙임 세공품과 조각품, 자만스Jarman's에서 구입한 드레스덴 도자기, 세브르 도자기, 에나멜 제품, 폭스Fogg's의 금색황동제품이나 동제품, 에반스Evans's의 희귀본들.

디즈레일리의 『비비안 그레이Vivian Grey』는 불워-리턴Edward Bulwer-Lytton의 『펠함Pelham』이 등장하기 전까지 가장 거대한 대중적 인기를 누렸던 실버포크 소설이었다. 3권으로 이루어진 『비비안 그레이』는 1826년에 첫 권이 출판된 이후 독자들로부터 열광적인 반응을 이끌어냈다. 『비비안 그레이』의 성공비결 역시 귀족남성들의 삶의 모습을 세밀하게 묘사한 데 있었다.

『비비안 그레이』에는 "잘생기고 무표정한 얼굴과 흰 손을 지니고 향수를 가득 뿌린" "외교관만큼이나 말쑥한" 귀족남성들이 등장한다. 이들은 경마장과 사냥터에서 시간을 보내다 저녁이 되면 오페라극장에 가고 "오페라가 끝나면 사교클럽에서 뽐내며 웃는다." 이들은 "욕망의 저택(Château Désir)"에 거주하며 "윌스Will's나 크록포즈, 화이츠White's나 브룩스Brook's" 같은 "즐거움의 바다"를 유영한다. 『비비안 그레이』에서 제공되는 귀족처럼 "말하고, 먹고, 돌아다니고, 옷 입고, 어루만지고, 잘난 체하는" 데 필요한 디테일들은 중간계급 남성독자들을 매료시켰다.

실버포크 소설의 아버지, 혹은 가장 오래된 우편엽서의 수취인 — 시어도어 훅

훅(1788~1841)은 유행가 작곡가의 아들로 태어났다. 태생적으로 주어진 혈통적 특권의 부재에도 불구하고 그는, 타고났다고밖에 할 수 없는 탁월한 사교성으로 귀족들과의 친분관계를 맺어나갔다. 훅의 인맥 쌓기는 런던의 기숙학교 해로우Harrow에서 시작되었다. 그는 그곳에서 낭만주의를 대표하는 시인 바이런Lord Byron과 훗날 영국의 거물 정치인이 되는 필Robert Peel과 친교를 맺었다. 성인이 되어서도 훅의 관계 맺기는 계속되었고 마침내는 후일 조지 4세로 등극하는 섭정황태자의 측근이 되는 데까지 이르렀다. 훅이 "목표에 도달한, 궁정광대라는 호칭보다 더 나은 직함을 지니지 못한, 속물근성의 완성자"로 불리는 이유다.

1817년 영국재무성은 훅에게 영국정부의 직할 식민지(Crown Colony) 모리셔스Mauritius에서 발생한 회계결손에 대한 벌금으로 6만 2,000파운드를 청구했다. 그가 해당지역의 회계와 재무책임자였기 때문이다. 다급해진 훅은 거액의 벌금을 마련하기 위해 1820년에 『존 불John Bull』이란 잡지를 창간하고 휘그Whig당과 급진파를 공격하는 데 집중했다. 기대했던 보수파로부터의 재정적 후원은 미미했고, 특유의 부지런함에도 불구하고 훅은 벌금 납부에 실패한다. 그는 1823년부터 1825년까지 채무자감옥에서 수감생활을 한다.

감옥 안에서 훅은 실버포크 소설가로 데뷔한다. 그는 1824년 2월에 『언행-삶에 대한 일련의 스케치』라는 시리즈의 첫 번째 소설 『댄버스』를 세상에 내놓았다. 『댄버스』는 같은 해에 세 번이나 재출판될 정도로 거대한 대중적인 인기를 누렸다. 출옥한 후에도 훅은 소설 창작에 전념했고, 서른 권이 넘는 소설을 써냈다. 1820년대 중반 이후 약 10년간에 걸쳐 훅은 인기의 정점에 있었지만, "실버포크 소설의 아버지"로 불리던 그의 명성은 지금 남아 있지 않다. 오늘날 훅은 1840년에 발송된 우편엽서 — 2002년 경매에서 3만 파운드가 넘는 고가에 팔린 세계에서 가장 오래된 엽서 — 의 수취인으로 기억될 뿐이다.

『댄버스』(1824)

『댄버스』는 막대한 액수의 유산을 상속받고 상류사회로 들어가고자 했던 변호사와 그 가족에 관한 이야기다. 거부였던 삼촌 프럼프톤 Frumpton Danvers이 갑작스럽게 세상을 떠나면서 거액을 상속받은 버튼은 변호사 일을 그만둔다. 버튼의 가족은 선망의 대상으로만 존재하던 귀족들의 화려한 삶을 모방하는 데 전념한다. 그들은 값비싼 의상과 장신구로 치장하고, 무도회와 다양한 모임에 참가하고, 오페라 공연을 관람하고 유럽을 일주한다. 하지만 상위계급의 삶을 따라하면 따라할수록 그들에게는 공허감과 피로감만이 찾아온다. 버튼과 그의 가족은 원래 그들 계급의 삶으로 되돌아가고, 거기에서 진정한 충만감을 느낀다.

비평적 반감과 대중적 인기

실버포크 소설은 비평적 적대와 대중적 열광을 함께 맛보았다. 실버포크 소설이 그 모습을 드러낸 1820년대는 영국사회가 선거법 투쟁으로 뜨겁게 달아오르던 시기였다. 계급적 반목과 갈등이 심화되던 정치적 격변기에 귀족계급의 호화로운 삶을 찬미하고, 더 나아가 따라하라고 부추기는 문학에 대한 반감이 적지 않았으리라는 사실을 추측하기는 그리 어렵지 않다. 실버포크 소설이 귀족모방을 부추김으로써 귀족계급의 헤게모니를 강화한다는 경계와 우려가 적지 않게 나타났고, 해즐릿William Hazlitt이 이런 부류의 소설을 '은으로 만든 포크'로 명명한 것은 그런 우려와 반감의 결과였다.

해즐릿은 「댄디 학파(The Dandy School)」라는 글에서 『비비안 그레이』를 비판의 표적으로 삼았다. 그는 단지 한 편의 소설을 비판하는 데 머물지 않고, 귀족계급의 소비에 관한 세밀한 정보를 제공하는 소설 전체에 대한 거센 공세로 나아갔다.

> 이러한 업적의 특징은 남자주인공이 어떤 상황에서 어떻게 느끼느냐에 있지 않고 그가 옷을 어떻게 입느냐에 있다. 그를 요즘 유행하는 앙증맞은 표현을 몇 개 입에 올리는 단지 패션의 모형으로 만들어버린다. 그러고 나서는 독자에게 여성주인공의 모자를 제조하고 판매하는 업자의 주소를 알려주고 독자에게 또한 상류계급은 실버포크로 생선을 먹는다는 정보를 알려준다. 이것이 작가가 중요하다고 알고 있는 것의 전부다. 엄선된 몇 사람이 실버포크로 생선을 먹기만 하면 그것이 너무 기뻐서, 작가는 나라 전체가 굶주리는 것도 중요하지 않은 상황으로 간주해버린다.[9]

해즐릿은 산업혁명의 격동과 프랑스혁명의 열기를 모두 통과하며 문학과 미술에 대해 감식하고 발언했다. 비평가로서 그를 우뚝 세웠던 솔직함과 선명성은 그를 고독한 개인으로 살게 했다.

해즐릿의 비하적 작명에서 분명하게 드러난 것처럼, 비평가들과 지식인들은 실버포크 소설에 대해서 반감을 표시했다. 가벼운 어조의 힐난이건 강렬한 어조의 분개이건 간에 실버포크 소설에 대한 평가를 관통한 것은 이 소설장르가 문학적으로 저급하고 부적절하다는 반응이었다. 해즐릿은 실버포크 소설에 대한 공세를 주도했다. 그는 실버포크 소설을 "단일 계급의 어리석음, 변덕, 오만 그리고 허세를 찬미하는 단일한 지점으로 축소되는" 편협하고 왜소한 문학으로 규정했다. 그리고 실버포크 소설가들을 "인생의 거대한 과업이 일종의 가장무도회나 혹은 멜로드라마"[10]에 불과한 자들로 판정했다.

해즐릿이 시작한 실버포크 소설에 대한 비판은 매긴William Maginn이 기꺼이 이어받았다. 그는 1830년에 『프레이저즈 매거진Fraser's Magazine』을 창간하고 지면을 통해 실버포크 소설에 대한 공세를 이어갔다. 그는 실버포크 소설을 어떤 본질적인 철학과 도덕적 목적도 결여한 "전적으로 무가치한"[11] 문학이라고 평가했다. 매긴은 실버포크 소설과 같은 "상류사회에 관한 소설"은 "그 용어 자체로 모순"이라고까지 주장했다. "소설쓰기는 사회 전체의 유용성을 정교화하는 철학적 시각"에 기초해야 하는데, 귀족계급은 "철학의 시험을 견디지 못하는 구성의 특이함"을 지니기 때문이라는 것이다. 매긴은 "어떤 현실적이고 진실한 소설도 그런 집단이 제공하는 인물에 근거해 작성될 수 없다"[12]고 결론지었다.

해즐릿이 경멸과 비하의 의도를 전혀 숨기지 않고 드러낸 '실버포크'라는 식기도구의 이름은 장르의 공식적인 명칭으로 자리 잡았다. 당대 비평가와 지식인들의 비판과 폄하에도 불구하고, 그것들과는 전혀 상관없이 실버포크 소설을 둘러싼 열기는 더욱 뜨거워져 갔다. 유행의 첨단을 걷는 귀족들에 관한 정보를 충실하게 제공해주는 실버포크 소설은, 그들의 세계로 진입하기를 욕망하는 중간계급에게는 치명적일 정도로 매혹적이었기 때문이다.

많은 작가들이 실버포크 소설을 양산했고, 새로운 독자들이 실버포크 소설을 구매하는 대열에 합류했다. 실버포크 소설은 "귀족계급 문화의 한 형태에 참가하고 중재하고 전파"[13]하면서 거대한 문화산업으로 발전해갔다. 실버포크 소설은 1820년대 중반 이후 1840년대 초반까지 작가와 출판사 모두에게 막대한 이익을 안겨주었고, 1840년대 중반부터 하락세를 보이기는 했지만 1850년대까지는 장르적 전통을 이어갔다.

뛰어난 문학비평가, 고독한 개인 — 윌리엄 해즐릿

19세기 영국을 대표하는 문예비평가 해즐릿(1778~1830)은 뛰어난 에세이스트이기도 했다. 그의 글은 특히 셰익스피어 비평과 낭만주의 미술 평론에서 빛났다. 유니테리언 Unitarian 교파의 목사이던 아버지의 영향으로 해즐릿은 1793년에 유니테리언 신학교인 뉴 칼리지New College에 진학한다. 1790년대는 프랑스혁명이 진행되던 기간이었고, 성직자가 되기 위한 공부에 전념하기에는 혁명의 열기가 너무 뜨거웠다. 해즐릿은 신학교를 떠난다.

1798년은 『서정 민요집(Lyrical Ballads)』이 워즈워스William Wordsworth와 콜리지 Samuel Taylor Coleridge에 의해 처음 출판된, 영문학의 혁명이 일어난 해로 기억된다. 1798년에 해즐릿은 콜리지를 만나고, 콜리지를 통해 워즈워스와도 교류하게 된다. 해즐릿에게 이들과의 만남은 신학과 철학에 대한 사유에 더해 문학적 관심과 이해가 커지는 계기가 된다.

해즐릿은 1805년에 「인간 행동의 원칙에 관한 소론(An Essay on the Principles of Human Action)」을 세상에 내놓음으로써 본격적인 저술가의 삶을 시작했고, 1810년대에 들어와서는 철학과 문학 강연자로 활동했다. 1817년에 발표한 『셰익스피어 연극에서의 캐릭터들(Characters of Shakespeare's Plays)』은 셰익스피어 비평가로서의 입지를 확고하게 했다. 그의 강연을 모아 1818년에는 『영국시인 강론(Lectures on the English Poets)』과 『영국연극관(A View of the English Stage)』이, 1819년에는 『영국 희극작가 강론(Lectures on the English Comic Writers)』이 출판되었고, 해즐릿은 문학평론가로서의 정점에 오른다.

문필가로서 해즐릿이 성취한 업적과 개인으로서 그가 드러낸 삶의 궤적은 많이 달랐다. 평론가로서 그가 지닌 장점으로 거론되던 직설적이고 신랄한 화법은 주변에 사람들이 모이지 않게 했다. 해즐릿은 세 번의 불행한 결혼을 반복했고, 말년을 독신으로 지내다 위암으로 사망했다.

실버포크 소설이 가져온 변화

중간계급 독자들은 실버포크 소설을 읽고 귀족들은 어떤 음식을 먹고 어떤 의복을 입으며 어떤 종류의 레저생활을 즐기는지, 또 어떤 집에 살며 내부를 어떻게 치장하는지 — 가장 중요하게는 — 어떤 상품을 소비하는지 파악해나갔다. 그리고 독서를 통해 얻은 지식은 빠르게 실천됐다. 나이트는 회고록에서 중간계급이 "점점 사치스러워졌고", 그들이 사는 집의 실내장식은 "많은 비용을 들여서 세련되어졌으며", 젊은 여성들에 대한 교육의 목표는 "살림살이보다는 교양에 대한 시각의 배양"[14]으로 바뀌었다고 증언했다.

소비의 주체로 새롭게 부상한 중간계급의 사치스러운 생활을 목격한 이는 나이트만은 아니었다. 진보적인 역사가였던 트레벨리안G. M. Trevelyan도 중간계급의 변모를 산업혁명 이후 등장한 중요한 사회현상으로 규정했다. 그에 따르면 부르주아계급은 과거의 검소한 생활방식에서 벗어나, "백랍제 식기 대신 웨지우드Wedgwood 도자기"를 사용하고 딸들에게 귀족여성이 받던 교육을 시키며, "이륜마차를 내달리고 사냥개를 몰아대는"[15] 라이프 스타일을 채택했다. 이제 중간계급은 파티와 무도회, 유럽여행, 스포츠 활동, 노름 등에 참여했고, 딸에게 배우자를 짝지워주기 위한 디너파티와 무도회에 참가했으며, 장신구와 의상을 구입하고 집 안의 가재도구를 새로 장만하는 일로 분주했다. 사교시즌이 시작될 무렵이면 새롭게 쇼핑한 물품을 싣고 런던을 향해 가는, 마차와 수행하인들로 구성된 중간계급의 행렬이 장관을 이루었다.

새커리의 『허영의 시장』에 등장하는 오스본Osborne 가족의 모습은 중간계급의 사치스러운 생활을 잘 보여준다. 부유한 런던 상인 올드 오스본Old Osborne은 자신의 대에서는 오직 동경의 대상이기만 했던 귀족적 삶이 아들인 조지George Osborne에게서 실현되기를 소망한다. 그는 조지가 "영국에서 가장 좋은 사교계"에 속한 젊은 귀족들의 생활을 모방하는 것을 적극 권장하며 모든 지원을 아끼지 않는다. 아버지의 격려와 지원 하에 조지는 귀족적인 소비를 즐긴다.

그는 체링 크로스Charing Cross에 있는 제과점에서 빙과를 먹고, 폴몰에서 외투를 산 후, 올드 슬로터Old Slaughter's에서 시간을 보내고 나서 러셀 스퀘어Russell Square로 가서 저녁을 먹는다.

아버지의 뜻에 반하는 결혼으로 모든 경제적 지원이 끊어진 상태에서도 조지는 "네 마리의 말이 끄는 바루슈barouche를 타고, 최고급 호텔의 호화로운 객실에서 여섯 명의 조용한 흑인 웨이터의 시중을 받으며 식사를 하는" 생활을 계속한다. 호사스러운 생활이란 이미 그에게는 "변화시킬 수 없는 체질"이 되어버렸기 때문이다.

조지가 전사한 후 올드 오스본은 손자인 영 조지Young Georgy를 데려와 기르면서 손자에게 품위 있는 생활을 체화시키려는 노력을 포기하지 않는다. 대를 이은 할아버지의 노력으로 영 조지는 열한 살이라는 나이에 "귀족과 같은" 생활을 향유하게 된다. 그는 웨스트 엔드West End 지역의 고급상점을 출입하고 연극관람을 빈번하게 즐기며, 매일 저녁 만찬을 위한 의상을 차려 입고 은쟁반 위에 놓인 편지를 전달받는다.

상공업자를 중심으로 시작된 귀족계급을 모방한 호화로운 생활방식은 중간계급 전반으로 확산되었다. 귀족 따라하기는 중간계급 안에서만 머물지 않았고, 자영농민의 삶 속으로도 이식되었다. 트레빌리얀이 『영국사회사(English Social History)』에서 인용한, 1843년에 익명으로 쓰인 시에는 이런 현상에 대한 조롱기 섞인 우려가 잘 드러난다.

옛날 생활양식

남편이여, 쟁기질하라,

아내여, 소를 먹이라,

딸들이여, 실을 뽑으라,

아들이여, 건초를 만들라,

그리하면 너희들이 수익을 올리리라.

새로운 생활양식

남편이여, 사슴 사냥을 가라,

딸이여, 피아노를 쳐라,

아내여, 비단옷과 공단 옷을 입어라,

아들이여, 그리스어와 라틴어를 공부하라,

그리하면 너희들 모두는 파산하리라.[16]

실버포크 소설이 가져온 변화 혹은 폐해는 넓고도 깊었다. 노동계급과 소작농 집단을 제외한 영국인들이 하나의 라이프 스타일과 소비패턴을 향해 달려간 것이다. 모두가 같은 속도로 뛸 수 있던 것은 아니었다. 금융 자본가와 거대상공업자의 질주 뒤에는 토목기사나 장인의 종종걸음이 있었고, 가시권에서는 벗어나 있지만 그래도 선망의 눈길로 걸음을 멈추지 않는 사람들이 있었다. 이들 모두는 짐작하지 못했다. 동경과 모방의 대상인 귀족들은 이미 구별짓기를 위한 프로젝트를 가동했다는 사실을.

2장

콜번의 유혹하는 마케팅

늘어난 독자와 소설의 부상

산업혁명을 거치면서 영국사회에 등장한 주목할 만한 변화의 하나로 독자층의 확대와 출판업의 성장을 들 수 있다. "믿기 어려울 정도로 증가한"[17] 독자들의 숫자는 문맹률의 급속한 감소와 긴밀하게 연관된다. 정규교육의 수혜를 받는 사람들이 늘어나고 제도교육에서 소외된 이들을 위한 야학, 순회강좌 등이 활발하게 진행되면서 글을 읽을 줄 아는 능력이 빠르게 확산되었기 때문이다. 읽을거리에 대한 수요가 폭발적으로 증가하면서 출판업은 "거대한 비율로 확대"[18] 되었다.

책 출판이 활발해지고 독서에 대한 욕구가 커졌다고 해서 아무나 책을 소유할 수 있는 것은 아니었다. 책은 고가의 물품이었다. (책이 '귀한 것'이라는 개념은 지난 세기에도 한동안 우리에게 남아 있었다. 교과서나 성경책 정도를 제외하고는, 책은 학자의 서재나 도서관과 서점을 제외하고는 쉽게 만날 수 있는 물건이 아니었다. 박완서 선생이 시간이 늦어 책이 가득 꽂힌 학교 도서관을 떠나 집으로 갈 때, 자신의 영혼을 도서관에 두고 가는 것 같았다는 회고담도 과장의 말만은 아니다.) 비용을 지불할 능력을 갖게 된 중간계급은 늘어난 독자층의 대부분을 점유해나갔다.

문학시장에서는 다른 어느 도서 분야보다도 이런 현상이 뚜렷하게 감지되었는데, 중간계급에게 문학은 다가가기 힘든 철학이나 신학에 비해 그래도 가까이할 수 있는 친근한 대상이었기 때문이다.

압축과 절제로 이루어진 시텍스트를 이해하고, 감상하고, 즐기기 위해서는 문자해독력을 넘어서는 예술적 감식능력이 요구된다. 애초부터 시는 어린 시절부터 학습과 감상을 통해 문화자본을 축적한 귀족계급이 애호하는 문학이었지, 기능성과 실용성에 집중된 교육을 받고 자란 중간계급이 향유할 수 있는 문학은 아니었다. 문학시장에서 중간계급이 점유하는 비율이 높아질수록 전통적으로 문학을 대표하던 장르인 시는 그 힘을 잃어갔다. 소설이 문학적 대표성을 얻게 된 것은 자연스러운 귀결이었다.

중간계급 독자가 행사하는 영향력이 확대되면서 목격된 변화는, 시에서 소설로 문학의 주도권이 바뀐 일만은 아니었다. 더 큰 변화는 문학텍스트를 만드는 작업이 창조에서 생산의 영역으로 옮아간 것이다. 낭만주의시대에 절정을 이루던, 문학은 영감과 상상력, 천재성으로 요약되는 특별한 능력에 의해 탄생한다는 믿음은 그 빛을 잃어갔다. 오히려 문학은 책 구입에 쓸 수 있는 자본과 독서에 소비할 여가시간을 소유한 중간계급 독자들을 겨냥한, 기획에 의해 생산되고 마케팅에 의해 소비되는 문화상품으로 변해갔다. 『뉴 먼슬리 매거진The New Monthly Magazine』을 창간하고 수많은 실버포크 소설을 발행한 출판업자 콜번Henry Colburn은 이런 변화를 주도했다.

콜번은 귀족계급의 생활상을 묘사하는 풍속소설이 중간계급 독자에게 강한 흡인력을 지니고 있음을 간파했다. 그는 기획과 마케팅을 통해 실버포크 소설을 3권으로 된 값비싼 상품으로 변모시키고 문화산업의 중심으로 견인하고자 했다. 그의 지원과 격려, 더 정확하게는 통제 아래 실버포크 소설은 훅, 워드Robert Plumer Ward, 불워-리턴, 디즈레일리, 고어와 같은 작가들에 의해 양산되었고 최고의 문화상품으로 자리 잡았다.

탁월한 출판기획자, 혹은 타락한 마케터 — 헨리 콜번

콜번(1784~1855)을 단지 출판인 또는 '출판업자'로만 규정하는 것은 협소한 시각을 드러내는 일이 된다. 그는 도서의 출판, 유통과 판매에서 탁월했을 뿐 아니라, 문학도서의 기획과 마케팅에 새로운 방식을 도입해 문학의 개념 자체를 혁신 혹은 변질시켰다. 콜번을 문학'작품'을 문학'상품'으로 만든 문화산업의 선도자로도 볼 수 있는 이유다.

콜번의 생애는 도서 판매와 출판과 분리해 생각할 수 없다. 그는 서점의 판매원으로 출발해 순회도서관의 운영자가 되었으며, 마침내는 출판왕국을 이루었기 때문이다. 콜번이 출판에서 두각을 나타낸 것은 잡지 창간을 통해서였다. 그는 1814년에 『뉴 먼슬리 매거진』을, 1817년에는 영국 최초의 주간지 『리터러리 가제트Literary Gazette』를 창간해 당대 최고의 작가들이 쓴 글을 게재했다. 그는 1828년에 폐간의 위기에 몰린 『런던 위클리 리뷰London Weekly Review』를 인수해 같은 해에 『코트 저널Court Journal』로 재창간하여 성공을 거두었다.

콜번은 1816년에 도서출판을 시작했고, 1825년 워드의 『트레메인 혹은 세련된 남자』 출판으로 그가 운영하던 출판사는 영국의 대표적인 문학도서 출판사로 자리 잡았다. 1820년대 말에는 재정적인 위기를 겪기도 했지만, 출판업의 거물 벤틀리Richard Bentley와의 동업을 통해 위기를 타개했다. 1830년 이후 3년 동안 지속된 동업기간에 콜번은 디즈레일리의 『젊은 공작』이나 고어의 『아내의 용돈』과 『어머니들과 딸들(Mothers and Daughters)』 같은 대표적인 실버포크 소설을 출판했다. 벤틀리와의 동업을 청산한 후 콜번은 실질적인 은퇴상태로 지내다 1855년에 세상을 떠났다.
콜번은 살아 있을 때 격렬한 비난의 대상이 되었고, 세상을 떠난 후에도 좋은 평판을 얻지 못했다. 그가 시도했던 상업적 계산과 고려에 기댄 출판기획과 과장되고 때로는 거짓된 '부풀린 서평' 때문이었다. 문학이 자발성과 창의성의 영역에 온전히 머물러 있기를 소망하던 이들에게는 안타까운 일이었지만, 이미 문학은, 특히 소설은, 기획과 마케팅의 영역으로 넘어가고 있었다. 콜번은 그 흐름을 더 빠르게 했을 뿐이다.

처음부터 그런 것은 아니었지만

귀족계급의 품위 있는 라이프 스타일은 중간계급의 사회적 인정을 향한 강렬한 욕망의 대상으로 자리 잡았고, 실버포크 소설의 부상은 중간계급이 보인 귀족계급에 대한 동경과 숭배, 모방욕구와 떼어놓고 생각할 수 없다. 그러나 처음부터 실버포크 소설이 귀족계급의 삶을 따라하기 위한 정보를 제공하는 데 골몰한 것은 아니었다. 초창기 실버포크 소설에는 당대 귀족계급의 삶에 대한 묘사와 함께 이들 계급에 대한 비판과 사회개혁의 메시지도 함께 담겨 있었다.

실버포크 소설의 창시자로 불리는 훅이 1824년 2월에 출판한 『댄버스』에는 평범한 변호사 가족이 거액의 유산을 상속받은 후에 경험하는 귀족적인 삶이 생생하게 펼쳐진다. 댄버스 가족은 상류사회에 진입한 후 호화롭고 풍요로운 소비의 삶을 만끽한다. 그들은 "엄청난 파티와 무도회"에 참가하고 "끝없이 이어지는 저녁만찬"을 즐긴다. 그러나 혹은 귀족 세계의 풍경을 찬미나 감탄의 어조로 그리지 않는다. 오히려 그는 "18개월 동안 생활비로만 50만 파운드"를 지출하는 귀족계급의 삶이 결코 행복이나 기쁨을 가져다주지 않는다고 비판한다. 귀족적인 삶을 따라하기 이전의 댄버스 가족은 "일 년에 3,000파운드"를 지출하며 "우아하게 그리고 우아한 것보다 더 낫게, 즉 행복하게" 삶을 영위했다. 하지만 160배가 넘는 비용을 지불하고도 그들의 삶에서 "실제로 즐거움이나 안락함이 늘어나지 않았다." 귀족계급의 생활은 비용의 급속한 증가에도 불구하고 소망했던 안락함은 늘지 않는 극도로 비효율적인 삶의 방식으로 그려진다.

디즈레일리는 『젊은 공작』에서 "가장 번쩍이는 금화"로 재현되는 귀족계급의 화려한 삶을 사회악으로 신랄하게 비판한다. 디즈레일리는 귀족사회를 "안소니 성인조차 가장 많은 유혹의 공세에 시달릴" "맹렬한 시련이 있는 곳"으로 규정하고, 그곳에 서식하는 귀족들을 "유행의 주형틀에서 주조되어 튀어나온" 속이 텅 빈 가공물들로 규정한다. 소설 속에서 귀족들은 단지 가식적인 존재로만 머물지 않는다. 그들은 자신들의 "가장 찬란한 장식이었던 사회를 부패시키고야 말겠다"는 "악마적인 야심"을 드러내는 거대 악으로까지 재현된다.

손쉬운 삶을 살다간 노년의 실버포크 소설가 — 로버트 플루머 워드

부유한 상인의 아들로 태어난 워드(1765~1846)는 30여 년을 아버지의 전폭적인 지원으로, 20여 년은 처가의 도움으로 손쉬운 성공가도를 달렸다. 그는 20대 중반에 변호사가 되었고, 30대 중반에 레이븐스워스 경Lord Ravensworth의 사위가 된 후 장인이 소유한 막대한 부와 인맥으로 30대 후반에 하원의원이 되었고, 40대에 들어서서는 처남인 멀그레이브 백작Earl of Mulgrave의 전폭적인 지원을 받아 외무부 차관으로 임명되었다. 그는 20년 가까이 하원의원으로 활동했다.

워드의 삶은 58세를 전후로 극명하게 나뉜다. 58세에 정계와 모든 공직에서 은퇴한 후, 그는 자신의 경험을 실버포크 소설에 옮겼다. 그는 60세에 정치적 부패와 귀족계급의 타락을 묘사한 『트레메인 혹은 세련된 남자(Tremaine; or A Man of Refinement)』를 가명으로 세상에 내놓았다. 집필의도와는 정반대로 그가 비판의 대상으로 삼았던 귀족적 소비와 일상은 중간계급 독자가 탐독하고 모방하는 지침이 되었다. 워드는 60대의 날들을 소설을 쓰면서 보냈고, 70대의 시간을 유유자적하다가 81세에 사망했다. 참으로 쉽고도 편안한 삶이었다.

워드가 가명으로 1825년에 출판한 『트레메인 혹은 세련된 남자』 역시 초기 실버포크 소설의 양면성을 잘 보여준다. 소설의 서사는 거대한 부를 소유한 세련된 귀족남성 트레메인을 중심으로 전개되기 때문에 귀족계급의 생활양식과 소비패턴에 관한 묘사가 텍스트의 상당부분을 차지한다. 하지만 워드는 『트래메인 혹은 세련된 남자』의 서문에서부터 자신의 집필의도가 귀족계급을 찬양하거나 그들의 호화로운 삶의 모습을 소개하는 데 있지 않음을 선언한다. 오히려 그는 "서사를 구성하는 일련의 장면과 때때로 철지난 대화를 기록하는 이유"가 귀족적인 낭비와 사치가 다른 계급의 전통적인 삶의 미덕을 얼마나 훼손시키는지를 밝히고 미래의 주역들을 타락으로부터 지켜내는 데 있음을 분명히 한다.

> 사치가 광범위하게 퍼지는 것은 한때 우리에게 속했던 겸손한 스타일의 삶을 소멸시킴으로써 우리의 독립성을 훼손시키고 우리의 미덕을 무방비상태로 만들어왔다. 모든 것들이 먹성 좋은 방탕에 의해 삼켜진다. 사치의 유포와 함께 부정(infidelity)의 확산이 일어난다. 광기에 불과한 방탕에 수반되는 모든 것을 앗아가는 야심이 우리의 젊은이들을 소모시키고 그들의 마음을 강고하게 하다니! 어떻게 해야 이런 상황을 다르게 바꿀 수 있는가.

워드는 『트레메인 혹은 세련된 남자』에서 귀족들을 "많은 거짓된 부분을 연기"하는 "단지 배우들"에 불과한 존재로 규정한다. 이들이 참여하는 다양한 사교모임과 이벤트 역시 "허영심의 경연대회"로 매도된다.

『트레메인 혹은 세련된 남자』에 등장하는 사회비판의 메시지와 귀족적 삶에 대한 정보 사이에서 비평가들은 혼란스러워 했다. 비난으로 점철된 대다수 실버포크 소설들을 향한 반응과는 극명하게 대조적으로, 『트레메인 혹은 세련된 남자』에 대한 비평은 양극단으로 나뉘었다. 『쿼털리 리뷰Quarterly Review』는 "이 소설을 읽고 행동에 관한 가장 유용하고 실질적인 교훈을 주고 있다는 데 누구도 설득되지 않을 수 없다"는 서평을 게재했다. 『블랙우즈 매거진Blackwood's Magazine』은 이 소설이 "현재 초절정의 인기를 얻고 있는 문학장르와 동일한, 새롭게 대량으로 출판되는 소설들과는 전적으로 구별되기에 충분한 중요성을 지닌다"고 평가했다. 『미국문학 가제트(U.S. Literary Gazette)』는 『트레메인 혹은 세련된 남

워드는 부친과 처가의 도움으로 성공적인 공직생활을 거쳤고, 은퇴 후 60세에 쓴 『트레메인 혹은 세련된 남자』로 실버포크 소설의 대표적인 작가가 되었다. 순탄하고 손쉬운 삶이었다.

자』가 "교육적이고 유익하다"고 평가하면서 작가가 "성직자"임에 틀림없다고 단정했다.

『트레메인 혹은 세련된 남자』가 집필의도를 충족시키지 못하거나 그것과는 전혀 무관하게 전개되었다는 혹평도 상당수 존재했다. 『젠틀맨스 매거진Gentleman's Magazine』은 소설이 작가의 주장과는 달리, "부정을 지지한" 부분이 "가장 좋았다"고 비난했다. 『런던 매거진』은 워드가 서문에서 밝힌 집필의도가 "젠체하는 오만"에 불과하다고 평가했고, 『웨스트민스터 리뷰』는 워드의 소설은 이익보다는 해가 더 크다고 결론지었다.

호평과 혹평 사이를 오간 비평적 입장과는 달리 대중은 하나의 지점만을 바라보며 열광했다. 독자들은 귀족계급의 삶에 대한 워드의 탄식과 잘못된 사회풍조를 바로잡겠다는 집필의도에는 아랑곳하지 않았다. 대신 그들은 소설 속에서, 비판적인 어조이기는 하지만, 상세하게 묘사된 귀족적 소비와 일상에 주목했다. 『트레메인 혹은 세련된 남자』는 출판계에 센세이션을 일으켰고, 독자들의 열광 속에 여러 판본으로 지속적으로 출판되면서 실버포크 소설의 대중적 인기를 견인했다.

『트레메인 혹은 세련된 남자』(1825)

『트레메인 혹은 세련된 남자』는 댄디의 권태로의 함몰과 탈출을 비장하면서도 코믹하게 그려낸 소설이다. 명문가에서 출생하고 막대한 재산도 상속받은 트레메인은 고상하고 세련된 취향을 뽐내는 삶을 산다. 갑자기 권태에 빠지고 모든 것에 염증을 느낀 그는 도시를 떠나 전원생활을 시작한다. 트레메인은 세련됨이나 화려함과는 거리가 멀지만 여성적 미덕의 귀감인 조지아나Georgina를 만나고 그녀를 사랑하게 된다. 트레메인은 조지아나에게 청혼하지만, 그녀는 그가 참다운 신앙을 가진 후에야 결혼하겠다고 청혼을 거절한다. 소설은 트레메인이 회개하고 조지아나와 결혼하는 것으로 끝난다.

『트레메인 혹은 세련된 남자』에서 목격된 현상은 불워-리턴의 『펠함』에서도 비슷하게 일어났다. 불워-리턴이 정치적으로 가장 급진적이던 시기에 쓰인 『펠함』은 대중이 실버포크 소설을 수용하는 방식을 극명하게 보여주는 또 하나의 텍스트다. 불워-리턴은 실버포크 소설이 귀족계급에 대한 호기심이나 선망을 부추기는 것이 아니라, 귀족사회의 잘못된 점을 보여줌으로써 사회개혁을 위한 도구로 사용될 수 있다고 보았다. 그는 실버포크 소설이 많은 사람들에게 "귀족계급의 방탕함과 진리와 본질에 대한 경멸할 만한 무지, 위선과 거짓을 폭로할 수 있다"[19]고 확신했다.

귀족계급의 탐욕과 허위에 대한 비판과 공격이 빈번하게 목격되는 『펠함』은, 한 귀족청년이 어떻게 정치의식을 학습하고 발전시켜나가는지를 기록한 정치적 성장소설로도 읽을 수 있다. 『펠함』은 "농민을 위한 학교를 세우고 밀렵을 용인하고 농지세를 탕감해준" 펠함의 할아버지로 인해 집안이 회복 불가능한 난관에 봉착했음을 알려주는 것으로 시작된다. 동료 귀족들이 진보적인 의식의 소유자인 펠함의 할아버지를 사회적으로 배제시키고 경제적으로 고립시켰기 때문이다.

몰락한 가문을 다시 일으켜야 한다는 사명감에 사로잡힌 펠함의 어머니는 자식을 이튼Eton에서 공부시킨다. 펠함을 이튼으로 떠나보내면서 어머니는, 그에게 할아버지로부터 배운 "어리석고 미친" 지식을 다 버리

대중의 욕망과 시대의 흐름을 읽는 탁월한 눈을 지닌 불워-리턴은 실버포크 소설의 인기를 견인했고 뉴게이트 Newgate 소설이라는 새로운 장르를 만들어냈다. 그는 진보당과 보수당을 오가며 하원의원을 지내기도 했다. 독자들의 열광과 유권자들의 환호 속을 통과하며 살았던 그는 지금 『폼페이 최후의 날들』을 썼던 작가로만 기억된다.

고 "살아 있는" 지식을 얻으라고 간절하게 충고한다.

> 네가 이튼에서 친구를 사귈 때 그들에게서 훗날 얻을 수 있는 이득을 고려해서 사귀도록 해라. 그것이 세상을 사는 지혜이고, 너를 이튼에 보내는 이유는 바로 그런 살아 있는 지식을 얻도록 하기 위함이다.

펠함은 이튼과 케임브리지에서 교육을 받으며 권세가의 자식들과 어울린다. 그는 할아버지가 불어넣어준 개혁적인 사고를 버리고 방탕한 생활을 즐기는 전형적인 귀족청년으로 탈바꿈한다. 그러나 유럽여행 도중 파리에서 급진적인 사상을 지닌 청년들과의 만남을 통해 펠함은 세상을 보는 눈을 새롭게 한다. 영국에 돌아와 펠함은 사회개혁 운동에 전념한다. 그는 지배계급의 탐욕에 의해 고안된 밀렵금지법(game law)을 폐지하는 운동을 펼치고 피지배계급을 억압하는 수단으로 이용되는 형법과 사형제도를 비판하는 팸플릿을 쓴다.

대학시절 가까운 친구로 지냈던 빈센트Vincent는 펠함이 급진주의자로 변했다는 사실에 경악한다. 빈센트는 펠함에게 보수연합을 만드는 데 동참하기를 간곡하게 권유하지만, 펠함은 자신의 계급적 입장을 분명히 하며 그의 제안을 거부한다.

> 나는 당신들이 건설하려는 정당이 어떤 것인지를 잘 안다. 내가 이런 말하는 것을 용서하라. 그러나 나는 당신들이 만들 정당보다 더 국가에 해롭고, 민중의 이익에 배치되고, 또 내 자신에게 역겨운 것을 상상할 수 없다. 나는

그런 정당의 도구가 되느니 차라리 명예로운 아사를 택하겠다.

콜번 출판사의 고문이던 쇼브렐Shobrel은 소설의 과격하고 급진적인 메시지가 대중에게 외면당하리라고 판단해서 『펠함』을 출판하지 말자고 건의했다. 쇼브렐의 우려와는 정반대로 1828년 5월 출판된 『펠함』은 곧 6쇄에 들어갈 정도의 높은 판매 실적을 보였다.[20]

『펠함』의 경우에도 독자들의 열광적 반응을 일으킨 지점은 동일했다. 독자들은 펠함의 정치적 각성이 아니라, 변신 이전에 그가 전시하던 호화스러운 삶의 방식과 세련된 의상에 집중한 것이다. 독자들은 급진주의자 펠함이 아닌 댄디인 펠함에 관심을 보였고, 그가 제작한 정치문건보다는 그의 옷과 장신구 그리고 화장술 — 특히 피부를 부드럽게 하는 알몬드 분 — 에 감탄하는 쪽을 선택했다. 『펠함』은 "댄디의 바이블"이란 별칭으로 불렸고, 소설 속에서 펠함이 입던 검정색 이브닝코트와 알몬드 분은 중간계급 남성 사이에서 크게 유행했다.

『펠함』은 독일어와 스페인어, 이태리어, 불어로 번역 출판되었고, "파리의 모든 살롱과 카페 그리고 클럽에서 영국 상류사회에 관한 교과서가 되었다."[21] 세월이 흐른 뒤 러스킨John Ruskin이 회고한 대로 1826년에는 디즈레일리의 『비비안 그레이』가 "상류사회 응접실 소설"[22]을 대표했다면, 1828년에는 불워-리턴의 『펠함』이 가장 커다란 대중적 인기를 모았다.

실버포크 소설가, 뉴게이트 소설 창시자, 현란한 변신술사 — 에드워드 불워-리턴

불워-리턴(1803~1873)의 천재성은 무엇보다도 시대의 흐름과 대중의 욕망을 포착하는 뛰어난 능력에 있었다. 그는 영국소설의 트렌드를 주도하거나 아예 새로운 장르를 만들어냈다. 1820년대에는 대중적 관심의 중심에 있던 실버포크 소설 생산에 적극적으로 참여했고, 1830년대 들어서는 영국사회를 뒤흔든 급진적이고 전복적인 범죄소설인 뉴게이트 소설의 창시자가 되었다.

불워-리턴에게는 일관된 문학적 취향이나 입장이 존재하지 않았다. 언제나 대중적 인기와 명성, 부를 얻기에 유리하다고 판단한 방향으로 움직였을 뿐이다. 그가 문학적 기회주의자라는 평가를 받은 이유다. 불워-리턴의 정치적 삶도 마찬가지였다. 당대의 문학적 흐름에 편승해 소설장르를 섭렵하거나 때로는 창조했던 것처럼, 그는 극단적으로 다른 이념과 정치적 입장을 갈등 없이 오갔다. 그가 정치적 기회주의자로도 불리는 이유다.

불워-리턴은 1828년에 "댄디의 바이블"로 불린 『펠함』을 써서 절정을 향하여 달려가던 실버포크 소설의 인기에 편승했다. 1830년에는 형법이 가난한 자들을 억압하는 지배도구로 사용되는 현실을 공격하고 사법제도의 개혁을 촉구한 『폴 클리퍼드Paul Clifford』를 발표했고, 뉴게이트 소설장르의 탄생을 세상에 알렸다. 1832년에는 또 다른 뉴게이트 소설 『유진 아람Eugene Aram』을 써냈고, 뉴게이트 소설을 1830년대를 대표하는 소설장르로 만드는 데 성공했다.

불워-리턴의 정치적 커리어 역시 성공적이었다. 그는 두 차례 하원의원을 지냈는데, 1831년부터 11년간은 — 뉴게이트 소설의 창시자답게 — 진보당인 휘그당의 하원의원으로 활동했다. 정치적으로 급진적인 입장을 철회하고 보수당인 토리Tory당으로 당적을 바꾼 후, 그는 1852년부터 1866년까지 토리당 하원의원으로 지냈다. 불워-리턴의 정치적 변신에는 납득할 만한 이유나 극적인 계기는 존재하지 않았다.

성공적이지만 모순적인 정치인으로서의 삶을 사는 동안에도 불워-리턴은 소설쓰기를 계속했다. 그가 써낸 소설은 실버포크 소설과 뉴게이트 소설을 거쳐 역사소설과 심령소설까지 포괄한다. 살아 있을 때의 인기와 명성에 비교한다면 지금 그의 문학적 위상은 초라하다. 오늘날 불워-리턴은 단지 『폼페이 최후의 날들(The Last Days of Pompeii)』을 썼던 작가로 기억된다.

이제 독자들이 실버포크 소설에서 원하는 것이 무엇인지는 분명해졌다. 대중들의 열광은 정치소설로서의 실버포크가 아니라 풍속소설로서의 실버포크에 있다는 점이, 실버포크 소설은 중간계급 독자가 상류계급의 삶을 따라하기 위한 지침서로 기능한다는 사실이 드러난 것이다. 따라서 실버포크 소설을 어떻게 써야 할지도 명확해졌다. 콜번은 실버포크 소설가들에게 독자들의 입맛에 맞추어 새롭게 쓰거나 기존에 발표된 소설을 개작할 것을 주문했다. (모든 작가들이 이런 요구에 순응하거나 지정된 궤도를 따라간 것은 아니었다. 하지만 그런 경우는 매우 예외적인 사례로 남는다.) 실버포크 소설은 귀족적 삶에 대한 보고서로 작성되었고, 귀족적 삶을 따라하기 위한 가이드로 소비되었다.

콜번은 중간계급 독자에게 소구력을 지니는 내용을 보강해서 디즈레일리의 『비비안 그레이』와 『펠함』의 개정판을 시장에 내놓았다. 그는 개정된 텍스트에 부르주아들이 갈구하던 귀족들의 삶에 대한 상세한 정보 — 귀족들이 먹는 음식이나 듣는 음악, 관심을 보이는 예술가, 즐기는 춤 — 를 담도록 했다. 『비비안 그레이』의 개정판에는 귀족들의 예술적 취향에 대한 구체적인 내용이 첨가되었다. 귀족계급의 거실에 가장 많이 걸리는 미술작품이 뉴턴Stewart Newton의 석판화라는 사실과, 오페라 중에서는 로시니Rossini의 『오텔로Otello』와 발레공연으로는 바이런Lord Byron 원작의 『해적선(The Corsair)』이 귀족들의 관심을 독차지하고 있다는 정보가 제공되었다.

개정된 『펠함』에는 귀족계급이 즐기는 음식에 대한 자세한 정보가 더해졌는데, 특히 프랑스 왕실 요리사로 지내다가 프랑스혁명 이후 영국에 망명해 크록포즈 클럽의 수석요리사로 활동한 우드Ude의 요리법이 상세하게 소개되었다. 소설 속에는 굴레슨 경Lord Guletson이 디너파티에서 음식을 맛본 후 요리가 "실제적이고 정확한 우드의 요리의 과학"에 의거하지 않았다고 비판하는 장면이 등장한다. 이후 길게 전개된 요리에 관한 논쟁은 우드의 요리법을 소개하는 소책자를 구성할 수 있을 정도로 상세하다. 『비비안 그레이』와 『펠함』의 개정판에는 휘스트whist로 불리는 귀족계급이 즐기는 카드놀이와 명예를 수호하기 위해 벌이는 귀족남성들 간의 결투방식에 대한 세밀한 소개도 포함되었다.

『펠함』(1828)

"한 신사의 모험(The Adventures of a Gentleman)"이란 부제를 지닌 『펠함』은 주인공 펠함이 겪은 다양한 사건들에 대한 서술로 구성된다. 그가 경험한 일들에는 궁정파티, 도박, 결투, 귀부인들과의 불륜 등이 포함된다. "댄디의 입문서"로 소비되기는 했지만 『펠함』은 귀족세계에 대한 관찰과 기록의 수준을 넘어서는 한 귀족청년의 정치적 성장소설로도 읽을 수 있다. 진보적 계급관을 지녔던 조부로 인해 몰락한 펠함 가는, 유력한 집 자제들과의 인맥을 통해 다시 집안을 일으키기 위해 펠함을 이튼과 케임브리지에서 공부시킨다. 그는 보수적인 정치의식과 향락적인 삶의 방식을 지닌 전형적인 귀족청년으로 성장한다.

하지만 펠함은 유럽여행을 통해 급진주의자들과 교류하면서 세계관을 다시 형성하고 개혁주의자로서의 삶을 실천하게 된다. 친우 레지날드 Reginald Glanville가 살인범죄의 누명을 쓰고 수감되자, 펠함은 레지날드를 파멸시키려는 흉계를 파헤치고 그의 누명을 벗겨준다. 펠함은 레지날드의 여동생과 결혼한다.

신빙성/진정성을 마케팅하기

콜번은 실버포크 소설의 출판을 기획할 때 중간계급을 주요대상으로 설정하고 그들의 욕망을 자극할 수 있는 콘텐츠 개발에 주력했다. 그가 내린 판단은 적중했고, 실버포크 소설은 중간계급 독자들을 유혹하는 데 성공했다. 그러나 콜번의 기획이 중간계급 독자들을 겨냥한 콘텐츠 개발에만 집중한 것은 아니었다. 그는 독자가 가장 예민하게 반응하는 지점이 작가의 출신배경이라는 사실을 간파해냈고, 서평의 영향력을 최대한 활용해서 그 지점을 공략했다.

콜번이 뛰어난 출판기획자라는 점은 실버포크 소설이 "무엇보다도 신빙성을 지향"[23]해야 하는 장르라는 점을 탐지한 사실로 입증된다. 중간계급 독자가 귀족사회 '내부자'가 하는 이야기를 듣고 있다고 확신하도록 만드는 것이 실버포크 소설을 구입하는 결정적인 요인으로 작용한다는 점을 깨달은 것이다. 그의 첫 번째 깨달음은 훅이 쓴 『언행-삶에 대한 일련의 스케치』 시리즈의 첫 번째 소설인 『댄버스』로부터 왔다.

1824년 2월에 출판된 『댄버스』는 『블랙우즈 매거진』으로부터 귀족출신 작가가 쓴 상류사회에 관한 "진품"이라는 평가를 받았다.

> 이 소설에는 묘사하는 다양한 집단을 모두 통과한 사람이 작성했다는 것을 표시하는 세련된 태도의 분위기가 있다. 이러한 분위기는 아무리 확실하게 위장한다고 해도 경험이 부족한 사람들은 결코 익힐 수 없는 것이다.

『댄버스』의 판매량은 급속도로 증가했고, 같은 해에 여러 차례 재출판될 정도로 거대한 인기를 누렸다. 진정성과 신빙성을 통해 실버포크 소설의 대표작가로 부상한 훅의 사례를 통해 콜번은, 실버포크 소설의 독자들이 알고 싶어 하는 것은 '진짜' 귀족들의 삶이라는 사실을 확신했다.

『댄버스』의 성공 이후 콜번은 실버포크 소설을 출판할 때 작가가 귀족계급 출신이고 귀족사회에 정통한 인물이라는 점을 무엇보다 강조했다. 소설에 재현된 귀족세계가 진정성과 사실성을 담보하고 있다는 점을 부각시키는 전략을 채택한 것이다. 물론 블레싱톤 부인Lady Marguerite Blessington의 경우처럼 전혀 노력이 필요하지 않은 경우도 있었다. 백작부인이었던 그녀에게서는 진정성의 아우라가 자동적으로 피어났기 때문이다. 그녀의 소설 『두 명의 친구들(The Two Friends)』에 관한 『런던 리터러리 가제트London Literary Gazette』의 서평은 그 표본적 사례다.

> 블레싱톤 부인은 사교계 안에서 활동하는 사교계에 관한 예리한 관찰자다. 따라서 그녀의 묘사는 하인들이 대기하는 홀에서 하는 짐작이 아니고, 목격한 적이 없는 광경이나 경험한 적도 없는 일에 대한 보고서도 아니며 문

단 주변을 어슬렁거리다가 모은 생각도 아니다.

블레싱톤 부인이라는 예외적인 경우를 제외하고는 콜번은 실버포크 소설가의 진정성을 강조하는 전략을 포기하지 않았고, 여기에서 한 발 더 나아가 작가뿐 아니라 소설의 등장인물을 통해서도 신빙성을 강화하려는 전략을 시도했다. 독자로 하여금 텍스트에 등장하는 인물들 역시 실존귀족이라고 받아들이도록 하기 위해 콜번은, 작가들에게 캐릭터를 창조할 때 실명에 변화를 주기는 하지만 독자가 파악할 수 있는 단서와 함께 묘사하도록 요구했다. 등장인물의 진정성 강화전략은 성공적인 결과를 낳았다. 독자들은 실버포크 소설을 읽으며 더욱 생생하게 귀족적인 삶을 체험한다고 느낄 수 있었고, 텍스트에 포함된 실마리를 풀면서 등장인물이 현실의 어느 귀족을 가리키는지 추측하는 게임(guessing game)을 함께 즐길 수 있었다.[24]

디즈레일리의 『비비안 그레이』가 드러낸 판매양상의 극적인 변화는 콜번의 사실성 강화전략이 얼마나 효과적이었는지를 극명하게 보여준다. 몰락한 귀족가문의 청년이 권력의 핵심과 상류사회의 중심으로 진입하기 위해 벌이는 분투를 중심으로 서사가 진행되는 『비비안 그레이』는 처음 출판되었을 때는 독자대중의 주목을 받지 못했다. 콜번의 마케팅이 대대적으로 전개되면서 『비비안 그레이』는 독자들로부터 열광적인 환호를 받았다.

실버포크 소설가에서 영국총리로 — 벤저민 디즈레일리

디즈레일리(1804~1881)는 1804년 런던의 유태계 가정에서 태어났다. 법정변호사(barrister)를 꿈꾸던 디즈레일리가 실버포크 소설을 쓰게 된 것은 전적으로 금전적인 이유에서였다. 남미의 은광에 대한 투자실패로 빚을 지게 된 그는 갚을 돈을 마련하기 위해 1826년에 『비비안 그레이』를 발표했다. 『비비안 그레이』는 그에게 명성을 가져다주었지만 빚을 탕감시켜주지는 못했다. 그는 1830년에 또 다른 실버포크 소설인 『젊은 공작』을 발표했고 다시 대중의 환호를 받았다. 『젊은 공작』을 향해 쏟아진 대중의 열광과 주목은 오래가지 않았고, 그는 금전적 곤경에서 벗어나지 못했다. 디즈레일리는 1832년 2월 아버지에게 보낸 편지에서 탄식했다. "『젊은 공작』은 물론 잊혀졌고… 그는 실로 폭풍 속에서 노래하는 한 마리 새였고 천둥이 그의 지저귐을 망가뜨렸습니다." 1839년에 부유한 미망인이던 루이스Mary Anne Lewis와 결혼하면서 디즈레일리는 '돈 문제'에서 자유로워질 수 있었다.

디즈레일리가 빛나는 존재로 떠오른 곳은 정치무대였다. 1837년에 토리당 소속 하원의원으로 선출된 후 그는 빅토리아시대를 대표하는 보수주의 정치인으로 우뚝 섰다. 그는 곡물법 폐지에 반대하는 보호무역주의를 주장했지만, 1867년에는 농민과 노동자들에게도 선거권을 부여하는 제2차 선거법 개정을 관철시키기도 했다. 1868년 총리가 된 후에는 쇠락하는 대영제국의 영향력을 회복하는 데 집중했다. 1880년 선거에서 패배한 후 그는 총리직에서 사임했다.

디즈레일리는 정치인으로 활약하던 기간에도 소설쓰기를 멈추지 않았다. 뛰어난 정치소설 『코닝스비 혹은 새로운 세대(Coningsby, or the New Generation)』(1844)와 계급갈등을 다룬 최고의 소설 『시빌 혹은 두 개의 국가(Sybil, or the Two Nations)』(1845)가 나온 시기는 그가 "젊은 영국(Young England)"이라는 정치모임을 주도하며 가장 활발하게 정치활동을 벌이던 기간이었다. 그는 세상을 떠나기 1년 전인 1880년에 『엔디미온Endymion』

이라는 실버포크 소설과 정치소설이 결합된 소설을 마지막으로 발표했다. 한순간도 방심하거나 허투루 쓰이지 않았던 성취의 삶이었다.

콜번은 디즈레일리가 "영국사교계에 대한 재능과 지식"[25]을 소유한 "으뜸가는 상류사회 남성"[26]이라고 홍보했을 뿐 아니라, 『비비안 그레이』를 "실존인물들로 가득한 영국귀족의 인명사전"[27]이라고 광고했다. 그의 홍보전략은 적중했다. 『비비안 그레이』는 귀족사회에 대한 지식을 놓고 경쟁하던 중간계급 독자들 사이에서 선풍적인 인기를 끌었고, 소설에 등장하는 인물이 실제로 어느 귀족을 가리키는지를 알아맞히는 게임이 유행했다. 『비비안 그레이』는 세 종류의 판본이 영국 내에 등장하고 불어와 독어 그리고 스페인어로 번역되어 해외에서 출판되는 성공을 거두었다.[28] 독일귀족인 마스카우Pücker Maskau가 아내에게 보낸 편지에서 언급한 것처럼, 『비비안 그레이』는 "영국 귀족계급을 이해하는 데 가장 좋은 자료"[29]로 간주되었다.

콜번이 출판한 『펠함』은 실재하는 귀족인물과 소설 속에 등장한 인물 사이의 정확성과 상관관계를 부각시켜 독자를 열광하게 만든 또 다른 사례다. 『펠함』은 주인공인 귀족청년이 런던과 파리를 포함한 유럽의 대도시에서 경험하는 상류사회를 묘사했는데, 각 나라의 귀족들도 인정할 정도로 실존귀족과의 일치성을 보여주었다. 상당수의 귀족들은 "자신들의 많은 친구들이 풍자되고 있다"[30]는 사실에 충격과 분노를 표시했지만, 콜번은 귀족계급이 경악한 바로 그 지점을 집중적으로 홍보했다. 유럽의 실존귀족들이 캐릭터로 등장한다고 알려지면서 『펠함』은 더욱

디즈레일리는 실버포크 소설가로 커리어를 시작했고, 보수주의 정치가로 활약했다. 한순간도 낭비하거나 허투루 살지 않았던 그는 직업정치인으로 가장 바쁘던 시기에 『시빌 혹은 두 개의 국가』라는 계급문제를 다룬 최고의 소설을 써냈고, 마침내는 총리 자리에까지 올랐다.

거대한 대중적 관심을 모으는 데 성공할 수 있었다. 콜번이 "유명인을 이용하는 출판"의 "명백한 국면"[31]을 열었던 인물로 평가되는 이유다.

콜번이 실버포크 소설 마케팅의 가장 중요한 수단으로 삼은 것은 서평이었다. 지금으로서는 상상할 수 없을 정도로 문학시장에서 서평의 권위와 영향력은 절대적이었기 때문이다. 새로운 소설들이 끊임없이 출판되고, 독자들은 서점 매대 위에 가득 펼쳐진 소설들 앞에서 혼란스러워하는 상황에서, 신간소설에 대한 서평은 독자의 선택을 좌우하고 소설의 판매량을 결정했다. 콜번은 1년에 마케팅 비용으로 9,000파운드를 썼고 소설 한 편에 300파운드를 지출하기도 했는데,[32] 비용의 상당부분은 서평에 투입되었다.

콜번이 가장 중점적으로 채택한 서평방식은 '부풀리기(puff)'였다.[33] 그에게 "퍼핑의 황태자"[34]라는 별칭이 붙게 된 까닭이다. 그는 비평가들을 동원해 소설에 관한 과대홍보를 하도록 했고, 적지 않은 경우 허위홍보까지 할 것을 요구했다. 콜번 출판사의 약진과 실버포크 소설의 부상에 '부풀린' 혹은 '거짓된' 서평이 커다란 공헌을 했다는 것은 부정할 수 없는 사실로 남는다. 실버포크 소설은 진정성에 대한 욕구를 소비하는 장르였고, 이를 위해서는 저자와 관련된 신뢰도를 증폭시키는 것이 소설 판매의 증가를 위한 가장 효과적인 수단이었다. 콜번이 서평가들에게 강조한 지점은 저자와 관련된 경우가 대부분이었고, 서평은 저자의 신원을 과장하거나 조작하는 데 집중되었다.

워드의 『트레메인 혹은 세련된 남자』는 저자의 정체를 허위적으로 구성함으로써 소설의 신뢰성을 보장해주는 퍼프서평이 얼마나 강력한 마케팅 방식인지를 잘 보여준다. 콜번은 『트레메인 혹은 세련된 남자』를 가명으로 펴내기로 결정하고, 소설출판이 임박한 시점과 출판 직후 대규모로 퍼프서평을 살포했다. 퍼프서평가들은 작가가 귀족계급의 내부 성원임에 틀림없다는 서평을 쏟아냈고, 당대 작가들의 집필 스타일과 비교하면서 숨겨진 작가의 정체를 추측하는 게임이 독자들 사이에서 유행했다. 『트레메인 혹은 세련된 남자』의 출판으로 독자대중의 인기를 장악하는 데 성공한 콜번은 소설출판의 중심으로 진입했다.

『비비안 그레이』(1826)

『비비안 그레이』의 서사는 비비안이 권력의 핵심과 상류사회의 중심으로 진입하기 위해 벌이는 분투를 중심으로 진행된다. 아름다운 외모와 뛰어난 지능을 소유한 비비안은 몰락한 귀족가문의 아들이라는 자신의 불우한 처지에 "저주받으라, 나의 운명이여!"라고 크게 낙담한다. "개인적인 차별성이 위대한 집단으로 진입하게 하는 유일한 여권"이라는 사실을 깨달은 그는, 개인적인 매력을 최대한 활용해 사교계에 진입하고 빠르게 명성을 쌓아나간다. 비비안은 최상위계급의 환심을 사는 데 성공해서 권력의 순간을 짧게 경험하지만, 그들의 총애를 잃어버린 후 영국을 떠나 방랑한다. 유럽여행을 하던 중 지진과 홍수를 만나 여행을 함께하던 친구는 죽고 비비안의 생사는 밝혀지지 않는다. 그의 사망을 암시하면서 소설은 종결된다.

『젊은 공작』(1830)

"즐겁지만 도덕적인 이야기(A Moral Tale, Though Gay)"라는 부제를 달고 출판된 『젊은 공작』은 자기애로 가득하고 무책임하던 댄디의 부상과 하락, 변모를 다룬다. 젊은 공작인 조지는 어린 시절 그의 후견인이었던 가톨릭 신자 데이커 씨Mr. Dacre의 딸 메이May Dacre에게 청혼하지만 거절당한다. 이후 그는 타락한 삶을 살게 된다. 방탕한 삶이 가져온 부채를 갚기 위해 노름을 하지만 그는 모든 것을 잃고 만다. 삶의 밑바닥까지 추락한 그는 자신의 후견자였던 데이커 씨의 도움으로 다시 새로운 삶을 시작한다. 조지는 메이와 결혼하고 상원에서 가톨릭신자 해방을 지지하는 감동적인 연설을 하게 된다.

문학생태계의 교란자 혹은 문화산업의 선구자

콜번에 대한 당대의 시각은 부정적 입장이 지배적이었다. 콜번을 향한 비난은 그가 문학출판사를 운영한 것이 아니라 실버포크 소설 공장을 운영했다는 비판으로 수렴된다. 콜번은 실버포크 소설을 "야드 단위로 파는 우아한 옷감처럼"[35] 대량생산했다는 것이다. 실버포크 소설가들 중에서 가장 경이로운 생산성을 보여주었던 고어마저 콜번의 출판시스템을 "일 년에 세 권으로 된 소설을 두 번 출판하는 역겨운 공장시스템"[36]으로 매도했다.

콜번은 실버포크 소설의 기획출판과 마케팅을 통해, 무엇보다도 퍼프 서평을 통해 문학세계를 오염시키고 변질시킨 원흉으로 규정되었다.

> 1830년대경에는 출판업자들의 퍼프로 인한 악취가 런던의 강의 악취만큼이나 피할 수 없는 것이 되었고, 깨끗하게 청소하기 위해서는 빅토리아시대 새로운 세대의 노력이 요구되었다.[37]

이런 상황에서 콜번에 의해 장르적 법칙이 완성되었다고 간주되는 실버포크 소설이 저속하고 타락한 표피적인 문학이라는 평가를 받은 것은 피할 수 없는 귀결이었다. 실버포크 소설에 대한 비평적 입장은 콜번에 대한 불쾌감이나 적대감에서 결코 자유로울 수 없었고, 실버포크 소설은 문학의 본령에서 벗어나 대중적 인기만을 추구한 싸구려 소설장르라는 판정에서 벗어나기 힘들었다. 실버포크 소설이 출판업자 콜번을 만족시키기 위해 정확성과는 거리가 먼 충격적 사실과 스캔들, 가십을 전시한 장르로 규정되거나,[38] "오늘날의 할리퀸 로맨스"[39]가 하는 역할을 19세기 초반에 담당했던 "상품으로서의 텍스트"[40]에 불과하다는 평가를 받은 것도 놀라운 일은 아니다.

콜번에 대한 평가는 최근까지도 유사하게 진행되는 모습을 보인다. 여전히 그는 문학생태계의 교란자였다는 비판을 받고 있다. 그가 시도했던 실버포크 소설의 출판기획과 마케팅은, 문학텍스트가 "검정구두약이나 머릿기름 혹은 복권과 같은 더 세속적인 생산물"[41]과 똑같이 취급되고 판매되도록 만들었다는 것이다. 콜번에 대한 긍정적인 시각이 전무한 것은 아니지만 그 수는 극히 적고, 적극적인 옹호보다는 관용적인 태도를 주장하는 방어적 입장에 가깝다. 콜번이 저지른 "주요 범죄행위"로 비난받는 퍼핑을 현대의 "선전"과 매우 흡사한 "과장된 재주"[42]로 보자는 견해가 이런 시각을 대표한다.

콜번에 대한 비판은 그의 기획과 마케팅이 등장하기 전까지 문학은 독창성과 영감, 자발성과 비상업성의 세계로 남아 있었다는 '믿음'에 근거한다. 그렇기 때문에 그를 향한 격렬한 비난의 목소리는 쉽게 가라앉기 어려울 것이다. 콜번에 대한 거부감이 지속되는 한 그가 새롭게 만들어간 소설출판의 역사 또한 재조명의 대상에 포함되기 힘들 것이다. 하지만 콜번이 실버포크 소설의 기획과 마케팅을 통해 소설출판을 활성화시키고 소설독자층을 급속하게 확대시킴으로써 영국소설의 영역과 지평을 극적으로 확장시켰다는 사실은, 그를 둘러싼 논란 속에서도 묻히거나 지워지지 않고 남을 것이다. 콜번은 문학의 세계를 창발성의 공간으로부터 기획과 홍보의 영역으로 전이시킨 문화산업의 선구자로도 자리매김 될 수 있다.

콜번은, 우호적인 입장에서건 부정적인 시각에서건, 다가올 미래였고 일어날 사건이었다. 그는 소설산업의 기획자이며 촉진자이고 확장자였고, 영국소설은 그가 닦아놓은 '산업'도로를 질주했다. 소설의 황금기는 그 길 위에서 시작되었다.

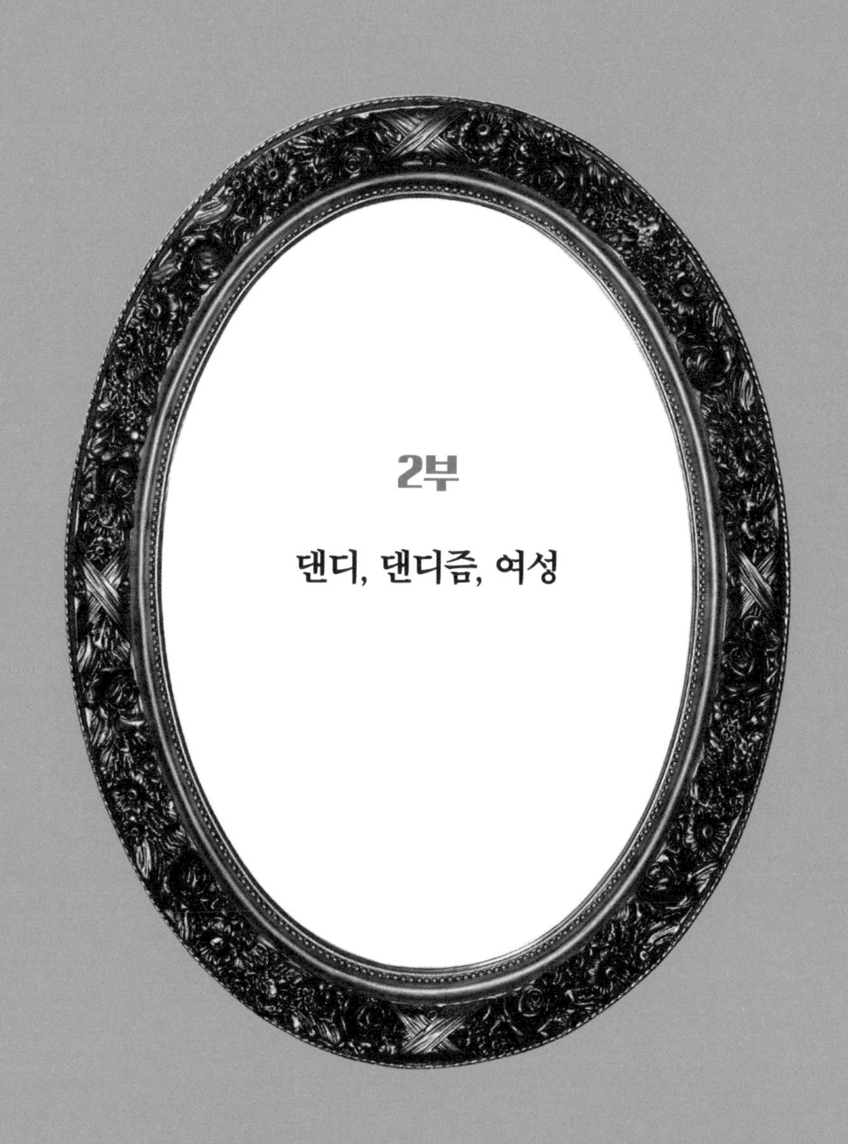

2부

댄디, 댄디즘, 여성

3장

댄디의 탄생

귀족계급의 열패감과 적대감

19세기 내내 영국 중간계급의 약진은 멈칫거리거나 약화되지 않았다. 『그랜비』에 등장하는 저민 경Sir Thomas Jermyn은 중간계급의 도약에 대한 귀족계급의 심리적 반응을 잘 보여준다. 그는 현재의 탄식과 부정에 근거해 미래를 예견한다.

> 나라가 안 좋은 상태에 놓여 있소이다. 사람들은 평화와 번영 그리고 증가하는 제조업과 상업적 관계에 대해 말할지도 모르오. 상업! 결코 내게 상업에 관해 말하지 마시오. 상업은 멸하고 우리의 헌법은 살아남으리라.

미래는 저민 경의 희망과는 정반대로 진행된다. 상업은 흥하고, 헌법은 멸할 위기에 봉착했다가 중간계급의 요구에 굴복한 후에야 간신히 살아남았다. 귀족계급은 열패감에 사로잡혔고, "사업이나 혹은 무역"을 통해 돈을 번 "서투르고" "예법이 형편없으며" "상스러운"[1] 중간계급에 대한 적대감과 증오심을 키워갔다.

고어의 소설 『해밀턴 가 사람들』은 중간계급 신흥부자들에 대한 귀족계급의 혐오를 생생하게 보여준다. 귀족인 어거스터스Augustus가 "상스러운" 중간계급을 향해 퍼붓는 독설이다.

> 내가 극도로 혐오하는 것이 하나 있다면 그것은 영국이나 혹은 유럽대륙에서 과하게 차려입은 상스러운 가족의 모습이지. 자신들이 무얼 하는지 모르고 경이에 가득한 눈으로 쳐다보며, 모든 극장에서 불타오르는.

낭만주의시대에 활동했던 계관시인 사우디Robert Southey의 적개심도 특별했다. 고상하고 아름다운 시어와 모호하고 암시적인 표현을 사용하던 그는, 중간계급을 향해서는 유독 거칠고 사나운 말들을 직접적으로 표출했다. 그는 중간계급 벼락부자들을 "우리 제도를 위협하는 위험"[2]으로 규정하고 그들의 존재를 저주했다.

시각적 상상력의 부상과 댄디의 스펙터클

자신의 육체를 스펙터클로 만들어 존재감을 과시하고 싶어 하는 귀족남성으로 여겨지던 댄디는, 실버포크 소설의 주요 캐릭터로 자주 등장했다. (실버포크라는 말이 낯설게 다가오는 것과는 많이 다르게, 댄디는 친숙하게 들리는 단어다. 일제강점기에 발표된 한국소설에서도 댄디로 호명되는 인물들은 드물지 않게 등장한다. 몇 년 전 남쪽 항구도시의 구도심에서는 "댄디 라사"라는 간판을 단 오래된 양복점이 보였다.) 주인공이 남성으로 설정된 실버포크 소설이 "댄디 소설"[3]로도 불리는 이유다.

당대의 저명한 사상가, 역사가, 평론가였던 칼라일은 (유신시대 중학교 국어교과서에도 실렸던) 『의상철학(Sartor Resartus)』에서 댄디를 "시각적인 대상"이 되고 싶다는 욕망을 지닌, "옷을 입는 일이 직업이고 임무이며 삶 그 자체"[4]인 존재로 판정했다. 오늘날에도 댄디는 "외양에 완벽을 기하는… 외면적인 것 이외에는 관심이 없는"[5] 사람들로 규정된다.

댄디가 외모로 구별짓기를 시도한 것은 대단히 참신하거나 창의적인 발상은 아니었다. 댄디의 시대는 시각적 상상력이 빠르고 전면적으로 부상했던 시기였기 때문이다. 시각을 강조하거나 시각에 절대적 권위를 부여한 사례는 쉽게 발견된다. 미학이론가 러스킨은 진실을 포착하는 가장 핵심적인 감각으로 시각을 지목했다. 그는 "정확하게 보는 것이야말로 시, 예언, 종교를 하나로 합친 것"[6]이라고 주장했다. 라파엘전파(Pre-Raphaelite)에 속한 화가들이 시각적 요소를 극도로 세밀하게 적용하여 종교적 주제를 재현하려 한 것도 이 시기에 강화된 '눈으로 보기'에 대한 믿음을 반영한다.

미술뿐 아니라 문학에서도 시각적 상상력에 대한 강조는 두드러졌다. 칼라일은 「시인으로서의 영웅(The Hero as Poet)」에서 "대상을 명확하고 강렬하게 보는 행위"로부터 시는 "저절로"[7] 나온다고 말했다. 그는 대상을 충실하게 바라보는 것을 제외하면 시의 창작과정에는 아무것도 남지 않게 된다고까지 주장했다. 철학자이자 정치경제학자였던 밀John Stuart Mill은 시인의 힘이 "내면에 위치한 눈으로 그림을 그리는"[8] 데 있다고 역설했다. 위대한 시인이자 비평가였던 아놀드Matthew Arnold도 대상을 있는 그대로 보는 것이 모든 종류의 지식이 지향하는 이상이라고 주장했다.

미술과 문학에서만 시각의 중요성이 강조되었던 것은 아니다. 시각적 상상력의 부상과 함께 공학적 성과물도 그 다양한 모습을 드러냈다. 사진이 발명됐고 회전그림판 사진술, 요지경, 만화경, 입체경과 같은 시각적 기계장치가 등장했다.[9] 시각과 관련된 테크놀로지는 사진의 복제술을 넘어서 시각적 환영을 이용하는 단계로 진입하고 있었다.

스펙터클의 양산도 시각에 대한 강조와 떼어놓을 수 없다. 신기한 구경거리를 만들기는 끊임없이 시도되었고 하나의 사회현상으로 자리 잡았다. 국가에 의해 개최된 1851년 런던의 수정궁박람회와 댄디는 이 시기를 대표하는 스펙터클이다.

댄디는 계급과 젠더이데올로기가 작동되는 복합적인 구성물이라는 점에서 단지 신기한 구경거리로 소비되던 스펙터클들과는 달랐다. 하지만 동시대인들이 댄디를 바라보는 관점은 단순하고 일면적이어서 그 차이를 구분하지 못했다. 그들은 댄디를 오직 외모꾸미기에만 치중하는 존재로 여겼을 뿐이다. 그들은 댄디가 육체를 중간계급과의 시각적 구별짓기를 위한 도구로 사용한다는 사실을 파악하지 못했고, 댄디의 스펙터클 뒤에 은폐된 강렬한 계급적 욕망도 보지 못했다.

1851년 런던의 수정궁박람회는 대영제국이 이룩한 산업기술의 진보를 세계에 과시하기 위해 개최되었다. 박람회는 대중에게 신기한 구경거리로 수용되었고, 댄디와 더불어 빅토리아시대를 대표하는 스펙터클이 되었다.

문화자본으로 승부하기

문화자본을 축적하는 시간은 경제자본을 모으는 시간과는 단위가 다르다. 경제자본은 타고난 사업수완과 '운때'가 맞아떨어진다면 한 생애에 획득할 수도 있겠지만, 문화자본을 쌓는 데는 몇 대에 걸친 노력이 요구된다. 선대로부터 내려오는 습속과 개인이 일생에 걸쳐 형성하는 소양이 모두 필요하기 때문이다.

19세기 영국이라고 다르지 않았다. 경제자본에서 이미 압도적 우위를 굳힌 중간계급은 사회자본의 축적에서도 약진하고 있었다. 중간계급의 질주는 오직 문화자본의 금고 앞에서 멈췄다. 거대하게 쌓아놓은 화폐더미와 새로 손에 쥐게 된 투표용지가 문화적 수준을 높여주지는 못했기 때문이다. 문화자본을 이용한 승부는, 귀족계급에게 남은 유일한 전략이었다.

귀족계급의 문화적 취향은 중간계급과 공유될 수 없었다. '일반화된 세련됨'이나 '보편화된 고급스러움', '대중적인 품격'은 가능하지 않기 때문이다. 이런 조합은 '둥근 사각형'처럼 그 자체로 형용모순이다.

취향이 다르다는 것은 결코 사소한 문제가 아니다. 취향은 프랑스의 사회학자 부르디외Pierre Bourdieu가 지적한 것처럼, 문화습득 양식의 차이를 "본질적인 차이"로 "변환"[10] 시켜버리는 강력한 힘을 지니기 때문이다. 노동과 투자에 전념하고 자본축적에 집중하느라 예술과 패션에 관한 고급스러운 취향을 습득하지 못한 중간계급은, '낮은' 취향으로 인해 '본질적으로' 저급하고 무지한 집단으로 판정되어 버리는 것이다. 더 나아가 취향의 차이는 "공포 혹은 본능적인 참을 수 없음", "혐오"와 "가장 중대한 불쾌감"[11]을 즉각적으로 유발시킨다. 취향이 귀족계급이 동원할 수 있는 가장 강력하고 파괴적인 무기가 되는 이유다.

문화자본의 규모가 다르거나 취향의 수준이 다른 계급에 대해 가지는 경멸과 혐오, 배제의 반응은 실버포크 소설에서 쉽게 발견된다. 고어의 『세실 혹은 한 멋쟁이의 모험(Cecil, or The Adventures of a Coxcomb)』의 주인공 세실은 옥스퍼드대학에 다니던 시절 해리스Jack Harris를 만난다. 세실은 해리스의 현명함과 담대함에 매료되어 그를 "괴물같이 영리한 녀석"으로 부르며 교우관계를 맺는다. 그와 친밀한 사이로 지내던 중 세실은 해리스가 파리에서 구입한 조끼를 보고 불쾌감을 느낀다. 해리스의 조끼가 "서민적"으로 보이기 때문이다. 해리스의 배경에 대한 은밀한 조사를 통해 세실은 해리스가 "문제적 재산과 의심스러운 혈통을 지닌" 졸부의 아들임을 알게 된다. 세실은 "모든 혐오를 드러내며" 해리스와 단교한다.

새커리의 『펜더니스(The History of Pendennis)』에서도 저급한 취향을 드러내는 중간계급에 대한 경멸이 목격된다. 그중에서도 젊고 부유한 약재상으로 등장하는 헉스터Sam Huxter의 패션에 대한 재현은 악의적일 정도로 잔인하다.

> 한 젊은 남자가 커다란 흰색 코트에 빨간 목도리를 했는데, 목도리 위에는 수상쩍은 목을 드러내도록 돌아가 있는 셔츠 칼라가 보였고, 금이나 혹은 다른 금속으로 된 커다란 핀을 하고 공상 속에서나 나올 법한 극단적인 유

리단추를 단 상상력이 풍부한 조끼를 입었으며, "와서 나를 보고 내가 얼마나 값싸고 저속한지를 깨달으라"고 큰 소리로 외치는 듯한 바지를 입었고, 코트의 한쪽 주머니에는 작은 막대기가 꽂혀 있었다.

워드의 『트레메인 혹은 세련된 남자』에서 재력가 호튼 씨Mr. Horton가 배제되는 이유 역시 문화자본의 결핍에서 비롯된 것으로 그려진다. 신분상승에 대한 욕망이 강한 호튼 씨는 런던에서 가장 오래되고 명망 높은 사교클럽 화이츠에 가입하기를 갈망한다. 경제자본과 사회자본을 총동원해서 펼치는 부단한 노력에도 불구하고 그의 꿈은 이루어지지 않는다. 호튼 씨의 외모와 말투, 매너가 "영국의 자작농"을 연상시킨다는 이유에서다.

빈약한 문화자본으로 인해 좌절하고 소외되는 중간계급의 사례는 훅의 『밴더스』에서도 발견된다. 거대한 유산을 상속받은 변호사 출신 밴더스와 그의 가족은 프랑스어를 구사하지 못하고 매너와 복식에 대한 조예도 깊지 않다. 이들은 "가여운 초심자"의 "끔찍한 부끄러움"을 경험한다. 그들을 당혹하게 만들고 결국은 좌절하도록 만드는 이유에 대해 훅은 친절하게 설명한다.

과도한 부는 비록 엄청난 것이기는 하지만 일을 행하는 예법, 즉 요령을 부여하지는 않았다. 금 접시와 금 꽃병 가운데 진행되는 저녁만찬에서는 항상 실수가 있었다. 안주인이나 혹은 바깥주인 모두 무엇이 잘못되었는지를 의식하지 못하기 때문에 미래의 같은 상황에도 고쳐지리라 희망할 수 없는 작은 실수들. 분명하게 규정하기에는 힘든 그러나 이 나라 귀족계급의 어조와 예법을 모방하려는 신흥부자들의 모든 시도에 변함없이 드러나는 부르주아의 분위기, 예선통과자의 몇 가지 결점이 존재했다.

돈으로 '휘감은' 중간계급은 상류사회 진입을 위한 예비단계는 통과할 수 있었다. 그러나 이들 "예선통과자"에게는 본선이 기다리고 있었다. 귀족계급은 유일하게 남은 무기인 문화자본으로 최종방어기지를 구축했고, 구축된 문화요새의 전위에는 댄디가 서 있었다. 댄디가 "허영심 많은 젊고 경박한 맵시꾼"[12]이 아니라 귀족계급이 선포한 문화전쟁의 선봉대인 까닭이다.

신흥부르주아들과는 극명하게 대조적으로, 댄디의 문화자본은 선대로부터 전수되고 학습에 의해 축적된 것으로 재현된다. 디즈레일리가 창조한 댄디의 전범 비비안 그레이는 귀족가문에서 태어나 우아한 취향을 공기처럼 접하며 자란다. 그는 어린 나이에 벌써 "서투름을 예방하기에 충분한 매너를 지닌, 말재주가 뛰어난 우아하고 활기 넘치는 사내아이"라는 평판을 얻는다.

대중으로부터 가장 많은 환호를 받았던 댄디 캐릭터인 펠함의 경우도 다르지 않다. 몰락한 귀족가문에서 태어났기 때문에 경제적으로는 크게 유복한 환경에서 성장하지 못했지만, 그에게는 어린 시절부터 몸에 배인 세련된 문화적 취향과 예술적 감각이 있다. 그가 지닌 문화자본은 의상을 선택하는 데서 가장 뚜렷하게 발현된다.

펠함은 자기 자신을 만족시키기보다는 다른 사람을 매혹시키기 위해 옷을 입는다. 그렇다고 해서 타인의 시선을 끌기 위해 의상의 일반적인 취향을 전적으로 무시하지도 않는다. 그는 의상에서 "편안함보다는 장식성"을 먼저 고려하지만, "예술에 의해 고양된 자연스러움"도 함께 드러내려 한다. 펠함은 옷을 잘 입기 위해서는 "의상에 대한 열정," "예술에 대한 소양" 그리고 "심오한 계산을 해낼 수 있는 지적 능력"을 모두 갖추는 것이 필요하다고 주장한다. 그리고 이 모든 소양과 능력은 중간계급으로서는 결코 단기간에 습득할 수 없는 것들이었다.

비비안 그레이와 펠함을 창조한 작가들 역시 당대의 대표적인 댄디였다는 사실을 덧붙인다. 그들이 댄디를 재현할 때 격하게 드러내던 공감이나 동일시는 꾸며낸 것이 아니었다. 불워-리턴은 "굽 높은 부츠와 흰색의 코트 그리고 격렬하게 푸른 크라바트를 맨 화려한 의상"[13]으로 유명했다. 디즈레일리 역시 불워-리턴에 뒤지지 않았고, 오히려 더 높은 반열에 위치했다. 그는 "여성귀족들의 살롱으로 침범해 들어간, 향수 뿌린 아름다운 소년"[14]으로 불린 댄디계의 영재였다. 디즈레일리는 세밀하게 고안된 헤어스타일과 튀는 패션으로 유명했는데, "소녀의 부드러운 세심함으로 가르마를 타서 넘겼고,"[15] 다음과 같은 모습으로 사교클럽을 누볐다.

> 흰색 새틴으로 안을 댄 검정색 벨벳 양복에 아름답게 수가 놓인 조끼를 입고, 가슴에는 금줄을 여럿 달고 손가락에는 반지를 끼고, 술을 달아 장식한 줄로 손목에 연결한 매우 독특한 지팡이를 들었다.[16]

커팅과 패션

댄디가 전시한 스타일은 개성이나 의상에 대한 열정만으로는 설명될 수 없다. 댄디의 패션은 "배제의 메카니즘"[17]으로 작동했기 때문이다. 돈 자루를 멘 중간계급은 귀족들의 세계에 이미 한발을 걸친 상태였다. 이제 귀족세계의 관문을 완전히 열어젖히고 쏟아져 들어오려는 중간계급을 향해 댄디는, 독특한 의상과 매너로 장벽을 쌓았다.

댄디는 "배타주의"의 지배를 받는 "배타적인 사람들"[18]이었다. 무심한 태도로 과감한 취향을 과시한 펠함은 댄디의 배타주의를 잘 보여주는 캐릭터다. 그의 댄디적 외양은 자신을 "평범한 무리들"로부터 "구분 지으려는" "천성적인 야심과 욕망"에서 비롯된 것으로 그려진다. 그에게는 댄디가 되는 것이 자신을 "상당한 경멸을 지닌 평범한 사람들의 무리에서 분리시킬 수 있는" "유일한 길"이었다.

리스터의 『그랜비』에 등장하는 트레벡Trebeck 역시 "평범함을 허용치 않는 삶"이라는 "원칙"을 지키기 위해 댄디로 살아간다. 패션스타일에서 "어떤 의견도 따르지 않는" "단호함"을 견지하는 그는, "평범한 것"을 전시하는 것보다는 "차라리 어리석은 것"을 보여주는 쪽을 선택한다. 부르주아들에게 폭력적일 정도로 배타적인 인물로 재현되는 『펠함』의 러셀튼 경Lord Russelton도 극단적인 배타주의를 실천하는 이유에 관해 다음과 같이 설명한다. "내가 그들을 짓밟아주면, 마치 으깨진 약초처럼 그들은 감사의 향을 되돌려주기 때문이다."

댄디가 배제의 메카니즘을 작동시키는 방식은 크게 두 가지로 요약된다. 하나가 같이 있는 것이 바람직하지 않은 대상을 미리 배제하는 "커팅cutting"이라면, 다른 하나는 평범하거나 진부함을 전적으로 거부하는 패션이었다. 댄디는 계급적으로 교류할 만한 상대가 되지 못하는 자들이 곁에 다가와 '친한 척'하거나 '아는 척'하는 것을 차단하기 위해 '차갑게 무시하는' 커팅을 적극적으로 실행했다. 최초의 댄디로 기억되는 브러멜Beau Brummell은 커팅의 최고수로 평가된다. 그는 친숙하게 다가오려는 천박한 신흥부르주아들에 대해 냉담하고 고고한 태도, 경멸의 표정, 허세를 잠재워버리는 치켜뜬 눈썹으로 커팅을 수행했다.

실버포크 소설에 등장하는 커팅의 일인자를 고른다면 『그랜비』에 등장하는 트레벡을 들 수 있다. 그는 "탁월한" 자신을 "너무 자주" 전시함으로써 세상 사람들의 눈에 스스로를 "싸구려로 만드는" 것에 대해 "칭찬할 만한 공포"를 강하게 느끼는 인물로 그려진다. 그는 커팅을 통해 공포감을 해소한다.

> 커팅 기술에 있어서 그는 적수가 없이 빛났다. 그는 "언제", "어디서", 그리고 "어떻게"를 알았다. 별 소용이 없는 근시를 가장하지 않고도, 그는 마치 무의식적인 것처럼 금지하는 대상으로부터 시선을 돌려버리는 차분하고 그러나 종잡을 수 없는 응시를 가장할 수 있었다. 고정하지도 않고 고정되지도 않는. 허공을 바라보지도 않고 어떤 한 대상을 바라보지도 않는. 집중하지도 않고 흐트러지지도 않는. 커트하는 그 사람을 아마도 양해하게 만드는 그리고 어쨌든 다가가 말을 걸지 못하도록 하는.

댄디가 분리와 배제를 위해 선택한 또 하나의 전략은 패션이었다. 19세기 영국은 패션이 계급적 구별짓기를 위한 강력하고 효과적인 장치가 될 수 있는 최적의 조건을 갖추고 있었기 때문이다. 패션이 계급적 분리를 위한 도구로 작동하기 위해서는 계급사회를 필요로 한다. 하지만 카스트제도처럼 강고하고 흔들리지 않는 계급구조를 지닌 곳에서는 패션을 통한 구별짓기는 발생하지 않는다. 패션이 분리와 배제의 메커니즘으로 작동하기 위해서는 계급구조의 갈등과 혼란이 전제되어야 하기 때문이다. 패션은 "관습, 성명, 작위" 같은 "전통적인 사회통제 방식"이 "신뢰를 상실해버린"[19] 곳에서 새로운 계급적 기호로 부상한다.

19세기 영국에는 부상하는 중간계급과 몰락하는 귀족계급이 병존했다. 세습작위와 같은 전통적인 계급지배 방식이 영향력을 상실하고 있던 사회에서 패션은, 부르주아가 소유한 "금과 은이 영향을 줄 수 없는" "개인적 테스트를 요구하는 영역"[20]으로 남는다. 패션이 계급성을 구성하는 최후의 보루가 된 곳에서 댄디는 의상과 스타일로 중간계급과의 구별짓기를 시도했다.

댄디즘의 창시자, 그 절제의 패션과 무절제의 삶 — 뷰 브러멜

뷰 브러멜George Bryan "Beau" Brummell(1778~1840)은 수상 보좌관과 버크셔 주장관(High Sheriff of Berkshire)을 지낸 윌리엄William Brummell의 둘째아들로 태어났다. 아버지의 기대를 한 몸에 받으며 브러멜은 이튼스쿨과 옥스퍼드대로 진학했다. 옥스퍼드에서 1년을 보낸 후 그는 왕실경기병(Royal Hussars) 장교로 임관해서 섭정황태자의 지휘를 받게 된다. 황태자는 브러멜의 패션과 매너에 매료되었고, 브러멜은 황태자의 절대적인 신임과 비호 아래 자유롭고 편안한 군 생활을 하면서도 누구보다 빠르게 진급할 수 있었다.
브러멜이 소속된 연대가 런던에서 맨체스터로 주둔지를 이동하게 되자, 그는 맨체스터가 문화적으로 열악하다는 이유로 군에서 전역한다. 민간인으로 복귀한 후 브러멜은 댄디의 아이콘으로 등극한다. 화려한 의상과 장식, 헤어스타일을 극도로 혐오했던 그는 단순하고 절제된, 하지만 완벽한 패션을 추구했다. 흰색 리넨과 흰색 조끼 위에 검은색 프록코트를 걸쳐 입는 스타일은 브러멜의 시그니처가 되었다.
군을 떠난 후에도 브러멜은 섭정황태자와 친밀한 관계를 지속했고, 20년에 가까운 세월 동안 그는 섭정황태자에게 가장 큰 영향력을 행사할 수 있는 인물로 남았다. 하지만 도박 빚으로 인해 황태자와 설전을 벌인 후 두 사람의 관계는 돌이킬 수 없이 악화되었고, 브러멜은 채무자감옥에 갇히는 것을 피하기 위해 1816년 프랑스로 도피했다. 프랑스에서도 그는 완벽한 패션을 추구했고, 필요한 비용은 프랑스 귀족들의 후원으로 충당했다. 그러나 결국에는 전적으로 빚에 의존하게 되었고, 브러멜은 1835년 채무자감옥에 갇힌다. 영국에 있는 친구들의 도움으로 방면되기는 했지만, 감옥 밖에서의 삶도 평탄하지는 못했다. 브러멜은 정신질환에 시달리다가 무일푼인 상태로 사망해 프랑스의 캉Caen에 소재한 묘지에 묻혔다.

브러멜의 후예들

댄디의 패션을 선도한 인물은 브러멜과 도르세이 백작the Count D'Orsay이었다. 브러멜이 19세기 초엽 댄디의 아이콘이었다면, 도르세이 백작은 1830년대 중반부터 댄디 패션의 전범이 되었다. 두 사람의 차이는 시간

댄디의 상징이었던 브러멜은 간결하고 절제된 스타일을 패션의 이상으로 추구했다. 하지만 그는 도박이라는 악습에서 헤어나지 못했고, 무절제의 삶은 그에게 파멸을 가져왔다.

적인 것만은 아니었다. 브러멜이 단순하고 품격 있는 스타일을 추구했다면, 도르세이 백작은 화려하고 장식적인 의상과 스타일을 극단적으로 선호했다.[21]

브러멜에게 부여된 헌사는 적지 않다. 그에게는 "의상의 장식성에 대한 위대한 남성적 포기 선언"[22]을 한 선구자, "현대의상의 아버지",[23] 댄디즘의 창시자라는 타이틀이 함께했다. 브러멜은 튀거나 화려한 의상과 헤어스타일을 경멸했고, 장신구를 멀리했다. 단순하지만 품위를 지닌 패션이 그가 추구한 이상이었다. 그는 "외양으로 인해 거리에서 주목을 끄는 것"을 "초래할 수 있는 가장 심각한 굴욕"으로 여겼고, "두드러진 것은 무엇이든지"[24] 피하고자 했다. 그는 대중에게 강한 인상을 주는 화려함이 아니라 소수의 미적 감각을 지닌 사람들에게만 식별되는 절제의 미를 선호했다.

브러멜은 복잡한 패션스타일을 통한 자기과시를 혐오했고, 화려한 의상과 장신구에 집착하는 것에 대해서도 비판적인 태도를 견지했다. 그는 "방한용 토시, 벨벳, 주름장식, 금 레이스, 향기 나는 파우더"[25] 같은 부속물을 거부하고 단순한 우아미를 선택했다. 브러멜 패션의 시그니처가 된, 흰색 리넨과 흰색 조끼 위에 검은색 프록코트를 걸쳐 입은 모습은 그가 추구하던 절제의 미학을 잘 보여준다.

브러멜의 패션철학을 대표하는 단순함은 완벽주의가 전제된 것이었다. 그가 원하는 헤어스타일은 결코 복잡하거나 현란하지는 않았지만, 완벽하게 구현하기 위해서는 최소한 세 사람의 미용사가 필요했다. 그가 원하는 장갑을 만드는 데도 두 명의 장인이 필요했다. 한 사람은 엄지손가락을,

다른 사람은 다른 손가락들과 손 전체를 덮는 부분을 제작했기 때문이다. 브러멜은 장화가 제대로 윤이 나기를 바랐지만 장화가 너무 번쩍거리는 것은 혐오했다. 그의 시종들은 장화의 광을 내는 데 조금의 넘침이나 부족함 없는 분량의 샴페인만을 사용해야 했다.[26]

브러멜은 매일 아침 화장대에서 긴 시간을 보냈고, 리넨에 티끌 하나 없고 크라바트cravat에 주름 하나 없도록 만들기 위해 비용을 아낌없이 지불했다. 패션에서 완벽을 추구했던 그의 면모는, 넥타이의 원형이라고 할 수 있는 크라바트에 그가 들인 시간과 노력에서 가장 잘 드러난다. 브러멜은 외출을 위해 몸단장을 할 때 크라바트를 매는 데 2시간 가까이 사용했다. 브러멜의 전기를 쓴 제시William Jesse의 증언이다.

> 만일 크라바트가 첫 번째 노력이나 최초의 영감을 주는 충동에 의해 적절하게 매어지지 않으면 그것은 언제나 거부되었다. 하루는 그의 시종이 팔 밑에 상당한 양의 구겨진 넥타이를 가지고 아래층으로 내려왔는데, 그것들이 무어냐고 심문을 당하자 "그것들은 우리의 실패작들입니다"라고 엄숙하게 대답했다. 이런 식의 습관은 물론 그를 완벽하게 만들었고, 그의 타이는 곧 모방되지만 결코 같지는 않은 전범이 되었다.[27]

실버포크 소설에서 브러멜은 패션에 관한 불멸의 존재로 추앙되었다. 디즈레일리는 『비비안 그레이』에서 브러멜을 "패션의 거울"로 극찬했다. 브러멜은 "코트와 크라바트와 개성에 있어서 권위를 지닌 남성"일 뿐 아니라, "공작들 그리고 가장 귀족적인 상류계급 심지어는 왕족들까지" "서둘러 자신들을 맞추려고 하는" 존재였기 때문이다.

실버포크 소설에서 댄디는 브러멜을 모델로 삼은 경우가 많다. 『펠함』은 브러멜에 많은 것을 빚지고 있는 대표적인 사례인데, 펠함이 전시하는 패션은 브러멜의 패션과 매우 흡사하게 재현된다. 무엇보다 그는 브러멜처럼 흰색 조끼와 검정색 코트를 절대적으로 선호한다.

펠함은 "천박한 사람"이라면 "정반대로 할 것"이라고 확신하며, 의상에 있어서 "장엄하고 놀라게 하지 않는" "단일한 평범함과 단순함"을 원칙으로 삼는다. 그의 패션철학을 대표하는 "예술에 의해 고양된" 단순함은, 브러멜이 강조하던 '완벽한 절제의 미학'과 거의 일치한다. 그가 제정하고 실천하는 21개 항목의 패션규범 역시 브러멜이 결행한 "의상의 장식성에 대한 위대한 남성적 포기 선언"을 떠올리게 한다. 펠함의 패션규범 중 일부를 옮긴다.

> 1. 옷을 꼭 맞게 입지 말 것. 본질은 모방되는 것이 아니라 예술에 의해 고양되는 것.
> 2. 의상에 있어서 일반적인 취향을 전적으로 방기하지 말 것. 세상은 위대한 일들에 나타난 기이함은 천재성으로 여기나 작은 일에서 보이는 기이함은 우둔함으로 여김.
> 3. 옷을 입는 목적은 다른 사람을 위함이지 결코 자신을 매혹시키기 위함이 아님을 명심할 것.
> ……

5. 오직 의문의 여지가 없는 용기를 지닌 사람만이 여성적으로 보이는 것을 감행할 수 있다. 스파르타 사람들이 향수를 사용하고 머리를 마는 데 익숙해지는 곳은 오직 전쟁터에서뿐이다.

6. 화려한 목걸이와 반지가 절대로 네 스스로 선택한 것처럼 보이게 하지 마라. 자연적으로 여성에게 속한 것들은 오직 여성들을 위해서 착용한 것으로 보여야만 한다. 우리가 감성을 투자할 때만 멋 부리기에 품위가 부여된다.

……

8. 옷을 잘 입는 사람은 반드시 심오한 계산을 할 줄 알아야 함.

……

10. 잘생긴 남자들은 드레스를 입어도 멋있을지 모른다. 평범하게 생긴 남자들은 튀지 않기 위해 연구해야만 한다. 위대한 사람들에게서 칭송할 무언가를 찾는 것과 똑같이 평범한 사람에게는 용서해야 할 아무것도 요구하지 않는다.

……

19. 매우 자비로운 사람은 다른 이들의 감정을 결코 놀라게 하지 않는다. 따라서 옷차림이 엉망인 사람과 멋쟁이의 인류애는 모두 의심해도 된다.

브러멜이 댄디 재현의 모델이 된 또 다른 사례로는, 『펠함』과 『비비안 그레이』의 "진정한 후계자"[28]로 꼽히는 새커리의 『펜더니스』를 들 수 있다. 새커리는 펜더니스 소령Major Arthur Pendennis에게 브러멜을 연상시키는 외모와 패션을 부여한다.

펜더니스가 댄디화되고 오만한 모습으로 그곳에 서 있었다. 그는 흰 모자에 검정 크레이프를 둘렀고 셔츠 앞섶에는 흑요석으로 된 단추를 달았다. 검정색 자수가 놓인 가장 타이트한 라벤더색 장갑을 끼고 가장 작은 지팡이를 들었다.

새커리는 여기에서 한발 더 나아가 펜더니스를 묘사할 때 브러멜의 이름을 직접 언급하며 둘 사이의 유사성을 환기시킨다. 펜더니스가 폴 몰 클럽을 "빛내는 주요인물"로 등장하는 장면은 그 대표적인 경우다.

10시 15분에 소령은 런던 전역에서 가장 좋은 검정 부츠를 신고 저녁만찬 때까지 결코 구겨지지 않을 체크무늬의 아침 크라바트를 매고, 군주의 왕관 모양의 버튼이 달린 담황색 조끼와, 브러멜 씨도 세탁부의 이름을 물어보고, 만일 이 위대한 인물이 나라를 떠나도록 강요받는 불운이 없었다면, 그녀를 고용할 정도로 티끌 하나 없는 리넨 제품을 입고 모습을 드러내곤 했다.

실버포크 소설에서는 브러멜의 패션과 얼마나 흡사한지가 댄디의 진정성을 판단하는 기준으로 작용했다. 리스터의 『그랜비』에 등장하는 브릭스 씨Mr. Jones Briggs가 "패션의 신사"로 "인정받는" 이유는, 의복을 선택할 때 드러내는 그의 "학구적인" 자세와 패션에서의 "탁월성"을 추구하는 태도가 브러멜을 연상시킨다는 점에 있다. 고어의 『세실 혹은 한 멋쟁이의 모험』에서 세실이 스스로를 진정한 댄디로 자부하는 근거도

크라바트로 대표되는 브러멜의 패션을 잘 소화해내는 데 있다.

> 나는 내가 맨 크라바트가 흠잡을 데가 없다고 자찬한다. 흰 조끼에 크라바트를 착용하고 삶은 닭처럼 무미하고 스페인 올리브처럼 우중충해보이지 않는 것은 아무나 할 수 있는 일이 아니다.

과감하게, 더욱 과감하게 — 도르세이 백작

도르세이 백작(1801~1852)은 1801년 파리에서 프랑스의 군장성이던 그리모Albert Gaspard Grimaud의 둘째아들로 태어났다. 스무 살이 되던 해에 프랑스 군에 입대한 그는 모든 대원이 귀족계급으로 구성된, 루이 18세의 친위대(Garde du Corps)에 배속된다. 루이 18세의 친위대는 떨어지는 전투능력과 화려하고 세련된 제복으로 유명했다. 1821년 그는 조지 4세의 대관식에 참석하는 루이 18세를 수행하며 런던을 방문했다. 다음 해까지 런던에 머무는 동안 도르세이 백작은 블레싱톤 백작 부부와 친교를 맺었고, 이 일은 그의 삶을 결정적으로 바꾸는 계기가 된다.

블레싱톤 백작부부는 도르세이 백작이 프랑스로 돌아간 후에도 그를 여러 차례 방문했고, 그와 함께 이태리 여행을 가기도 했다. 블레싱톤 부인과 도르세이 백작이 불륜관계라는 소문이 무성한 가운데, 그는 15세였던 해리엇Harriet Gardiner과 1827년에 결혼하고 다음 해에 이혼한다. 1829년에 블레싱톤 백작이 세상을 떠나고, 도르세이 백작은 블레싱톤 부인의 소유인 런던의 고어하우스Gore House에서 공개적으로 함께 생활한다. 고어하우스는 런던 사교모임의 가장 뜨거운 장소가 되었고, 도르세이 백작은 런던 사교계의 스타로 떠올랐다. 고어하우스를 즐겨 방문하던 이들 중에는 불워-리턴과 디즈레일리가 있었다.

도르세이 백작은 브러멜의 뒤를 잇는 2세대 댄디의 아이콘으로 떠올랐다. 간결하고 품격 있는 패션을 이상으로 삼은 브러멜과는 극명하게 대조적으로, 도르세이 백작은 현란하고 강렬한 스타일을 선호했다. 대중은 브러멜이 아니라 도르세이 백작의 패션을 절대적으로 선호하고 모방했다.

1840년대가 끝나갈 무렵 파산으로 인해 도르세이 백작의 명성은 훼손되었고, 고어하우스는 한산해졌으며, 댄디즘의 물결은 가라앉았다. 그는 1849년에 파리로 돌아갔고, 블레싱톤 부인은 남은 재산을 정리해 그를 따랐다. 파리에 온 지 한 달이 되지 않아 그녀는 사망했고, 3년 후 그도 세상을 떠났다. 도르세이 백작은 죽은 블레싱톤 부인을 위해 자신이 디자인했던 돌로 지어진 피라미드 모양의 무덤 속에 그녀와 함께 묻혔다.

스웰 혹은 중간계급 댄디의 탄생

댄디 패션의 모델로 기능하던 브러멜의 스타일은 아주 오래가지는 않았다. 빅토리아시대(1837~1901)에 들어오면서 극단적인 장식성과 화려함으로 승부하는 도르세이 백작이 댄디의 아이콘으로 새롭게 등극했기 때문이다. 브러멜의 "계산된 단순함"과는 극단적으로 대비되는 도르세이 백작의 "과잉된 색과 질감, 현란함"[29] 은 댄디의 스펙터클을 더욱 강렬한 것으로 만들었다.

도르세이 백작 이후 댄디의 이미지는 극단적으로 과장되고 인공적인 것으로 바뀌었고, 중간계급은 이것을 열정적으로 따라했다. 브러멜 스타

도르세이 백작이 2세대 댄디의 아이콘이 된 것은 그의 문화자본에 더해진 블레싱톤 부인의 경제자본과 사회자본 덕분이었다. 그는 그녀를 빈번하게 활용했고, 때로는 착취했다. 소유한 자본이 사라진 뒤 그들은, 3년의 시간차를 두고 세상을 떠나 피라미드 모양의 돌무덤 속에 함께 잠들었다. 기괴한 순애보였다.

일의 고전적인 댄디 펠함을 창조했던 불워-리턴은 이런 변화에 깊은 좌절감을 드러냈다.

> 더 낮은 계층은 퍼지는 것을 파악하고 그들이 적절한 규범으로 안다고 상상하는 것들을 모방한다. 그래서 모든 이에게 자연스럽지는 않은 예법이 결국 더 나쁜 무엇으로 변해 예법하고는 무관한 것이 될 때까지 간접적으로 전해지고 전해지고 전해진다.[30]

도르세이 백작 스타일의 댄디를 따라하는 중간계급에 대한 부정적인 시각은, 스웰swell이라는 단어의 의미가 달라지는 과정을 통해서도 확인된다. 스웰은 빅토리아시대 이전에는 "눈부시게 빛나는 의상과 자신감 넘치는 분위기"[31]의 멋쟁이를 가리키는 말이었고, 댄디와 자주 혼용되었다. 1830년대 들어와 도르세이 백작의 패션이 댄디 스타일을 독점하고 중간계급 남성들이 그것을 열정적으로 모방하면서, 스웰의 의미와 용례는 완전히 달라졌다. 스웰은 새로운 스타일의 댄디를 모방해 요란한 색깔과 과장된 디자인의 패션을 전시하는 중간계급 벼락부자를 지칭하는 말로 바뀌었다.

중간계급의 댄디 따라하기에 대한 비난과 공격은 고전적인 댄디를 모방하던 시절에도 없었던 것은 아니었다. 하지만 도르세이 백작 이후 등장한, 절제와 품격과는 거리가 먼 새로운 유형의 댄디를 따라하는 행위에 쏟아진 공세와는 비교가 되지 않는다. 댄디를 따라하는 중간계급에 대한 비판과 공격은 후자에 거의 전적으로 집중되었기 때문이다. 새커리의 『허영의 시장』은 그 대표적인 문학적 사례가 된다.

『허영의 시장』에는 새로운 형태의 댄디 따라하기에 몰두하는, 스웰로 불리던 부르주아계급 청년들이 여러 명 등장한다. 그중에서도 부유한 런던상인의 아들인 조스Jos Sedley는 가장 전형적인 댄디 모방자의 스펙터클을 보여준다. 그는 집 안에서도 "사슴가죽 바지"에 "술 달린 장화"를 신고 "코 있는 데까지 거의 올라오는 옷깃 장식"을 여러 개 하고 있으며, "빨간 줄무늬의 조끼"에 "크라운화만큼이나 큰 쇠단추가 달린 푸른 능금 빛깔의 겉저고리를 — 이것은 당시의 댄디가 입는 아침 의상인데 — 입고 지낸다." 조스의 화장대 위에는 "나이 먹은 미인이 여태까지 쓴 것만큼이나 많은" 향수와 분, 크림과 포마드가 잔뜩 놓여 있다. 옷을 멋지게 입는다는 말을 한 번도 들어본 적이 없음에도 불구하고 그는 언제나 자신이 "당대의 댄디"라고 주장한다.

새커리는 조스를 세련됨이나 우아함과는 거리가 먼, 실소를 자아내는 코믹 캐릭터로 재현한다. 이 중간계급 청년은 허리 모양을 내기 위해서는 "그 당시까지 발명된 모든 복대니, 코르셋이니, 요대니 하는 것들을 빠짐없이 써야 할" 매우 비대한 몸집의 소유자지만, 그런 거구에도 불구하고 여성들 앞에서는 "쉽게 얼굴이 붉어져서 얼굴 전체를 옷깃 속에 파묻어버리는" 수줍음을 드러낸다. 새커리는 조스를 통해 댄디 흉내를 내는 중간계급 남성을 "남의 칭찬을 받는 데 급급하고, 옷차림에 신경을 쓰고, 용모를 자랑하고, 남의 이목을 끄는 힘을 의식하는", "이 세상의 어느 요부에도 못지않은" 존재로 규정한다.

아버지의 죽음, 어머니와의 분리경험, 학교폭력은 새커리를 파괴시킬 수도 있었다. 그는, 조심스럽지만 집요하게, 자신이 그런 취급을 받아도 되는 인간이 아님을 보여주려 했다. 문학을 통해 그는 "나름대로 일종의 위대한 인물"임을 입증했다.

피해의식과 자기연민을 넘어 위대한 작가로 — 윌리엄 새커리

새커리(1811~1863)는 1811년 인도에서 태어났다. 아버지가 갑자기 세상을 떠난 후 어머니는 여섯 살의 그를 영국으로 홀로 돌려보냈다. 아버지의 죽음과 어머니의 이른 재혼으로 인한 마음의 상처와 영국에 돌아와 학교생활에서 경험한 정신적 상흔은 오랫동안 그를 괴롭혔다. 그는 인도에서 태어난 영국인이라는 이유로 급우들로부터 자주 폭행을 당했다. "얻어맞아 얼얼한 뺨, 달아오르는 귀", "터질 것 같은 가슴"으로 "뜨거운 눈물"을 흘리는 새커리에게 교사들은 보호의 손길을 내밀지 않았다. 새커리가 자신의 모교 차터하우스 Charterhouse School를 소설에서 "Slaughterhouse"(도살장)라는 이름으로 바꾸어 사용한 이유다.

주류로부터 배제당하고 있다는 피해의식을 지니게 된 새커리는, 문학을 통해 영국사회 주류로의 진입을 시도했다. 그는 1820년대와 1830년대 영국에서 대중적 관심이 집중된 소설장르였던 뉴게이트 소설과 실버포크 소설을 공격함으로써 문학적 명성을 획득하려 했다. 새커리는 자신의 첫 소설 『캐서린Catherine』(1839~1840)에서 뉴게이트 소설에 대한 공세를 선보였지만, 『캐서린』은 "문학에 있어서의 아기 곰"이 발톱을 갈고 있는 재롱떨기로 폄하되었다.

실버포크 소설을 패러디한 『허영의 시장』을 통해 새커리는 "세상에서 한자리를 차지하기 위한 투쟁"에서 최초의 승리를 거둘 수 있었다. 1847년에 연재가 시작된 『허영의 시장』은 갈망하던 문학적 명성을 그에게 안겨주었다. 그 후에도 새커리는 『펜더니스』(1848~1850), 『헨리 에스몬드(The History of Henry Esmond)』(1852), 『새로 온 사람들(The Newcomes)』(1853~1855)과 같은 뛰어난 소설들을 계속 세상에 내놓았고, 빅토리아시대 정전작가의 반열에 올라서는 데 성공했다. 새커리가 어머니에게 보낸 편지에 쓴 것처럼 "나름대로 일종의 위대한 인물"이 된 것이다. 1863년에 세상을 떠나기까지 새커리는 창작활동을 활발하게 지속했고, 『버지니아 주 사람들(The Virginians)』(1857~1859), 『홀아비 러벨(Lovel the Widower)』(1860), 『필립의 모험(The Adventures of Philip)』(1861~1862) 등의 소설을 남겼다.

댄디즘의 불꽃

패션이 화려하고 장식적으로 변해갔다고 해서 댄디가 단지 특이한 외모를 과시하며 주목받기를 시도한 존재로만 남는 것은 아니다. 댄디가 지닌 정체성의 커다란 부분은 보는 이의 시선에 예민하게 반응하는 연극성(theatricality)에 있었지만, 그것이 댄디가 추구한 전부는 아니었기 때문이다. 댄디의 화려한 스펙터클 속에 숨겨진 것은 당대의 지배이데올로기로 작동한 중간계급 도덕률에 대한 반발과 저항이었다.

댄디의 정체성은 의상과 스타일로 자신을 구별 지으려는 욕망뿐 아니라 시장법칙과 자본의 구속력을 초월하려는 의지에서도 찾을 수 있다. 댄디즘은 막강해진 시장의 힘에 지지 않으려는 귀족적 욕망의 발현이었다. 그와 동시에 댄디즘은 천박한 부르주아계급에 대항해 세습작위가 아닌 개인적인 차별성에 근거를 둔 "새로운 종류의 귀족"을 만들어내려는 시도였다. 보들레르는 말한다.

민주주의는 아직 전적으로 힘이 강하지 않고 귀족계급은 단지 막 비틀거리거나 넘어지기 시작했을 때, 무엇보다도 과도기에 댄디즘은 등장한다. 이런 시대의 무질서 속에서 사회적으로, 정치적으로, 그리고 금전적으로는 불편하지만 본성적인 에너지에 있어서는 풍요로운 어떤 사람들은 새로운 형태의 귀족계급을 확립하려는 생각을 품을지도 모른다.[32]

댄디즘은 의상과 스타일로 타인과 구별 지으려는 분리주의와 시장경제가 지배하는 세상에 의해서 더럽혀지지 않으려는 순결주의로 요약된다. 댄디즘은 "일종의 종교"였고 "피어오른 영웅주의의 마지막 불꽃"[33]이었다.

4장

댄디즘

무위의 포즈, 응시의 갈망, 미학적 소비

의도된 시대와의 불화

영국의 19세기는 생산과 속도의 시대였다. 새로운 기계설비가 도입된 공장에서는 끊임없이 생산품들이 쏟아져 나왔고, 철도와 증기선은 빠르게 상품들을 이동시켰다. 개인의 태도와 삶의 방식도 여기에 길들여지고 맞춰졌다. 성실과 근면, 효율적인 시간관리와 시간엄수는 절대적인 가치로 자리 잡았다.

생산과 속도를 신앙하는 영국사회 안에서 댄디는 매우 이질적인 존재로 남았다. 이들은 아무것도 하지 않으려 했고 모든 것에 심드렁한 태도를 견지했기 때문이다. 댄디가 하는 일이라고는 고작 자신을 치장하여 전시하는 데 시간을 허비하거나, 아무 쓸모도 없는 물건에 돈을 낭비하는 것뿐이었다. 아침부터 밤늦게까지, 혹은 밤을 새우며 '눈에 불을 켜고' '바쁘게' 생산활동에 매진하는 '산업역군들' 사이에서, 움직이지 않거나 매우 느리게 몸을 옮기며 권태의 분위기를 물씬 풍기는 댄디는 이질적인 차원을 넘어서 기괴한 존재로까지 보였다.

생산과 속도의 시대를 통과하며 댄디즘은 비난과 경계의 대상으로 자리 잡았고, 드물게는 찬사의 대상이 되기도 했다. 비판과 선망의 시각차에도 불구하고 댄디즘을 향한 공통된 입장은, 댄디는 의도적으로 시대의 흐름을 거스르고 시대와 불화했다는 것이다. 댄디에 관한 뛰어난 소개서 『댄디즘Dandyism』의 저자 드오르빌리Jules Barbey d'Aurevilly가 댄디즘을 "기성질서에 대한 개인의 반항"[34]으로 규정한 것은 그 대표적인 경우다.

"기성질서"는 모호한 범주의 어휘다. 쉽고 편리하게 적용할 수는 있지만, 조금 더 구체적으로 파고 들어가면 구축된 많은 것이 무너진다. 그러나 19세기 영국에서 "기성질서"는 비교적 명확한 범주를 지닌다. 이 시기 영국의 기성질서는 부르주아계급의 질서로 바꾸어 불러도 좋기 때문이다. 중간계급은 경제적·정치적·사회적 지배력을 소유하게 되었고, 문화권력을 장악하려는 시도도 멈추지 않았다.

댄디즘이 극단적인 흐름을 보이게 된 것도, 문화자본을 향한 욕망을 강하게 드러내는 부르주아계급에 대한 위기감이 커져갔기 때문이다. 19세기 후반으로 갈수록 댄디의 "반항"은 더욱 격렬해졌고, 세기말의 흐름 속에서 그 절정에 이르렀다. 와일드Oscar Wilde의 『도리언 그레이의 초상(The Picture of Dorian Gray)』이 1891년에 등장한 것은 결코 우연이 아니다.

댄디즘은 무위와 권태의 포즈를 통해 발산되었다. 댄디는 어떤 생산활동이나 노동행위에도 참여하지 않은 채 권태의 전시를 통해 세상의 질서를 흐트러뜨리려 했다. 댄디는 지배이데올로기로 작동하던 중간계급의 가치관을, 근면과 성실, 생산과 노동의 윤리를 거부했다. 댄디즘은 부르주아 이데올로기가 구획한 젠더규범을 전복하는 데까지 나아갔다. 댄디는 타인의 시선을 갈망했고 스스로를 치장하여 스펙터클로 전시했다.

댄디가 주인공으로 나오는 실버포크 소설에서는 "소박함, 실용성, 노동윤리" 같은 중간계급 윤리에 관한 "공개적"이고 "집단적인" "경멸"[35]이 표출된다. 댄디가 야심의 결여를 과시하고 한가로움을 전시하며 비실용적 소비에 집착하는 인물로 그려지기 때문이다. 댄디는 "실용성, 검약 그리고 근로"라는 문구가 새겨진 "부르주아 기념비"[36]에 대한 경배를 거부했다. 대신 스스로가 새로운 기념비 혹은 완벽한 예술품이 되는 쪽을 선택했다.

댄디가 도달할 수 있는 궁극적인 지점에 도리언 그레이가 서 있고, 그는 자신의 삶으로 댄디즘의 완성을 보여준다. 그는 "어떤 일도 하지 않고, 한 번도 조각상을 깍은 적이 없고, 혹은 그림을 그린 적도 없고, 혹은 자기 자신 말고는 어떤 것도 생산하지 않는다." 도리언 그레이에게는 "삶이 예술"이고 스스로가 완성해야 할 예술품이었다.

댄디, 예술가, 동성애자 — 오스카 와일드

오스카 와일드(1854~1900)는 빅토리아시대 영국의 엄숙주의와 도덕주의 아래 감춰진 위선과 타락을 혐오했고, 문학과 삶을 통해 그것을 거부했다. 그는 벨벳으로 된 코트를 입고, 셔츠에 초록색 꽃을 꽂거나 녹색 타이를 매고, 검은 실크 스타킹을 신은 모습으로 거리를 거닐었다. 190센티미터가 넘는 장신의 육체가 전시하는 독특한 스펙터클은 그 자체로 중간계급 이데올로기에 대한 저항이었다. 다채로운 소문과 풍문 혹은 추문은 오히려 그의 아우라를 강화했고, 오스카 와일드는 세기말을 상징하는 고유한 브랜드로 자리 잡

유미주의를 문학과 삶으로 실천하던 오스카 와일드를, 저물어가던 빅토리아시대 영국사회는 견디지 못했다. 그에게서 국적을 빼앗고, 그를 감옥에 가두고, 그가 - 20세기가 시작된 해에, 사십대 중반의 나이에 - 외국의 도시에서 죽어가게 했다. 20세기가 끝날 무렵 런던에는 검은 대리석으로 만든 오스카 와일드의 동상이 세워졌다.

았다.

오스카 와일드는 1854년 아일랜드의 더블린에서 태어났다. 그의 아버지는 여왕의 주치의로도 임명되었던 안과의사였고 어머니는 저명한 시인이었다. 그는 옥스퍼드대학에서 러스킨과 페이터Walter Pater의 가르침을 받았고, 대표적인 유미주의자로 성장했다.

오스카 와일드의 글쓰기는 시, 소설, 희곡 그리고 동화에까지 닿아 있었다. 시집 『스핑크스The Sphinx』(1894)를 출판했고, 소설 『도리언 그레이의 초상』(1891)을 썼으며, 『윈더미어 부인의 부채(Lady Windermere's Fan)』(1892)와 『진지함의 중요성(The Importance of Being Earnest)』(1895) 같은 희곡을 발표했다. 그가 쓴 동화로는 『행복한 왕자(The Happy Prince and Other Stories)』(1888)와 『석류나무 집(A House of Pomegranates)』(1892)이 있다.

오스카 와일드는 1895년 동성애 혐의로 구속된다. 법정에서 동성애를 "감히 그 이름으로 부를 수 없는 사랑"으로 호명한 그는 유죄판결을 받고 국적을 박탈당한다. 2년 동안 감옥생활을 하고 1897년에 출옥한 후, 그는 파리에 머물며 빈곤과 질병으로 고통 받다 1900년에 사망한다. 오스카 와일드의 영국 국적은 1998년에 회복되었다. 20세기가 막을 내리고 있을 때였다.

『도리언 그레이의 초상』(1891)

화가인 바질Basil Hallward은 도리언 그레이의 아름다움에 매혹되고, 자신의 예술혼을 모두 담아 도리언 그레이의 초상화를 그린다. 완성된 초상화를 본 도리언 그레이는 초상화 속에 담긴 젊고 아름다운 모습을 영원히 간직할 수만 있다면 영혼이라도 바치겠다는 소원을 품게 된다. 도리언 그레이의 소원은 이루어진다. 비윤리적이고 죄악에 가득한 삶을 살아가지만 도리언 그레이의 외모는 변하지 않는다. 오직 초상화의 모습만 그의 삶을 반영하여 추하고 사악하게 변해간다. 우연히 바질과 마주친 도리언 그레이는 그에게 초상화의 변한 모습을 보여주고, 이를 바질의 책임으로 돌리며 그를 칼로 찔러 죽인다. 죄책감에 사로잡혀 몇 주 동안 방황하던 도리언 그레이는 돌아와 다시 초상화를 마주하고, 바질을 살해한 칼로 초상화를 찌른다. 하인들이 비명소리를 듣고 현장에 도착해서 가슴에 칼이 꽂힌 채 바닥에 누워 있는 추한 노인의 시체와 처음의 아름다운 모습 그대로 복원된 초상화를 발견하는 것으로 소설은 종결된다.

무위와 권태의 포즈

댄디의 삶은 무야심, 무책임, 무헌신으로 요약된다. 댄디에게는 야심이 결여되거나 애초부터 존재하지 않기 때문에, 그는 적극적으로 삶에 개입하지 않는다. 댄디에게는 책임져야 할 삶의 과업이나 헌신해야 할 대상 역시 존재하지 않는다. 그는 사소하고 찰나적인 쾌락에 집착하는 삶을 살아갈 뿐이다.

워드의 『트레메인 혹은 세련된 남자』는 의욕이나 야심이 결여된 댄디의 내면을 잘 보여준다. 트레메인은 귀족가문에서 태어나 최고의 교육환경 속에서 학습하며 성장한다. 그는 유럽대륙을 순회하는, 당대의 청년들이 동경하고 선망하던 그랜드 투어Grand Tour도 경험한다. 그는 성직자과정을 이수하기도 하고 정치적 커리어를 추구하기도 하면서 다양한 삶의 길을 모색한다. 하지만 어느 것도 트레메인의 흥미를 지속시키지 못한다. "보통 다른 이들의 수고에 수반된 흥미를 전적으로 결여한 채로 그것들을 검토했기" 때문이다. 사회적으로 유용한 어떤 종류의 일에도 매료되거나 몰두할 수 없음을 깨달은 트레메인은, 시간의 흐름이 느껴지지 않는 자신만의 세계 속에서 아무것도 하지 않으며 살기로 결심한다.

댄디는 허영과 쾌락을 추구하는 삶의 방식을 선택한다. 그에게 중간계급이 설파하는 삶의 가치는 무의미한 개념으로, 부르주아가 찬미하는 결혼과 가정의 행복은 재앙으로 다가오기 때문이다. 고어의 『세실 혹은 한 멋쟁이의 모험』에 "존경할 만한" 댄디로 등장하는 세실은 댄디가 지향하는 삶의 가치체계를 잘 보여준다. 삶에 대한 어떤 야심도 갖지 않은 그가 지닌 "유일한 인생의 목적"은 오직 "삶의 장미들을 따내는 것"에 있다.

"댄디의 바이블"로 불린 『펠함』의 주인공 펠함 역시 검약 대신 허영을, 사회적 공헌 대신 개인의 사소한 즐거움에 탐닉한다. 그는 허영을 찬미한다.

> 허영은 그 많은 미덕을 창조하거나 혹은 최소한 그 많은 미덕에 참여하는데, 왜 허영을 악덕으로 낙인찍는가? 나는 왜 고대인들이 허영을 숭배하기 위해 최상의 사원을 건립하지 않았는지 궁금하다.

펠함에게는 감각적 쾌락이 인생의 유일한 목적이며, 미식이 헌신의 대상이 된다. 황홀을 경험하게 한 프랑스 요리에 대해 그가 바치는 찬사다.

> 정교한 푸아그라! 내가 그대를 잊었는가? 정반대로 나는 잊지 않았다. 그대를 보고 — 그대 냄새를 맡고 — 그리고 그대를 소유한 기쁨으로 나는 거의 죽는다.

댄디는 자신이 선택한 삶의 방식을 부끄러워하거나 변명하거나 반성하지 않는다. 비난에 위축되지도 않으며, 쾌락의 집착에 대해 사과하지도 않는다. 펠함은 자신이 추구하는 라이프 스타일을 적극적으로 옹호하며, 사소하거나 하찮은 것들에 대한 집착이야말로 철학적인 것이라고 강변한다.

> 심오한 관찰자에게 표피적인 것은 없다! 하찮은 것들 그 자체로 평가하는 자는 하찮은 자다. 하찮은 것들로부터 결론을 이끌어내거나 혹은 하찮은 것들이 놓일 수 있는 장점을 평가하는 자는 철학자다.

무위는 댄디즘의 핵심에 있는 행동철학이다. 댄디즘의 선지자 드오르빌리는 댄디는 "노동하지 않는다. 그는 존재한다"[37]라고 선언한다. 『도리언 그레이의 초상』에서 극단적인 쾌락주의를 실천하는 댄디로 등장하는 헨리 경Lord Henry도 댄디즘을 "절대적으로 아무것도 하지 않는" "위대한 귀족적인 예술"로 정의한다.

무노동의 삶을, 생산과는 분리된 무위의 삶을 찬양하는 댄디즘은 중간계급의 노동윤리와는 극단에 위치한다. 무위가 실천하는 중간계급 노동윤리에 대한 배격은 시계를 대하는 댄디의 태도에서 잘 드러난다. 정확한 시간관념과 철저한 시간엄수는 부르주아 직업윤리의 핵심을 이룬다. 하지만 댄디는 시간약속을 의도적으로 어기거나 아예 시간에 얽매이기를 거부하며 중간계급 노동윤리를 무력화한다.

화이트가 쓴 『다시 찾은 알막스』에는 "세속적인 것과는 무관하게 하루 종일 옷을 갖춰 입는 것으로 시간을 보내는" 댄디 밀턴Alfred Milton이 등장한다. 그는 "훌륭한 브레게Breguet 시계를 주머니에 넣고도" "디너에 한 시간 늦게 오는 것을 원칙"으로 삼는다. 펠함의 경우는 더욱 극단적이다. 그는 브레게 같은 명품시계도 불필요한 소유물로 여기기 때문이다. 폴딩 양Miss Paulding이 "제발, 펠함 씨. 당신은 아직 브레게 시계를 하나도 가지고 있지 않은가요?"라고 물었을 때 그는 대답한다.

> "시계" 내가 말했다. "당신은 내가 시계를 찰 수 있으리라고 생각하오? 나는 그렇게 서민적인 것은 하나도 알지 못하오. 회계사무실에서 아홉 시간을 보내고 저녁 먹는 데 한 시간을 쓰는 사업가를 제외하고, 어느 누가 시간을 알기를 원할 수 있단 말이오?"

댄디즘의 "아무것도 하지 않는 것"에 대한 강조는 스포츠 활동에 대한 거부로까지 이어진다. 중간계급이 노동력의 유지와 관리를 위해 신체단련을 강조하고 체육활동을 장려했기 때문이다. 이들 계급은 "건전한 신체에 건전한 정신을(Mens Sana in Corpore Sano)"이란 구호를 전면에 내세웠다. 댄디즘은 부르주아가 드러내는 모든 형태의 천박함에 대해 반대했는데, 여기에는 스포츠도 포함됐다.

펠함은 중간계급이 내세운 신체단련과 건강에 대한 가치를 경멸한다. 그는 중간계급이 찬미한 스포츠맨을 "인류에게는 낯선" "두 발로 걷는 종"으로 폄하한다. 『펠함』에 등장하는 러셀튼 경은 중간계급에 대한 혐오로 인해 전통적인 귀족 스포츠인 승마도 포기한다. "기름투성이 장인들"에게 자신이 착용한 "장화의 윗부분과 가죽옷"에 "기름을 끼얹게 하는 것"을 "도저히 견딜 수 없기" 때문이다.

공적 의무에 무관심하고 무노동의 삶을 영위하는 댄디에게 권태는 물리칠 수 없는 삶의 동반자로 다가온다. 『비비안 그레이』에 등장하는 카라바스 후작Marquess of Carabas은 책상에 놓인 의회서류와 "불평하는 소작인들"이 보낸 편지에는 전혀 관심을 드러내지 않은 채, "가득한 권태 속에서 한숨 지으며" 시들어간다. 워드의 『트레메인 혹은 세련된 남자』는 댄디의 권태를 잘 보여주는 또 다른 텍스트다. "영국 유수의 귀족가문"에서 출생한 트레메인은 "거대한 영지"를 상속받는다. "매우 세련되고 고급스러운 취향"을 지닌 그는 "모든 것에 싫증이 나고" "권태에 도취된" 시간으로 점철된 삶을 살아가는 것으로 그려진다.

권태의 시간을 통과하는 댄디에게 나른함과 지루함의 분위기는 의복처럼 그를 감싸게 된다. 불워-리턴이 펠함에게 "극단적으로 나른한 분위기"를 덧입힌 것은 그 대표적인 경우다. 리스터 역시 무위의 타성이 초래한 댄디의 지루함에 대해 자주 묘사했는데, 『허버트 레이시Herbert Lacy』는 댄디의 권태를 가장 뚜렷하게 드러내는 소설이다. 교외별장에서 열린 파티에 참석한 댄디들은 지루함을 몰아내기 위해 "하품을 참아가며" 다양한 시도를 한다.

> 얼마 지나지 않아 시간 죽이기가 중요한 목적이 되었고 다양한 수단이 고안되었다. 음악과 당구가 차례로 물망에 올랐다. 몇몇은 홀에서 배틀도어battledore 채와 셔틀콕을 가지고 경기를 하자고 했고, 다른 이들은 집의 앨

범과 포트폴리오를 뒤지는 데 마음이 끌렸다. 낙담한 타이어화이티 씨Mr. Tyrwhitee는 카드놀이를 제안했고, 그의 누이 중 한 명은 흉내 맞추기 놀이(charades)를 제안했다. 그러나 이 모든 오락들은 저녁에 하면 더 좋은 놀이라고 의견이 모아졌다. 마침내 오찬이 나왔고, 그것은 대단한 지략이었다. 왜냐하면 장소를 바꾸고 무언가를 할 수 있게 되었기 때문이었다.

리스터가 쓴 또 다른 실버포크 소설 『그랜비』에서도 댄디의 삶에 부과되는 지루함의 형벌이 언급된다. 댄디로 등장하는 트레벡은 이제는 일상이 된 지루함에 관해 끊임없이 불평하며, 스스로에게도 싫증이 난 삶이 얼마나 견디기 힘든 처벌인지 자주 한탄한다.

댄디가 드러내는 권태와 지루함은 고통의 전시로 다가오지는 않는다. 모든 의무에서 벗어나 아무 일도 하지 않은 채 나른하게 사는 일은, 원한다고 누구나 선택할 수 있는 삶이 아니기 때문이다. 생존을 위해 생명을 갉아먹는 노동을 해야 했던 노동계급은 말할 것도 없고, 중간계급조차 노동과 투자를 통해 쌓아올린 경제자본과 사회자본을 지키기 위해 한순간도 마음을 놓지 못하고 분투를 이어갔다. 이들에게 권태는 결코 누릴 수 없고 허용되지도 않는 사치였다. 권태가 댄디즘에 새겨진 계급적 우월감의 표식이자 "평등의 형태를 확립하려는 시도에 대한 거부"[38]로 다가오는 이유다.

응시의 갈망, 그 젠더적 위반

댄디가 거부한 것은 중간계급 노동윤리만은 아니었다. 댄디즘은 중간계급 이데올로기의 핵심을 이루는, 남성은 생산을 담당하고 여성은 장식과 소비를 담당한다는 젠더적 구획의 담장을 허물어버렸다. 댄디가 전시하는 자기치장과 타인의 시선에 대한 욕망은 여성으로 성별화되기 때문이다. 댄디즘에 포함된 강한 연극성은 명백한 젠더위반으로 인식되었다.

세즈윅Eve Kosofsky Sedgwick은 남성동성애에 관한 고전적인 연구서들을 써낸 퀴어이론과 젠더연구의 선구자다. 1985년에 출판된 『남성들 사이에서: 영문학과 동성사회성 욕망(Between Men: English Literature and Male Homosocial Desire)』에서 그녀는 산업혁명 이후 "귀족계급의 여성화"[39]가 목격되었다고 주장한다. "중간계급의 강건하고 생산적인 가치관"과 비교할 때 귀족계급의 이미지가 "지극히 가볍고 여린, 장식적인, 불필요한 것"[40]으로 보이게 되었다는 것이다. 세즈윅이 지적한 시기는 영국사회에서 댄디의 화려한 스펙터클이 목격되던 기간과 대체로 일치한다. 댄디즘을 구성하는 자기치장과 타인의 시선에 대한 욕망은, 남성은 노동과 생산을 담당하고 여성은 장식과 소비를 담당한다는 "젠더적 구성"을 "자의식 적으로 가지고 노는"[41] 행위가 되는 것이다.

실버포크 소설에서 타인의 시선에 대한 욕망은 댄디에게 내장된 가장 뜨거운 욕구로 나타난다. 디즈레일리의 『젊은 공작』은 댄디가 지닌 외모에 대한 집착과 타인의 시선에 대한 욕망을 잘 보여주는데, 다른 사람으로부터 응시의 대상이 되는 일은 댄디의 소명으로까지 규정된다.

> 저들로 하여금 응시하게 하라. … 그것은 우리의 소명이고… 저들은 우리를 주목하는 재능 있는 시야를 가졌다.

댄디는 주목을 받기 위해서라면 기이함을 넘어 부조리하게 보이는 패션도 불사한다. 『비비안 그레이』에 등장하는 라이젠부르그Reisenburg 시의 아스린겐 Emilius Von Aslingen은 타인의 주목을 갈망하며 극단적으로 파격적인 의상을 전시한다. 매우 무덥고 습도가 높은 날에 그는 "러시아의 세인트피터즈버그의 겨울파티에서도 따뜻하게 보온해주기에 충분한" "두터운 검은색 모자"와 "장식단추가 달린 모피코트"라는 "예상 못한 의상"을 착용하고 외출한다.

고어가 쓴 『세실 혹은 한 멋쟁이의 모험』은 댄디의 응시에 대한 갈망을 극단적으로 구현한 경우다. 세실은 "생후 6개월에 어머니의 옷방 유리문에 비친 자신을 최초로 일별"한다.

> 내 자신은 그 시기에도 모자에 다는 근사한 새틴 표지와 거기에 덧붙인 작고 연약한 아기의 얼굴로 구성되었다. 나의 무료함을 감춰줄 수놓은 얇은 흰색 천으로 만든 폭 4피트 길이 10피트의 흩날리는 가운. 아름다운 리본의 현란한 띠에 의해 강화된 스펙터클.

세실은 고급스러운 의상과 장식으로 꾸며진 아름다운 자신의 모습에 감동한다. 성인이 된 후에도 그는 "세상의 그 어떤 것에도 마음을 두지 않고" "아무리 높은 관직에도" 욕심을 내지 않으며, 오직 스스로를 아름

고어는 압도적인 생산량을 보여준 실버포크 소설가였다. 실버포크 소설가로서 그녀의 커리어는, 불운하게도, 이 소설장르의 상품성이 하강곡선을 그릴 무렵 시작되어 장르의 소멸과정과 함께했다.

답게 만들어 타인의 시선을 끄는 것을 욕망하며 살아간다. "그가 살아가는 멋 부리는 시대의 제일가는 댄디"가 되겠다는 목표를 달성하기 위해 세실은 "여성을 능가하는" 치밀한 통제와 실천을 통해 자신의 외모에서 "가장 세련된 멋 부림이 호흡"하도록 관리한다. 그가 가장 많은 시간을 보내는 몸단장을 하는 방의 풍경이다.

> 나의 안식처의 배열에는 가장 세련된 멋 부림이 호흡하고 있었다. 화장품은 그 지정된 장소를 알았고, 손톱 깎는 가위들은 면도칼을 가는 가죽 옆에 나란히 놓여 있지 않으면 편안해 보이지 않았다.

세실은 타인의 응시와 선망을 받을 수 있는 완벽한 외모를 만드는 데 최선을 다하고, 거기에 들이는 철저한 노력과 준비에 대해 긍지와 자신감을 표출한다.

> "내가 평상시의 파괴 도구로 무장하는 데 게을렀던 적이 있는가?" 그는 자신을 안심시켰다. "아니다! 내가 맨 타이는 장엄하고 내가 입은 주름장식 셔츠는 눈보라처럼 하얗다. 내 사슴가죽 장갑과 상의는 의심할 여지가 없다."

"'치명적인 독약'으로 명명된" 세실의 완벽한 외모는 누구도 거부할 수 없는 응시의 대상이 된다. "몰살시키는 권력"과 "마음을 뒤흔드는 영향력"을 행사하는 세실은 "노소와 남녀를 불문하고" 모든 사람이 감탄의 눈초리로 바라보는 스펙터클이 되는 데 성공한 것이다.

댄디에 대한 공격을 선도한 인물은, 실버포크 소설에 대한 공세를 주도했던 해즐릿이었다. 그의 비판은 종종 과녁을 빗나가기도 했지만, 댄디의 응시에 대한 갈망이 드러낸 젠더위반은 결코 놓치지 않았다. 해즐릿은 「등장인물의 여자 같음에 관해(On Effeminacy of Character)」를 써서 타인의 시선을 꿈꾸는 댄디의 여성성을 꾸짖었다.

> 등장인물의 여자 같음은 의지보다 감성이 널리 퍼진 데서 온다. 혹은 아무리 상황이 심각해도 고통을 참을 혹은 피로를 겪을 불굴의 용기의 부족으로 구성된다. 자발적으로 고통을 혹은 노동을 혹은 위험을 혹은 죽음을 받아들이는 대신에, 육감적인 세련됨의 최고 높이까지 모든 감각은 올라가야 하고, 모든 움직임은 반드시 품위 있고 우아해야만 한다. 이들은 호화롭고 끝나지 않는 시선을 꿈꾸며 살아간다.[42]

남성과 여성의 "구별을 흐리게 만드는"[43] 댄디는 젠더를 스타일의 문제나 미학적인 선택의 문제로 바꾸어버렸다. 댄디즘이 젠더규범에서 이탈하면서, 댄디의 젠더위반은 섹슈얼리티 위반이라는 의혹까지 받는 결과를 낳았다. 댄디즘은 19세기 내내 동성애와 연루되었을지도 모른다는 의심의 눈초리를 받았다. 세기말로 갈수록 댄디의 젠더위반은 극단적인 색채를 띠었고, 1895년 와일드의 재판[44]은 댄디즘과 남성동성애 사이의 연관성을 극대화하는 계기로 작용했다. 대중의 뇌리 속에는 여성적인 댄디와 남성동성애자는 분리될 수 없는 존재로 각인되었다.

"역겨운 공장시스템"의 생존자 — 캐서린 프랜시스 고어

와인 판매업자였던 아버지를 둔 고어(1799~1861)는 근위기병대의 장교와 결혼하면서 귀족 계급의 삶을 가까이에서 접할 수 있었다. 남편인 찰스Charles Arthur Gore가 군대를 떠나 파리에서 8년간 외교관생활을 하게 되면서 그녀는 프랑스 귀족들의 라이프 스타일도 목격할 수 있었다. 고어는 보고 들은 모든 것을 소설에 담았다. 그녀는 실버포크 소설의 생산방식을 "역겨운 공장시스템"으로 매도하면서도 경이로운 다산성을 보여주었다. 30년에 걸친 작가생활을 하면서 고어는 70편 가까운 실버포크 소설을 썼다. 그녀의 실버포크 소설에는 『어머니들과 딸들』(1831), 『아내의 용돈』(1831), 『해밀턴 가 사람들』(1834), 『아미타게 부인 혹은 여성의 지배(Mrs. Armytge; or Female Domination)』(1836), 『세실 혹은 한 멋쟁이의 모험』(1841)이 포함된다.

『세실 혹은 한 멋쟁이의 모험』(1841)

『세실 혹은 한 멋쟁이의 모험』은 중년에 접어든 주인공 세실이 자신의 삶을 회고하는 내용으로 구성된다. 오밍턴 경Lord Ormington의 둘째아들로 태어난 세실은 극도로 잘생긴 외모와 세련된 매너를 지닌 댄디로 성장한다. 나약하고 촌스럽던 형이 백작의 지위를 세습하고 상원에서 인상적인 연설을 한 후 저명인사가 되는 것을 본 세실은 낙담한다. 그는 영국을 떠나 포르투갈, 프랑스, 헝가리, 이태리 등을 떠돈다. 가는 곳마다 세실은 아름다운 여인들을 만나지만, 환멸을 느낀 그의 도피나 여인의 죽음으로 관계는 종결된다. 세실은 영국군에 입대해 3년 동안 외국의 전쟁터에서 무용을 떨친다. 그는 영국으로 돌아오지만 사랑하던 세 살짜리 조카가 말에서 떨어져 죽자 슬픔을 견디지 못하고 다시 유럽을 떠돈다. 영국으로 영주 귀국한 세실은 대부분의 시간을 영국의 형편없는 음식문화에 울분을 토하며 살아간다.

수집, 대중적 소비를 넘어서

댄디가 중간계급 이데올로기의 핵심인 실용성이나 생산성과는 무관한 존재였다는 사실은 돈을 쓰는 방식을 통해 분명하게 드러난다. 댄디는 소비에 있어서 가성비와 효용성을 고려하지 않았고, 의도적으로 무시했다. 그가 지갑을 여는 기준은 오직 아름다움이었다. 댄디는 미학적 소비를 절대적으로 선호했고 중간계급이 설정한 합리적이고 '알뜰한' 소비를 전면적으로 거부했다.

댄디가 고수한 소비의 기준은 극도의 기능성을 지닌 물품을 구매할 때도 바뀌지 않았다. 펠함은 개인위생을 위한 용품을 선택할 때도 오직 미학적 관점만을 적용한다. 비누를 사려는 그에게 점원은 가장 효능이 좋다는 비누를 추천한다. 그는 비누의 아름답지 못한 형태에 역겨움을 느낀다. 펠함은 자신의 손을 "윈저 비누라고 이름 붙여진 저 형편없는 작품"으로 씻는다는 생각만으로도 몸서리를 친다.

댄디즘에 내재된 효용성과 생산성에 대한 저항은 골동품과 이국적인 물품 수집을 향한 댄디의 열정에서 가장 분명하게 드러난다. 고대 물품이나 외래 골동품을 수집하는 일은, 경제적 효과를 우선적으로 고려하지 않는 비실용적이고 비생산적인 소비행위기 때문이다. 소비사회이론의 대가인 프랑스의 철학자이자 사회학자인 보드리야르Jean Baudrillard가 지적한 것처럼, 수집은 수익을 창출하지 못하고 오직 "관념만이 소비되는"[45] 행위다.

댄디는 자신의 외모를 꾸미는 일에 쏟은 열정만큼이나 고대의 유품과 이국적 물품을 수집하는 일에도 몰두했다. 댄디즘의 창시자로 불리는 브러멜은 유럽에서 수집한 고가구와 골동품을 영국으로 이송하기 위해 아예 전문화된 인력을 따로 고용했을 정도였다. 와일드의 『도리언 그레이』는 댄디의 수집취미에 관한 기록물로도 읽을 수 있다. 도리언 그레이는 동방에서 만든 이국적인 향수와 희귀한 악기를 모으고, 골동품 장신구들과 오래된 자수와 양탄자를 구입하고, 고대의 기독교 제의를 수집한다. 수집에 대한 그의 열망은 취미의 수준을 넘어 집착에 가까운 양상을 띤다. 도리언 그레이는 "찾을 수 있는 가장 아름답고 정교하게 수가 놓아진" 자수를 수집하기 위해 "꼬박 일 년을" 허비하는 것도 주저하지 않는다.

댄디의 수집은 중간계급 소비윤리가 강조하던 사용가치와 유용성을 소거해버리는 행위다. 손쉽게 얻을 수는 없지만 이제는 사용가치를 상실한, 아름답지만 무용한 물건을 얻기 위해 지출을 아끼지 않고 때로는 파산의 위험까지 무릅쓰기 때문이다. 댄디가 수집을 통해 얻고자 하는 것은 오직 일상적 소비의 한계를 초월하면서 경험하는 미학적·예술적 충만감뿐이다. 도리언 그레이가 골동품과 이국적인 물품에 집착하는 이유도, "이런 아름다운 것들"이 "창조하거나 혹은 어쨌든 드러내주는 예술적인 성질"을 향유하기 위해서다.

독특하고 희귀하지만 무용한 물품에 대한 댄디의 집착은 시장의 문법과 대중적 소비를 넘어서려는 시도인 동시에, 부르주아계급에 의해 기계로 대량생산된 상품에 대한 거부의 몸짓이다. 댄디는 기계에 의해 대량생산된 상품의 획일성을 거부하고 수공으로 제작된 물품의 개별성을 극단적으로 선호한다. 도리언 그레이는 기계가 생산한 복제품을 혐오하고 "오래된 양단, 녹색 청동, 칠기(lacquerwork), 상아 조각품"처럼 장인의 손으로 창조된 물품만을 고집하는 것으로 재현된다.

기계생산 제품을 소비하는 것에 대한 댄디의 부정적인 반응은, 베블런Thorstein Veblen이 『유한계급론(The Theory of the Leisure Class)』에서 언급한 "과시적 소비(conspicious consumption)" 혹은 "존경받는 소비(honorific consumption)"를 떠올리게 한다.

> 기계생산에 대한 반대는 종종 그와 같은 물품의 평범성에 대한 반대로 진술된다. 평범한 것은 많은 사람들의 (금전적) 범위 내에 있다. 따라서 그런 소비는 다른 소비자들과 비교해서 개별적인 선호를 드러내는 목적에 복무하지 못하기 때문에 명예롭지 못하다.[46]

댄디는 중간계급이 주도한 대중적 소비 — 기계에 의해 대량생산된 평범하고 세련되지 못한 상품의 소비 — 를 거부했다. 대신 그는 수공업으로 제작된 독특하고 희귀한 물품을 소비하는 쪽을 선택함으로써 '명예로운 소비'를 선도했다.

댄디의 수집욕구는 몰역사주의(ahistoricism) 또는 과거회귀에 대한 욕망과도 연결된다. 수집가의 열정에는 기억상실증적이고 몰역사주의적인 측면이 존재하기 때문이다. 수집은 역사를 "일시적인 순간성의 영역을 초월하는 질서를 지닌 분류법으로 대치"하고, 시간은 "수집가의 세계 안에서 공시적으로 혹은 통시적으로"[47] 재구성되거나 망각된다. 댄디즘은 세상이 바뀌었다는 것을, 새로운 시대가 되었음을 인식하지 않으려는 혹은 부정하거나 승인하지 않으려는 몰역사주의적인 몸부림과 함께 했다.

'명예로운 소비'에 대한 댄디의 욕망 역시 과거를 향한 "향수어린 갈망"[48]과 연루된다. 댄디즘이 전시한 미학적 소비는 계급과 신분제도가 무너진 시대에서 벗어나 산업화와 기계생산이전의 시기로, 전통적인 귀족적 특권이 건재했던 시대로 되돌아가고 싶어 하는 소망을 드러내기 때문이다. 도리언 그레이가 "죽은 종족들의 무덤"에 경배하고 소멸된 고대문명의 유품을 수집하는 일에 집착하는 까닭도 여기에 있다. 그는 귀족계급의 특권적 사치와 여가가 위협받지 않던 근대 이전의 시간으로 되돌아가기를, 벤야민Walter Benjamin이 수집가의 특성에 관해 사용한 표현을 빌린다면, 아예 수집품 "내부로 사라져버리기"[49]를 꿈꾼다.

슬픈 댄디즘

해즐릿은 댄디가 한편으로는 "극도의 태평함과 무관심"을 통해 역사의 진보에 필수적인 중요한 것들을 평가절하하고, 다른 한편으로는 패션과 스타일 같은 "단지 사소한 것들"을 "중요한 것들"로 "과장한다"[50]고 비난했다. 댄디즘의 가장 큰 해악은 "진실로 아무것도 아닌 것으로 대단한 것을 만드는 기술"[51]에 있다는 것이다. 해즐릿의 댄디즘 비판은 집요하지만 편협하다. 댄디즘은 의상이나 장신구, 스타일과 같은 즉물성을 넘어서기 때문이다.

보들레르는 댄디즘이 "많은 생각 없는 사람들이 믿고 있는 것처럼" "화장품이나 물질적 우아함에 대한 터무니없는 취향으로 구성되어 있지 않다"[52] 고 주장한다. 도리언 그레이도 자신의 댄디즘이 표피적인 현란함과 특이함의 차원에 머물지 않기를, 그 수준을 훨씬 넘어서는 것이기를 소망한다.

> 마음속 가장 깊은 곳에서… 그는… 보석 착용이나 넥타이 매는 법 혹은 지팡이 사용법에 관해 상담을 요청받는, 단지 기호의 심판자(arbiter elegantiarum) 이상이 되기를 욕망했다. 그는 조리정연한 철학과 정돈된 원칙을 지닌 삶의 새로운 계획을 정교화하기를, 감각의 영성화 속에서 가장 높은 깨달음을 발견하기를 추구했다.

도리언 그레이가 품격 있는 소비를 과시하고 골동품과 희귀품을 사들이는 데 골몰한 것도, 중간계급이 매어놓은 "유용해야 한다는 사슬"에서 벗어나고 궁극적으로는 그 사슬을 끊어버리기 위해서였다. 공장에서 대량생산되어 대형상점에서 판매되는 상품의 진부함과 유사함에서 벗어나기 위해 댄디는, 대중적 소비를 넘어서는 예술적 소비를 실천했다. 계급적·사회적 평등주의를 허물어뜨리는 일이 불가능해진 상황에서 댄디는, 미학적 평등주의를 전면적으로 거부하는 쪽을 선택한 것이다. 댄디즘이 미학적·문화적 엘리트주의에 기반을 둔 새로운 종류의 귀족제도를 확립하려는 시도가 되는 이유다.

댄디즘의 분리주의는 세기말로 갈수록 더욱 심화되었고 마침내는 부르주아 세상 밖으로의 탈주를 향해 질주했다. 댄디의 탈주가 도달한 지점은 스스로를 예술품으로 만드는 세계였다. 댄디는 스스로를 미학화하고, 자기 자신을 모든 수집품 중에서 가장 빛나는 대상으로 만들었다. 도리언 그레이는 "미의 숭배에 의해" 자신을 "완벽하게 만들기"를 삶의 궁극적 목표로 삼았다. 스스로를 예술품으로 만들고 스스로의 예술성에 감탄하는 "자기 자신의 삶의 관람객이 되는 것"은, 천박하고 남루한 세계에서 "삶의 고통을 피하는" 유일한 길이기 때문이다.

댄디의 저항은, 슬프게도, 수집품이 재연하는 과거로 탈주하거나 스스로를 예술품으로 박제해버리는 자폐의 세계로 도피하는 것이었다. 댄디즘이 만들어낸 세계도 과거를 흉내 내는 회고주의나 지나간 시간을 되풀이하려는 욕망으로 가득한 몰역사의 공간에 지나지 않았다. 댄디는 기계의 소음과 시장의 흥정소리가 들리지 않는 대안적 세계를 창조하는 데 실패했고, 떠나왔던 곳으로 다시는 되돌아가지 못했다.

5장

실버포크 소설과 여성

실버포크 소설은 여성에게 우호적인가?

실버포크 소설을 향한 대중의 열광과 환호가 비평적 호응과 학술적 관심을 가져오지는 못했다. 비평가들은 실버포크 소설이 "허위광고와 신문에서의 암시"로 도움을 받은, "구역질나는 페이지들"로 "무지한 독자들"[53]을 유혹한 상업소설이라는 무자비한 판정을 내렸다. 실버포크 소설은 문학연구의 대상이 되지 못했고 본격적인 학문적 논의에서도 배제되었다.[54] 문학연구는 실버포크 소설보다 오히려 실버포크 소설문법을 패러디한 새커리의 『허영의 시장』과 같은 텍스트에 집중되는 경향까지 보였다. 영문학자들이 "실버포크 소설 그 자체"보다 "실버포크 소설의 패러디"를 "훨씬 더 잘 안다"는 "역설적인 사실"[55]은 그 자연스러운 결과물이다.

실버포크 소설은 낭만주의시대와 빅토리아시대 사이에 존재하는 '어둡고 텅 빈' 공간으로 남았고, 불빛이 다시 비춰지기까지는 오랜 시간이 흘러야 했다. 실버포크 소설을 재조명한 이들은 1990년대의 여성주의자들이었다. 이들은 실버포크 소설의 생산에 여성들도 참가했다는 사실[56]에 주목했고, 실버포크 소설을 우호적인 시각으로 다시 읽기 시작했다. 대표적인 여성주의 학술지의 하나인 『위민즈 라이팅Women's Writing』이 2009년 여름에 실버포크 소설을 특집으로 발행된 것은 재조명 작업이 맺은 커다란 결실이었다. 실버포크 소설은 여성작가들에게 저술과 출판의 기회를 부여한, 여성이 소설 창작에 개입할 수 있는 장을 제공했던 장르로 새롭게 규정되었다.[57]

실버포크 소설에 대한 재평가 작업에는 몇 가지 문제점이 노출된다. 실버포크 소설을 가정소설의 문법 속에서만 논의하거나,[58] 특정 사교클럽의 사례에만 한정하고,[59] 고어라는 여성작가에만 집중하는[60] 경향을 보인 것이다. 재평가 작업이 드러낸 가장 심각한 문제는 실버포크 소설이 여성에게 새롭게 열린 창작공간을 제공했다는 긍정적인 측면만을 바라보면서, 실버포크 소설의 차별적이고 비하적인 여성재현 방식을 간과한 데 있다. 실버포크 소설이 여성재현을 통해 행사한 젠더적 해악은 재조명 작업에서 발견된 미덕을 지워낼 정도로 압도적이기 때문이다. 미리 쓰자. 실버포크 소설은 여성에 대한 젠더적 편견을 수용하고 확장함으로써 당대의 젠더이데올로기를 옹호하고 강화했다.

젠더적 편애와 차별

실버포크 소설가의 구성에서 남성이 압도적인 것과는 대조적으로, 소설 속에 등장하는 캐릭터의 성비는 균형을 이룬다. 실버포크 소설의 배경이 사교계나 무도회와 같은 여성적 공간과 정치클럽, 도박장, 사격장 등의 남성적 공간으로 양분되기 때문이다. 소설의 인물들도 사교계에 데뷔한 결혼적령기의 여성, 딸을 과도하게 보호하는 미망인, 상속녀 등의 여성캐릭터와 출세주의자, 결투신청자, 댄디와 같은 남성캐릭터로 나뉜다. 캐릭터의 성별 중 어디에 집중하느냐에 따라 실버포크 소설은 남성이 주인공으로 등장하는 "댄디 소설"과 여성을 중점적으로 다루는 "사교계 소설"[61]로 분류되기도 한다.

실버포크 소설은 귀족계급에 관한 정보의 전달에만 치중하느라 인물의 형상화나 플롯의 구성은 낮은 수준에 머문다는 평가를 받았다. 실버포크 소설은 귀족계급의 소비습관이나 사교모임과 같은 "홍을 돋우는 소식들과 표피적인 광채"에만 집중하고 "플롯이나 인물형상화 같은 것들"[62]은 무시했던, 귀족적 삶에 대한 "세밀한 사실주의"와 "구조적 우둔함"[63]을 특징으로 하는 장르라는 것이다.

남성인물에 집중하는 실버포크 소설과 여성이 주인공으로 등장하는 실버포크 소설은 모두, 귀족계급의 비생산적이고 소비적인 삶을 집중적으로 조명하면서 귀족들의 삶을 따라하는 지침서로 기능했다는 공통점을 지닌다. 하지만 양자에 내려진 평가의 가혹함은 동일하거나 유사하지 않다. 실버포크 소설이 사치와 허영을 조장한다는 비난은 주로 여성의 삶을 다룬 실버포크 소설을 향했다.

여성캐릭터에 집중한 실버포크 소설을 구성하는 요소는 구애와 청혼, 약혼과 결혼, 요리, 쇼핑, 집 안 장식 등과 같은 결혼이나 가정과 관련된 것이었다. 여성의 주된 혹은 유일한 관심사는 결혼을 통해 가정을 이루는 일로 재현되었고, 그 목표지점을 향해 소설의 서사는 단선적으로 전개되었다. 여성은 독립된 주체로 부각되기보다는 사교계 데뷔, 약혼, 결혼, 파혼, 이혼과 같은 사건의 배경이나 풍경의 일부로 사용되었다.

여성의 삶에 초점을 맞춘 실버포크 소설은 "화려한 삶을 보여주는 데 몰두한 일종의 소설로 쓴 가십 칼럼"[64]으로 규정되었다. 여성이 주인공으로 등장하는 실버포크 소설은 "수다"와 "가십"의 수준에 불과하다고 폄하된 것이다. 여성을 중점적으로 다룬 실버포크 소설에 대한 인식과 평가와 비교할 때, 남성의 삶에 집중한 실버포크 소설에 대한 태도와 평가는 극명한 차별성을 드러낸다. 디즈레일리의 『비비안 그레이』나 불워-리턴의 『펠함』은 실버포크 소설에 대한 젠더적 편애를 보여주는 대표적인 사례들이다.

『비비안 그레이』에는 몰락한 귀족가문의 청년인 비비안이 뛰어난 외모와 세련된 매너를 무기로 다양한 여성들을 유혹하는 로맨스 서사가 자주 등장한다. 그럼에도 불구하고 『비비안 그레이』는 타락한 정치게임과 계급구조의 부패를 고발하고 지배체제에 대해 근원적인 의문을 제기한 정치소설로 평가된다.[65] 『펠함』은 댄디즘에 관한 보고서이기보다는 유럽의 귀족계급에 대한 풍자소설로 간주된다.[66] 『펠함』은 한 귀족청년의 극적인 변모 — 귀족계급의 헤게모니를 옹호하던 보수적인 입장에서 사회개혁을 주장하는 진보적 입장으로 — 를 기록한 정치적 성장소설로까지 평가된다.

실버포크 소설을 향한 젠더적 편애는 남성캐릭터의 결투와 도박을 수용하는 태도를 통해서도 분명하게 드러난다. 결투와 도박마저 남성적 명예를 수호하고 귀족적 윤리규범을 실천하는 행위로 미화되거나 용인된 것이다. 실버포크 소설에 대한 평가와 판정 역시 집요한 젠더위계에 포박되어 있었다.

성별화된 소비

산업혁명이 가져온 주목할 만한 변화 중 하나로 공간과 생산/소비의 성별화를 들 수 있다. 산업혁명 이전에는 생산현장에 남성과 여성의 노동력이 모두 동원되었다면, 기계동력의 시대로 접어들면서 여성의 노동력은 더 이상 긴요하지 않게 되었다. 가정 외부에서 생산을 담당하는 주체는 남성으로 한정되었고, 여성은 가정 내부에 위치한 생산과는 무관한 소비의 주체로 재규정되었다.

실버포크 소설은 품격 있는 소비를 따라하기 위한 지침서로 기능했다. 소비가 여성으로 젠더화된 시대적 상황에서 실버포크 소설은, 당연하게도, 여성을 주된 독자층으로 삼았다. 실버포크 소설이 여성독자를 대상으로 그들의 취향에 맞추어 대량생산된 오늘날의 로맨스 소설과 등치되기도 하는 이유다.[67]

생산과 소비의 성별화는 중간계급 여성에게만 해당되는 것이었다. 생존을 위해 '굶주림을 벗어나기 힘든 임금(starvation wage)'과 장시간 노동을 감수하던 노동계급 여성에게, 소비를 위해 지출할 여유자금과 시간은 주어지지 않았다. 노동계급의 여성이 화려한 옷이나 장신구를 구입하는 유일한 길은 매춘을 통해서만 열린다고까지 여겨졌다.

19세기 영국을 대표하는 여성작가 중 한 명인 개스켈Elizabeth Gaskell은 『메리 바튼Mary Barton』에서 맨체스터 시에 거주하는 노동계급의 삶을 사실적으로 그렸다. 소설에는 의상을 구입하는 데 돈을 지출하는 것을 주저하지 않는 여성노동자 에스더Esther가 나오는데, 그녀의 형부는 에스더의 소비에 대해 심각하게 우려하고 매섭게 경고한다.

> 그게 바로 공장에서 일하는 여자애들에게는 최악의 것이지. 당신도 알다시피 에스더는 자기의 예쁜 얼굴을 드러내고 싶어서 옷에다 돈을 쓰고 있어. 나는 에스더에게 내 마음속의 생각을 얘기했어. "에스더야, 나는 네가 장신구나 날아갈 것 같은 베일로 된 옷을 사며, 정숙한 여자라면 잠자리에 들 시간에 밖에 있게 된다면, 나중에 네가 어찌 될지 알 것 같아. 너는 몸 파는 여자가 되고 말 거야. 에스더야, 그렇게 된다면, 아무리 네 언니가 내 아내라지만, 내가 너를 집 안에 들일 것 같니."

에스더는 결국 매춘여성이 되고야 만다. 옷을 몇 벌 — 그것도 아주 값비싼 것도 아닌 — 마련하는 일이 노동계급 여성에게는 소비의 문제가 아닌 윤리적인 선택의 문제로 다가온 것이다.

문제의 근원은 이데올로기가 배양하는 거대한 허위의식(false consciousness)에 있었다. 중간계급 이데올로기가 지배이데올로기로 작동하면서, 중간계급이 설정한 젠더구획이 모든 계급에게 수용된 것이다. 노동계급마저 여성은, 비록 현실에서는 가능하지 않지만, 소비의 주체라는 젠더의식을 내면화했다. 19세기 영국소설에 드물지 않게 등장하는,

아내가 노동을 한다는 사실에 커다란 수치심을 느끼는 노동계급 남성과, 여성인 자신이 가정 밖에서 일을 한다는 것을 필사적으로 감추고자 애쓰는 노동계급 여성은, 이들 계급에게 내면화된 젠더적 허위의식을 반영한다.

젠더적 편견의 옹호와 재생산: 실버포크 소설이 그린 여성

실버포크 소설은 당대의 젠더이데올로기에 도전하거나 저항하지 않았다. 실버포크 소설은 결혼을 여성서사의 중심에 위치시키고 결혼시장과 소비에 관련된 정보로 텍스트를 채워나갔다. 여성인물의 재현 역시 지정된 젠더구획에서 조금도 벗어나지 않거나 젠더규범에 철저히 순응하는 방식으로 이루어졌다.

사교시즌과 데뷔

여성이 주요인물로 등장하는 실버포크 소설이 수행한 가장 중요한 역할은 사교시즌에 관한 정보를 제공하는 것이었다. 사교시즌은 여성에게 청혼이 이루어지는, 여성이 결혼시장으로 진입하는 첫 번째 관문이 열리는 시기였다. 그렇기 때문에 사교시즌은 여성으로서의 삶의 성패를 결정하는 기간으로 인식되었다.

여성의 삶을 다루는 실버포크 소설에서 사교시즌이 얼마나 중요한 구성요소였는지는 블레싱톤 부인이 쓴 『사교시즌의 미인(The Belle of a Season)』의 성공사례가 입증한다. 『사교시즌의 미인』에서는 사교시즌이 시간적 배경을 이루고 그 기간에 벌어지는 다양한 사건들이 소설의 서사를 이끈다. 『사교시즌의 미인』은 높은 대중적 인기를 누렸는데, 『익재미너Examiner』의 서평에서 소설의 성공비결은 다음과 같이 요약된다. "궁전과 무도회, 오페라, 조찬, 경마와 같은 사교시즌의 모든 사건들이 그 자체만으로 기분 좋게 묘사되어 있다."

사교계 데뷔는 사교시즌의 가장 중요한 이벤트로 간주되었고, 실버포크 소설은 여성의 사교계 데뷔를 위한 안내서 역할을 충실하게 수행했다. 귀족계급의 여성은 17살이나 18살이 되면 결혼시장으로 진입하기 위해 사교계에 '선을 보이는' 것이 필수적이었다. 사교계 데뷔를 위해서는 기존 멤버인 친인척 여성의 후원자 역할이 필요했다. 후원자 여성이 사교계 데뷔에 참석해 첫선을 보이는 여성을 소개하는 것이 관례였기 때문이다.[68] 실버포크 소설은 사교계 데뷔에 관한 정보 — 사교계 데뷔에 적합한 장소, 적절한 매너와 예법, 대화방식, 추천할 만한 의상과 장식품 등 — 를 상세하게 제공했다.

실버포크 소설의 안내는 사교계 데뷔 장소로 삼기에 적합한 곳을 추천하는 것으로 시작됐다. 추천장소로는 런던의 사교클럽 알막스가 압도적이었다. 19세기에 들어와서도 영국의 귀족계급은 여전히 프랑스가 "예법과 연설, 행실, 식사예절, 개인청결의 습관"에서 자국보다 "훨씬 높은 기준"[69]을 지녔고, 사교계의 수준 역시 비할 바가 되지 못한다고 생

런던의 사교클럽 알막스. 알막스에서 딸을 사교계에 데뷔시키는 것은 모든 어머니들의 꿈이었다.

각했다. 오직 알막스만은 예외였다. 알막스는 프랑스의 어떤 사교클럽보다 더 뛰어나다고 인식되었다.

고어의 『권태를 달래는 여성의 일기(The Diary of a Désennuyée)』에 등장하는 들러벌 부인Lady Cecilia Delaval은 알막스에 대한 자부심을 거침없이 드러낸다. 그녀는 유럽의 대표적인 도시들을 열거하면서 알막스의 우월성을 확신한다.

> 파리, 비엔나, 나폴리에는 알막스와 비교할 만한 장소가 없다. 자신들과 어울리는 사람들을 그리고 그들이 어울리고픈 사람들을 만나리라고 확신할 수 있는, 매주 모임을 열 만한 장소가 없다.

들러벌 부인의 알막스 찬가는 계속된다. "알막스는 이름이 널리 알려진 장관들과 정치적 저명인사들을 위한 고전적인 무도회를 유일하게 감당하는 특권을 지닌 곳이다."

제목부터 『알막스: 소설(Almack's: A Novel)』로 붙여진 텍스트에서 저자인 스탠호프Marianne Spencer Stanhope는 알막스 찬가를 자랑스럽게 연주한다. 소설 속에는 외교관인 남편을 따라 유럽에서 2년간 생활하고 돌아온 루이자Louisa de Wallenstein가 등장한다. "이국적인 표현방식, 그녀가 연주하는 기타, 그녀가 읽은 프랑스 소설, 파리지앵 패션"으로 인해 루이자는 런던 사교계에서 가장 세련된 여성으로 인정받는다. "가장 까다롭고 배타적인" 인물인 노베리 백작부인Countess of Norbury도 루이자를 "그들의 모임이 얻게 된 귀한 존재로 선언한다." 이런 루이자조차도 후원하는 여성을 알막스에서 데뷔시키기 위해 알막스에 가입하기를 "갈망"하고, 멤버로 승인된 후에는 "커다란 기쁨"을 느끼는 것으로 재현된다.

고어의 『아내의 용돈』에서도 알막스는 궁궐이나 귀족의 저택보다 앞서는, 제일 먼저 언급되고 가장 많이 추천되는 장소로 선정된다. 어스킨 부인Mrs. Louisa Erskyne이 사교계 데뷔를 앞둔 여성에게 "해야만 하는 일들의 목록"을 알려줄 때도 알막스는 가장 앞에 나온다.

> 나는 네가 스스로를 적절하게 보이도록 만들자마자 알막스에서 다이아몬드보석들을 보여주기 원할 것이라는 판단을 내린다. J- 부인Lady J-을 반드시 방문해야 한다. 그리고 레오폴드 왕자Prince Leopold 궁과 공작저택 방명록에도 너의 이름을 적어야 한다. 그곳에서 모습을 드러내면 모든 곳에서 초청을 받게 될 것이다.

실버포크 소설이 사교계 데뷔를 위한 지침서였다는 점은, 고어의 『처음 사교계에 나가는 여성(The Débutante)』과 블레싱톤 부인의 『두 친구들』을 통해서도 확인된다. 이 소설들은 사교모임에 처음 참가할 때 수행해야 하는 적절한 행위예법에 대해 도착시간과 같은 기본적인 사항부터 알려준다. 두 소설 모두 저녁만찬을 위한 옷으로 갈아입는 시간(dressing time)에 사교모임에 도착할 것을 권유하는데, 옷을 갈아입고 나타난 참가자들에게 자연스럽게 모습을 보여줄 수 있다는 이유에서다. 고어의 『처음 사교계에 나가는 여성』은 사교계에 데뷔하는 여성이 지켜야 할 도착시간과 직후의 절차에 관해 기술한다. "옷을 입는 시간쯤에 도착해 배

사교시즌 중 런던에서 열린 무도회. 사교시즌은 여성에게 청혼이 이루어지는, 여성으로서의 삶의 성패를 결정하는 기간으로 여겨졌고, 여성이 주요인물로 등장하는 실버포크 소설의 가장 중요한 역할은 사교시즌에 관한 정보를 제공하는 데 있었다.

당된 방을 차지하고 차례가 되면 관심을 받고, 질문을 받고, 추파를 받거나 혹은 함께 와인을 마시는" 것이 데뷔 여성이 알아야 할 "요령"으로 제시된다. 블레싱톤 부인의 『두 친구들』에는 도착시간에 관한 조금 더 친절한 설명이 포함된다.

> 눈치 있는 사람들이 모습을 드러내는 시점으로 선택하는 시간에 도착하라. 즉 저녁만찬을 위한 옷으로 갈아입는 데 바쳐지는 시간에. 도착이 누구의 심심풀이도 방해하지 않고, 영접의 인사를 하기에 아주 적당한 시간에, 거실이나 혹은 서재에서 사교계를 구성하는 사람들과 최초의 인터뷰가 일어나는 시간에.

실버포크 소설은 사교계 데뷔를 위한 의상과 장식품에 관한 정보 역시 매우 구체적으로 제공했다. 여기에는 필수적으로 구입해야 할 아이템뿐 아니라 상점 이름과 디자이너에 관한 정보도 포함되었다. 랜돈Letitia E. Landon의 『로맨스와 현실(Romance and Reality)』은 "곤충모양의 보석"이 사교계 데뷔 여성 사이에서 유행하는 장식품이고, 구입은 "하우웰 앤드 제임스Howell and James" 상점에서 하는 것이 좋다는 것을 알려준다. 고어의 『아내의 용돈』에는 사교계 데뷔를 위해 구입해야 할 품목이 디자이너의 실명과 함께 거론된다. 무도회에서 입을 드레스들은 "마담 셀리안Madam Céliane과 마담 미네트Madame Minette가 제작한" 것들로, 착용할 "깃털장식은 여성모자 디자이너로 명성이 높은 무슈 나딘Monsieur Nardin"이 고안한 것으로 갖추어야 한다는 것이다.

사교계 데뷔를 하는 여성. 사교계 데뷔는 사교시즌의 가장 중요한 이벤트였다. 실버포크 소설은 사교계 데뷔에 적합한 장소, 적절한 매너와 예법, 대화방식, 추천할 만한 의상과 장식품 등과 같은 정보를 상세하게 제공함으로써 여성의 사교계 데뷔를 위한 안내서로 기능했다.

『아내의 용돈』(1831)

『아내의 용돈』에서는 아내가 독립적으로 쓸 수 있는 돈이 결혼생활의 가장 핵심적인 이슈로 부각된다. 프레드리카Frederica Rawdon는 롤라이 경Sir Brooke Rawleigh과 결혼할 때 부부의 재산관리 합의사항을 통해 400파운드의 용돈을 받기로 합의한다. 결혼 후 롤라이 경은 정치에 입문하려 하나, 프레드리카는 격렬하게 반대한다. 롤라이 경은 아내 모르게 거액의 정치자금을 쓴다. 그녀 또한 도박에 재미를 붙이게 되면서 지급받는 용돈으로는 갚을 수 없는 노름빚을 진다. 두 사람 다 배우자 몰래 돈을 쓰고, 상대방이 불륜을 저지른다는 의심을 갖게 된다.

결혼생활의 갈등과 위기는 프레드리카가 결혼선물을 팔아 빚을 청산하면서 해결된다. 남편도 자신의 정치적 역량이 부족하다는 사실을 인정하고 정치입문의 꿈을 포기한다. 그녀는 부부가 따로 돈을 관리하지 말고 공동으로 하자고 제안한다. 남편도 그녀의 제안을 받아들이면서 둘은 다시 행복한 결혼생활을 하게 된다.

사교모임에서 오가는 말들

실버포크 소설은 사교모임에 데뷔한 여성이 대화하는 적절한 방식에 관해서도 예시했다. 대화의 소재는 집 안 장식품, 요리, 예술공연 같은 여성적인 영역에 속한 것들로 국한하는 것이 좋고, 대화에 참가한 다른 여성들에게 우호적인 태도를 연출하는 자세가 요구되는 것으로 그려진다. 예외적인 경우는 미술작품이나 음악공연에 관한 의견을 나눌 때가 된다. 미술과 음악에 관한 관심과 소양은 여성이 갖추어야 할 자질로 기대되었기 때문에, 예술적 소양이나 문화적 교양을 드러내는 일은 예비신부로서의 가치를 높이는 행위로 장려되었다.

사교계에서 오가는 여성들의 대화를 그리는 데도 고어와 블레싱톤 부인은 발군이었다. 고어의 『해밀턴 가 사람들』에는 만찬 테이블 위에서 나누는 요리에 대한 평가가 재치 있게 묘사된다.

> 어느 요리에 웅변상(the prize of oratory)을 주시겠어요? 생선의 미묘한 풍미를 훼손시키는 위험 없이 튀긴 농어에 튀긴 파슬리를 고명으로 얹는 것이 얼마나 어려운지 선명하게 폭로한 요리에?

고어의 『아내의 용돈』에서는 무도회에 참석한 여성들이 집 안 장식을 위해 구입할 상품에 대한 구체적인 정보를 나누는 장면이 등장한다. 이들이 모두 찬탄하는 분수대는 "포틀랜드 가"에 위치한 "로포드 경Lord Lawford의 수집품 판매소"에서 구할 수 있다는 사실이 공유된다.

사교모임에 참석한 여성들에게는 미술이나 공연예술, 음악에 관한 '여성적' 소양을 부각시키는 일이 장려되었기 때문에, 소설 속에서 여성들이 감상평을 교환하는 일은 치열한 경합의 양상마저 띤다. 블레싱톤 부인의 『사교계의 희생자들(The Victims of Society)』에는 오페라 공연관람 후 출연한 가수들의 실력에 대해 여성들이 경쟁적으로 내놓는 평가의 말들이 나열된다. 어거스타Augusta는 당대를 대표하는 성악가들에 대해, 조금도 주눅 들지 않은 태도로, 예리한 견해를 밝힘으로써 좌중을 압도하는 것으로 그려진다.

> 내 의견에는 말리브랑Malibran이 청중들을 고양시킨 것 같아요. 그리시 Grisi의 목소리는 매력적이지만 내게는 그런 효과를 낳지 못해요. 라발라체 Labalache의 목소리 또한 내게 아주 매력적으로 들려요.

워드의 『트레메인 혹은 세련된 남자』에서도 여성들이 오페라 공연에 대해 나누는 대화가 등장한다. 다른 여성들이 오페라에 대한 찬사를 연발할 때 이블린Evelyn은 오페라의 해악에 대해 지적함으로써 참석자들의 주목을 받는다. 그녀는 "일상적인 의무와는 화해할 수 없는" 오페라의 중독성을 비판한다.

> 내가 쟁점으로 삼고 싶은 것은 극단까지 펼쳐지는 매혹입니다. 오페라는 매일 보게 된다면 아편이 육체에 끼치는 해악을 감성에 끼칩니다. 우리는 모르는 사이에 취합니다.

결혼을 향한 분투의 시간

사교시즌은 무엇보다도 여성이 결혼으로 진입하는 티켓을 확보하기 위한 시간이었고, 무도회는 그것을 위해 펼쳐진 공간이었다. 미혼여성이 남편감을 찾기 위해 무도회장을 출입하는 일은, 당연히 적극적으로 권장되었다. 반면에 기혼여성의 동일한 행위는 사회적 불명예로 간주되고 추문의 소재가 되었다. 고어의 『아내의 용돈』에는 사교시즌의 무도회장이 본래의 목적과 무관하게 작동할 경우에 발생하는 문제에 대한 경고의 말이 들린다.

> 무도회장은 젊음에게는 극도로 자연스러운 요소이다 — 미혼여성에게 잘 어울리는 영역. 젊은 아내가 그곳에 모습을 드러내는 것은 변명을 필요로 한다. 그녀를 침입자로 간주하는 나이든 여성보호자들은 소파에 그녀를 앉히는 것을 거부한다. 젊은 여성들은 그녀를 보고 예의상 가능한 가장 짧은 인사만을 하고 그녀로부터 물러난다. 그녀는 이곳에 남자를 유혹하기 위해 혹은 남자로부터 유혹받기 위해 왔다는 것이 일반적인 견해로 퍼진다.

여성에게는 사교시즌에 참가할 기회가 무한정으로 허락되지는 않았다. 두 번이나 세 번이 여성이 사교시즌에 모습을 보일 수 있는 기회의 전부였다. 최초의 사교시즌에서 남편을 얻는 것, 사교계 데뷔가 결혼허가증의 획득으로 이어지는 일은 사교계 진입을 앞둔 모든 여성들의 꿈이었다. 최고의 성공사례를 꿈꾸지는 않더라도, 두세 번의 시즌을 통과하는 동안 약혼은 여성이 달성해야 할 '최소한'의 목표치로 제시되었다. 할당된 사교시즌이 지나고 나서도 결혼하지 못하거나 결혼을 기약하지 못한 여성에게는 "실패자"[70]라는 낙인이 찍혔다.

실버포크 소설은 사교시즌을 극한의 공포와 절박함을 미소 속에 감춘 여성들이 벌이는 결혼을 향한 분투의 시간으로 그렸고, 사교시즌의 실패는 여성들에게 사회적인 죽음과 동일한 것으로 재현했다. 혹의 『댄버스』에는 사교시즌을 아무 성과도 없이 마감한 젊은 여성들과 그들의 결혼에 모든 것을 걸었던 미망인들이 등장한다. 사교시즌을 실패로 마친 여성들이 드러내는 좌절과 낙담, 절망과 공허의 풍경이다.

> 그녀는 공허의 잦아드는 속삭임을 들었고, 반쯤 실신한 여성들의 무기력한 표정들과, 힘을 모아 침대에서 나오고 허영에 의해 주름진 볼을 분칠로 더럽히고 나이든 머리를 보석으로 장식하고 사라져가는 모든 삶의 에너지를 끌어모았던 미망인들의 끔찍한 눈빛을 보았다.

실버포크 소설은 여성을 외모와 세련된 매너를 무기로 결혼시장에서 치열하게 경쟁하는 존재로 재현하고, 결혼상대자를 확보했는지 여부로 여성의 성공과 실패를 판정함으로써 젠더적 편견을 옹호하고 재생산했다.

젠더적 편견의 확대와 강화

여성이 주요캐릭터로 등장하는 실버포크 소설은 부르주아계급의 여성이 갈구하던 "상류사회에 대한 친숙함의 환기와 확신"[71]을 제공함으로써, 귀족적인 삶과 품위 있는 소비를 따라하기 위한 매뉴얼로 기능했다. 여성의 삶을 다룬 실버포크 소설은 상점, 의상, 장식물, 클럽, 헤어스타일, 전시회, 콘서트 등에 관한 구체적인 정보로 텍스트를 구성했고, 여성을 소비의 영역에 배치시킨 젠더적 구획에 균열을 내기보다는 오히려 옹호하는 방향으로 움직였다.

실버포크 소설의 여성재현이 끼친 해악은 젠더적 편견을 반영하는 방식을 통해서도 충분히 발현되었다. 하지만 더욱 심각한 해악은, 여성의 재현이 여성비하적인 시각을 확대하고 강화하는 방식으로 이루어진 데 있다. 실버포크 소설은 여성을 소비와 치장에만 몰두하는 존재로 규정하는 것을 넘어서, 여성을 과시적 치장과 소비의 경합을 통해 여성을 위계화하고, 모방과 추종 또는 배제와 차별을 더욱 정밀하고 혹독하게 수행하는 존재로 재현했다.

실버포크 소설은 여성 간의 경쟁과 갈등을 부각시킴으로써 여성에 대한 비하와 혐오를 확산시키는 효과를 만들어냈다. 워드의 『트레메인 혹은 세련된 남자』에서 여성은 외모의 치장과 과시적 소비를 무기로 "헛된 경쟁"에 참가해 "인공적인 부분을 연기"하는 존재로 재현된다. 소설에는 벨렌든 부인Lady Bellenden과 거트루드 부인Lady Gertrude이 등장하는데, 이들은 "스스로를 매우 중요하고 높은 인물"로 자부하며 "세련됨"을 "항상 추천하고, 언제나 설교하고, 그리고 언제나 실행"한다. 두 부인은 차갑고 거만하지만, 이들의 주변에는 항상 "표면적인 친밀성"을 구하는 여성들로 "차고 넘친다." 여성들은 "고귀한 신분의 위치, 사교계의 정상이라는 부러운 지점"에 "가닿기 위해" 벨렌든 부인과 거트루드 부인 주위를 끊임없이 맴돈다.

리스터의 『그랜비』에서도 여성들은 외모와 매너의 경합에서 수월성을 드러내는 여성을 맹목적으로 모방하고 추종하는 것으로 그려진다. 소설 속에는 "분위기와 의상"으로 다른 여성들을 압도하는 대럴 양Miss Darrell

이 등장한다. 여성들은 모두 대렬 양이 "머리를 돌리는 방식, 웃음의 음조, 곱슬머리를 늘어뜨리는 스타일, 아름답게 팔을 내리는 태도"를 따라하기 위한 "열광을 자주, 너무 광범위하게 전시한다."

실버포크 소설은 여성을 적극적으로 그리고 세밀하게 여성 간 위계를 나누고, 차별과 배제를 가혹하게 실행하는 존재로 재현했다. 화이트의 『다시 찾은 알막스』는 여성들 스스로가 여성에 대한 엄격한 심사와 위계적 분류를 실행하고, 배제와 차별의 기제를 더욱 정교하게 만들어가는 것으로 그린 대표적인 사례다. 소설 속에 등장하는 여성들은 알막스에서 사교계 데뷔를 하는 맨비Emily Manby라는 여성을 대상으로 종합적이고도 세밀한 평가작업을 수행한다. 그 자리에서 오가는 대화를 인용한다.

"리밍턴 부인Lady Lymington과 함께 있는 사람은 누구지요?"

"조카 중 한 명인가? 어머, 아니라고요?"

"리밍턴이 시골에서 키운 제자."

"그녀가 예쁘다고 생각하세요?"

"키가 너무 크네요."

"발은 매력적이네요."

"형편없는 신을 신었네!"

"장식은 멋있네요."

"너무 빈약하네요."

"너무 예쁜 드레스예요!"

"단순함을 가장하네요."

"표정이 많은 얼굴을 가졌어요."

맨비의 외모와 착용한 의상과 장식, 그리고 그녀의 화장법까지 여성들이 내리는 평가의 대상이 된다. 이들은 맨비의 출신가문에 대해서도 끈질기게 탐문하고, "아는 사람이 하나도 없네!"라는 모멸적인 결론과 함께 그녀를 데뷔여성 위계의 하단에 배치시킨다. 결혼적령기에 접어든 여성이 지닌 배우자로서의 자격요건은 여성들에 의해 세밀하고도 혹독한 검증과 판정 과정을 거치는 것이다.

스탠호프의 『알막스: 소설』은 여성들 사이에서 작동되는 검증과 배제의 기제를 극단까지 그려냄으로써, 실버포크 소설이 수행한 젠더적 퇴행과 반동을 극명하게 보여준다. 소설에는 의상과 장식물을 구입하는 데 비용과 시간을 아낌없이 지출하는 버밍엄 부인Lady Birmingham이 나온다. 그녀가 저녁만찬이나 무도회에 입고 나오는 의상과 장식품은 말할 것도 없고, "그녀의 아침 의상마저 극단적으로 호화로웠다. 그녀의 시곗줄, 팔찌, 반지는 모두 충격적일 정도로 고급스럽고 거대했다." 경탄을 자아내는 고가의 물품으로만 자신을 치장하고 오만한 태도로 다른 여성을 압도하는 버밍엄 부인은 런던 사교계의 저명인사로 부상하고 추종과 모방의 대상으로 자리 잡는다.

버밍엄 부인이 부르주아계급과의 동업을 통해 재산을 축척했다는 사실이 폭로된 후, 그녀를 대하는 다른 여성들의 태도는 극적으로 달라진다. 전통적인 귀족계급 출신임에도 불구하고 그녀는 "귀부인"이라는 호칭에 걸맞은 대우를 받지 못한다. 그녀의 소비도 이제 귀족적인 소비로 승인되지 않는다. 버밍엄 부인은 사교시즌에 열리는 대부분의 모임에 초대를 받지 못하는, 단지 극도로 사치스럽고 고급스러운 회계용품과 필기도구를 사용하는 상인과 다름없는 존재로 배제된다.

> 탁자 위에는 노트와 카드로 가득했다. 그녀는 귀한 보석으로 세공된 상아가 몸체인 펜을 내려놓았다. 그녀는 무늬를 가득 새긴 최상의 금으로 된 잉크스탠드와 화려하게 금박 입힌 러시아산 거래일계표를 멀리 치워놓았다.

실버포크 소설에서 젠더적 편견은 더욱 확대되고 심화되는 양상을 보인다. 실버포크 소설은 계급적 요소까지 동원해 여성 간 위계와 그에 따른 배제와 차별의 기제를 정교하고 엄격하게 구축함으로써 젠더적 편견에만 머물지 않고 계급적 퇴행으로까지 나아갔다.

『알막스: 소설』(1826)

스탠호프의 삶에 관해서는 『알막스: 소설』의 저자라는 사실 말고는 알려진 것이 거의 없다. 스탠호프Stanhope로 기재된 그녀의 성마저 종종 허드슨Hudson과 혼용되고, 태어난 해와 사망한 해에 관한 정보도 존재하지 않는다.

『알막스: 소설』에는 여성적인 아름다움과 덕성을 구현한 바바라Barbara와 매력적인 남성성의 소유자 라이오넬Lionel이 등장한다. 바바라는 식민지 무역을 통해 거부가 된 버밍엄 경Sir Benjamin Birmingham의 딸이고, 라이오넬은 몬태규Montague 가의 차남이다. 두 사람은 사랑에 빠진다. 바바라의 어머니 버밍엄 부인은 라이오넬이 물려받을 재산이 없다는 이유로 결혼을 반대하고, 두 사람은 헤어진다. 라이오넬의 형이 결투에서 살해되고, 라이오넬이 영지와 작위를 물려받게 되면서 바바라와 라이오넬은 결혼에 이른다. (제목으로 사용되기는 하지만, 알막스라는 공간은 소설에 자주 등장하거나 중요한 기능을 담당하지는 않는다. 버밍엄 부인이 사교계의 필수적인 자격증으로 간주되는 알막스 입장 허가증을 발급받고 환호하는 장면에서 잠깐 언급될 뿐이다.)

『다시 찾은 알막스』(1828)

화이트(1793~1861)의 생애에 관해서도 알려진 사실은 많지 않다. 화이트는 단지 그가 쓴 유일한 실버포크 소설 『다시 찾은 알막스』의 저자로 기억된다. 2년 앞서 출판된 스탠호프의 『알막스: 소설』이 거둔 인기를 이용하려는 얄팍한 상술의 결과물인 『다시 찾은 알막스』는 선정성의 극단을 보여준다.

『다시 찾은 알막스』는 허버트와 맨비의 로맨스 서사를 중심으로 전개된다. 허버트의 아버지 밀턴 경Sir Herbert Milton은 아들과 맨비의 결혼을 결사적으로 반대한다. 하지만 두 사람은 결혼을 감행한 후, 밀턴 경에게 결혼사실을 통보한다. 밀턴 경은 맨비가 바로 허버트의 숨겨진 여동생이라는 말을 남기고 출혈성 발작으로 사망한다. 충격과 슬픔을 견디지 못한 허버트는 스페인 군사작전에 참가하고, 그곳에서 전사한다. 허버트의 가장 가까운 친구였던 시드니 대위Captain Sidney는 맨비가 허버트의 여동생이 아니라, 여동생과 바꿔치기 되었던 모브레이Mowbray 가의 후손이라는 사실을 밝혀낸다. 소설은 맨비가 허버트 부인Lady Herbert이 되어 밀턴 가의 영지에서 아들과 함께 살아가는 모습을 보여주며 끝을 맺는다.

재조명 작업이 놓친 지점

실버포크 소설에 대한 재평가 작업에서는 이 소설장르가 여성이 개입할 수 있는 공간을 제공했다는 점이 높이 평가됐다. 여성작가들에게 저술과 출판의 기회를 부여한 것이 실버포크 소설의 소중한 성취로 간주된 것이다. 이런 평가는 지나치게 호의적인 시각이라고 할 수 있다. 출판업자들은 실버포크 소설의 생산에 여성이 개입하는 것을 환영하지 않았고, 실버포크 소설을 출간한 여성작가는 고어나 블레싱톤 부인을 포함하더라도 극소수에 불과하기 때문이다.

여성작가의 수가 극히 적었다는 사실을 고려하지 않더라도, 실버포크 소설의 생산에서 여성작가의 역할은 주체가 아닌 종속변수에 머물렀다. 장르를 만들어내고, 발전시키고, 그 장르적 절정에 함께했던 작가들 — 실버포크 소설의 창시자로 불리는 훅, 장르의 완성자로 평가받는 리스터, 대중적 인기의 절정을 향유한 디즈레일리와 불워-리턴 — 은 모두 남성이기 때문이다. 여성이 실버포크 소설의 생산에 본격적으로 개입하기 시작한 것은 장르의 전성기가 지난 이후부터였다. 여성 실버포크 소설가들은 실버포크 소설의 대중적 인기가 급격하게 하락한 1830년대 후반 이후에 주로 활동했고, 이 소설장르가 소멸되는 과정과 함께했다. 실버포크 소설 창작에 여성의 참여는 장르의 상품성이 소멸된 이후에 '마지못해' 허용된 것에 가까웠다.

실버포크 소설의 생산에 참가한 여성들은 강고한 젠더영역의 경계선을 허물고, 훼손된 경계를 넘어 젠더규범에 균열을 일으키는 작업을 시도하지 않았다. 이들은 새롭게 열린 공간을 여성의 시각으로 온전히 재구성하기보다는, 오히려 젠더규범에 순응하고 젠더구획을 엄격하게 준수하거나 젠더적 편견을 극한까지 밀고 나갔다. 젠더관점에서 본다면 실버포크 소설의 쇠퇴와 몰락은 그다지 탄식하거나 애도할 문학적 사건은 아니었다.

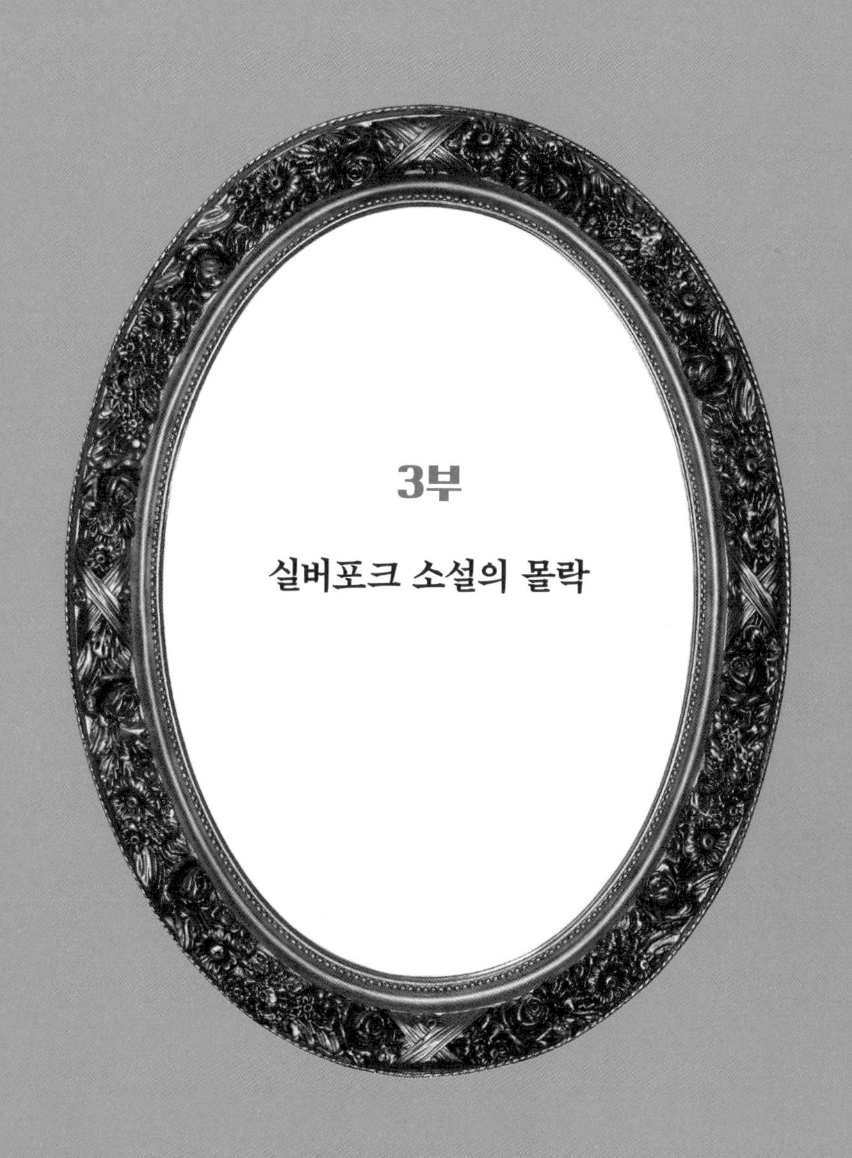

3부

실버포크 소설의 몰락

6장

실버포크 소설을 감시하기

커져가는 반감

실버포크 소설이 1820년대에 모습을 처음 드러낸 이후 이 소설장르를 바라보는 의혹의 눈길은 한 번도 사라진 적이 없었다. 실버포크 소설에 대한 환호의 목소리가 커져갈수록, 의심의 눈초리 또한 깊어졌다. 실버포크 소설이 대중적 인기의 정점을 기록한 1830년대가 저물어갈 무렵, 실버포크 소설을 바라보는 의혹과 경계의 시선은 비판과 공격, 날선 조롱과 풍자의 말들로 바뀐다. 그리고 마침내 실버포크 소설에게는 시련과 환난의 시절인 1840년대가 열린다.

실버포크 소설을 향한 비난과 공세는 이 소설장르가 계급지배구조를 정당화하고 문학의 사회적 기능을 훼손시킨다는 점에 모아졌다. 귀족계급을 영웅적이고 이상적으로 그려내는 실버포크 소설은 귀족계급의 헤게모니를 강화한다는 비판을 받았다. 실버포크 소설이 노골적으로 건네는 "귀족계급의 우위에 대한 축하인사"[1]는, "더 평범한 계급들"로 하여금 "유사귀족"[2]이 되기를 열망하고 거기에 집착하도록 만드는 결과를 낳는다는 것이다.

실버포크 소설을 향한 또 다른 공격지점은 실버포크 소설이 사회문제를 다루는 소설을 고사시킨다는 데 있었다. 실버포크 소설은 "응접실 예법에 관한 끝이 없는 향수 뿌린 묘사"[3]를 통해 독자들의 사회적 후각을 마비시켜버린다는 것이다. '향수 냄새를 진하게 풍기는' 실버포크 소설은 비참한 사회현실과 관련된 "인간의 경험을 하찮게 보이도록"[4] 만든다는 비난을 받았다.

실버포크 소설이 독자로 하여금 아름답거나 화려하지는 않지만 중요하고 시급한 사회현실에 눈감게 한다는 불만은, 노동문제를 정면으로 다루는 소설을 썼던 킹즐리Charles Kingsley에게서 분명하게 표출된다. 그는 '지금' '여기'에서 일어나는 정치적·계급적 격변을 의도적으로 무시하는 실버포크 소설가들에 대한 혐오를 숨김없이 드러낸다.

> 실버포크 소설가는… 기아에 허덕이는 수백만 사람들의 울부짖음을 몸서리도 치지 않으며 듣는다. 왜냐하면 그에게는 수천밖에 되지 않는 신사와 귀부인들의 세계 외에는 아무것도 존재하지 않으므로.[5]

사상가/역사학자/작가/평론가로 일세를 풍미했던 칼라일은 의외로 솔직한 구석이 있었다. 『의상철학』에서 그는 실버포크 소설에 대한 공세를 주도했던 자신에게조차 실버포크 소설은 쉽게 거부하지 못할 강렬한 매혹을 지닌다고 고백했다. "내 자신의 삶과 내 양식을 사랑하지만" "실버포크 소설을 펼치려는 사적인 개인으로서의 나를 어떤 힘도 설득하지 못한다."[6] 자신도 그럴진대 하물며 일반대중에게야 실버포크 소설이 얼마나 강한 소구력을 지니고 있을지를 그는 선선히 인정한다.

칼라일에게서 느낀 놀라움은 그리 오래가지는 않는다. 칼라일은, 그 모든 점을 인정하더라도, 그럼에도 불구하고, 문학이 독자대중을 계몽하는 성스러운 목소리여야 한다고 설파한다. 문학은 사회적·도덕적 심각성을 배제함으로써 독자를 현실로부터 도피하고 망각하게 만드는 유혹의 목소리여서는 안 된다는 것이다. 칼라일은, 언제나 그랬듯이, 문학은 "거룩한 깨우는 음성"[7]이 되어야 한다는 익숙한 주장을 다시 펼친다.

실버포크 소설을 향한 공격을 주도했던 인물로 한편에 칼라일이 있었다면 다른 편에는 새커리가 존재했다. 새커리는 1847년부터 『프레이저즈 매거진』에 『허영의 시장』을 연재하며 실버포크 소설에 대한 공세에 본격적으로 합류했다. 그는 칼라일과는 결이 많이 달랐다. 실버포크 소설에 대한 새커리의 공격은 거센 분노가 아니라 날선 조롱과 풍자의 모습을 띠었다.

새커리가 분노의 표정을 드러낸 예외적인 경우는 실버포크 소설가들에 대해 발언할 때였다. 뒤늦게 공세에 참가한 것을 만회하려는 듯, 그는 실버포크 소설가들을 문학적 범죄자로 규정하고 가혹하게 비난했다. 그들이 새커리가 혐오하던 타인의 응시에 대한 갈망과 계급적 모방에 대한 욕구를 증폭시켰다고 판단했기 때문이다.

대중적인 인기의 정점에 섰던 실버포크 소설가인 불워-리턴에 대해 새커리가 드러낸 날선 반응은 그 대표적인 사례다. 동시대의 작가들이 남긴 불워-리턴에 대한 평가와 비교해보면, 실버포크 소설가에 대한 새커리의 적대감은 더욱 생생하게 다가온다. 시인이며 소설가였던 랜돈이나 가정소설을 썼던 올리펀트Margaret Oliphant 같은 작가들은 불워-리턴을 낭만주의시대의 대표적인 소설가 스코트Walter Scott나 영국소설의 빛나는 존재인 디킨스Charles Dickens보다 더 위대한 작가로 평가했다. 하지만 새커리는 불워-리턴을 "허영과 천함, 자기고양의 과시로 부풀어 오른", "커다란 꽃이 그려진 다마스크직물로 된 실내복을 입고" "모로코가죽 실내화를 신고" "야한 작약과 접시꽃 삽화와 눈부신 실과 끈으로 장식된 에피소드"[8]나 써대는 저급한 작가로 규정했다.

뛰어난 문필가, 견결한 칼뱅주의자, 거친 예언자 — 토머스 칼라일

칼라일(1795~1881)은 '행복보다 더 높은 것'이 인간이 추구해야 할 이상으로 존재한다고 굳게 믿었다. 단순화의 위험을 무릅쓰고 말한다면, 그것은 영웅에 대한 개인의 자발적인 숭배로 요약될 수 있다. 칼라일은 압제에 저항하는 혁명의 대의를 지지했지만, 뛰어난 개인의 역사적 중요성을 강조했다. 그는 노동을 찬양하고 노동계급의 열악한 상황에 대해 분개했지만, 그 해결책으로는 영웅적 지도자를 내세웠다. 19세기가 저물어가면서 칼라일의 신념은 관념론적 사색의 결과로 폄하되거나 반민주주의적인 견해로 비판받았다.

스코틀랜드에서 석공의 아들로 태어난 칼라일은 칼뱅주의의 세례를 받은 후 스코틀랜드 칼뱅주의 특유의 염결성과 경건성 속에서 살아갔다. 빈곤과 질병, 종교적 회의와 싸우면서 자신의 사유를 다듬었고, 죽는 날까지 자신의 믿음을 지켰다. 그는 가까운 사람들에게 보낸 편지에서 스스로를 광야에서 외치는 세례요한에 비유하곤 했다. 자신은 영웅주의의 거친 예언자로 살아가겠다는 다짐이 담긴 표현이었다.

칼라일은 에든버러대학에서 신학과 수학을 공부했고, 관념주의철학과 독일 낭만주의로부터 많은 영향을 받았다. 그는 강연활동을 열정적으로 수행했고, 강연내용의 대부분

칼라일은 자신을 광야에서 외치는 세례요한에 비유하곤 했다. 영웅주의의 예언자로서, 위대한 문필가로서 그는 공리주의와 유물론으로 뒤덮여가던 영국의 들판을 거칠게 내달렸다. 칼라일에 대한 언급 없이는 19세기 영국의 사상사, 문화사가 미완으로 남게 되는 이유다.

을 책으로 풀어냈다. 칼라일의 문필가적 역량은 다음과 같은 저서목록으로도 확인된다. 『의상철학』(1833~1834), 『프랑스혁명(The French Revolution)』(1837), 『차티즘Chartism』(1839), 『영웅들과 영웅숭배(Heroes and Hero-Worship)』(1841), 『과거와 현재(Past and Present)』(1843).
칼라일은 60대 후반에 모교 에든버러대학의 명예총장이 되는 세속적 영예를 누리기도 했지만, 40년을 부부로 살아온 아내 제인Jane Welsh이 다음 해에 세상을 떠나자 은퇴상태로 남은 날들을 보냈다. 15년에 걸친 긴 시간이었다.

귀족이란 무엇인가?

실버포크 소설에 대한 적대감이 커져간 것은 크게 두 가지 시대적 변화와 연관된다. 하나가 귀족계급을 바라보는 시각의 변화라면, 다른 하나는 빈곤과 노동 문제의 부상이었다. 이 두 가지 사실은 개별적으로 진행되기보다는 서로에게 영향을 미치는 방향으로 작동했고, 실버포크 소설의 몰락을 가속화시켰다.

근대로 접어들면서 귀족계급의 지배에 저항하는 목소리는 영국에서 계속 커져갔고, 1760년대에 들어와서는 마침내 하원에서도 공정한 대의제도를 요구하는 정치개혁의 구호가 들리기 시작했다. 영국의 귀족들은 운이 좋은 편이었다. 수세에 몰리던 귀족계급에게 구원처럼 프랑스혁명이 다가온 것이다. 영국은 20년이 훨씬 넘는 기간을 프랑스와 전쟁을 치르며 보냈고, 전쟁 중 고조된 애국주의의 물결은 계급제도 혁파에 대한 목소리를 삼켜버렸다.

프랑스와의 전쟁은 1815년 영국의 승리로 끝났다. 그러나 승전보가 전해준 열광은 오래가지 않았다. 승리의 함성은 1816년과 1817년에 걸쳐 일어난 경제공황으로 잦아들었다. 승전의 기쁨을 결정적으로 훼손한 것은, 흉작과 경기침체가 발생했지만 그것과는 상관없이 국가가 부과하는 세금은 계속 증가한다는 사실이었다. 19세기가 시작될 무렵 1,700만 파운드에 불과하던 영국정부의 세금수익은 1818년을 지나면서 5,000만 파운드를 넘어서게 되었다.[9] 지배계급에 대한 불만은 커져갔고, 정치개혁의 목소리는 높아만 갔다.

1815년에 의회에서 통과된 곡물법은 영국인들로부터 귀족계급에 대한 신뢰를 완전히 거두어가는 계기로 작용했다. 곡물법은 외국에서 수입하는 곡물을 제한함으로써 지주계급 — 거의 대부분 귀족들로 구성된 — 의 이익을 보장하기 위해 마련된 조례였다. 곡물법이 시행되면서 식품은 높은 가격대로 유지되었고, 소비자들은 식료품비를 대기 위해 극심한 고통을 겪었다. 곡물법은 귀족계급이 기생적인 존재라는 사실을 영국민중의 뇌리에 각인시켰다.

그레이엄 경Sir James Graham은 1826년에 곡물법에 반대하는 『곡물과 통화-토지소유자들을 향한 연설(Corn and Currency: In An Address to the Land Owners)』이라는 문건을 작성했다. 요크셔 주에 세습영지를 소유했던 그레이엄 경마저도 "토지소유자들의 제한이 없는 권력"[10]에 반대할 만큼 곡물법이 가져온 귀족계급에 대한 적대감은 위협적이었다. 귀족들의 계급적 이해를 보장하기 위해 기층민중의 희생을 강요하는 곡물법을 철폐해야 한다는 움직임이 들불처럼 퍼져나갔고, 십여 년이 지난 1838년 반곡물법동맹(Anti-Corn Law League)의 결성으로 이어졌다.

철폐를 요구하는 목소리가 높아만 갔지만, 곡물법은 귀족계급의 비호 아래 1846년까지 그 법적 효력을 유지했다. 1840년대에 들어와서도 여전히 곡물법은 폐지되지 않았다는 사실에 주목할 필요가 있다. 영국의 1840년대는 극심한 경기침체로 인해 노동자들의 생존마저 위협 당하던 시절이었고, 차티스트Chartist 운동으로 대표되는 노동계급의 투쟁이 정점에 이르렀던 시기였기 때문이다. '굶주린 1840년대(Hungry Forties)'를 요약하는 킹즐리의 우려와 탄식이다.

> 왕조는 무너질지도 모르지만 민주주의는 일어난다. 의회개혁 법안은 통과할지 모르나, 보건개선 법안은, 아아, 탄생 중에 질식한다. 가짜 차티스트들은 모의를 꾸밀지도 모르지만, 불쌍한 사람들인 진짜 차티스트들은 굶는다.[11]

노동자들이 살아남기 위해 봉기하고 빈민들이 떼를 지어 거리를 배회하는 고난의 시절에, 곡물조례의 폐지를 거부한 귀족계급의 탐욕은 귀족을 바라보는 시각을 되돌릴 수 없이 바꾸어버렸다. 귀족계급에 대한 민중의 적대감은 극대화되었고, 이제 귀족계급에 대한 반감은 곡물법을 넘어 노동과 계급문제와 맞물려 증폭되었다.

1840년대를 통과하면서 문학은 극적일 정도로 적대적으로 변한, 영국인들이 귀족계급을 바라보는 시선을 형상화했다. 1842년 5월 7일 『노던 스타Northern Star』에 게재된 시 「귀족이란 무엇인가?(What Is a Peer?)」에는 귀족계급에 대한 당대 민중의 적개심이 생생하게 드러난다.

> 귀족이란 무엇인가? 쓸모없는 물건,
> 왕을 즐겁게 하는 값비싼 장난감,
> 왕좌 가까이 놓인 어릿광대의 지팡이,
> ……
> 귀족이란 무엇인가? 국가에 내린 저주,
> 민중의 지갑에 기생하는 거지,
> 부패의 앞잡이.[12]

1848년에 출판된 새커리의 『허영의 시장』에 등장하는 귀족들이 하나같이 무능하거나 사악하고 교활한 존재들로 그려지는 것도 귀족계급에 대한 시각의 변화를 반영한다. 소설에서 최초로 등장하는 귀족캐릭터인 크롤리 경Sir Pitt Crawley의 재현은 그 대표적인 경우다. 외모부터 그는 실버포크 소설이 그린 기품 있고 세련된 귀족에 대한 패러디로 읽힌다.

> 털이 빳빳한 목에, 대머리가 번쩍거리는 교활하게 생긴 빨간 얼굴에 회색의 두 눈동자를 반짝거리며 입은 끊일새 없이 이빨을 드러내어 웃는 통에 벌어져 있다.

크롤리 경의 성품 역시 그의 외모와 비슷한 수준에 머문다. 그는 "교활하고 이기적이고 천하고 멍청한 인물"로 판명된다. 그는 자주 술에 취해

『허영의 시장』에서 심부름 다녀온 하녀로부터 푼돈인 거스름돈을 받아내는 크롤리 경을 베키가 경멸의 눈으로 바라보는 장면. 추한 외모와 인색한 성품의 소유자로 재현되는 크롤리 경은 실버포크 소설이 그린 우아하고 세련된 귀족에 대한 패러디로 읽힌다.

실수를 하고, 농부의 딸을 희롱하기를 즐기고, 하류계급의 사람들에게 지독한 욕설을 퍼붓는다. 그는 소작인들에게 정당한 삯을 지불하기를 거부하고, 굶주린 농민의 아이들이 과일을 따먹는 일조차 범죄행위로 처벌한다. 새커리는 크롤리 경이 "귀족연감에 이름이 나올 만한 인물이라는 사실을 시인하지 않으면 안 되는" 어처구니없는 현실을 개탄한다.

마침내 반(anti)댄디 전선에 서다

1840년대는 가난의 문제와 "빈곤의 문화"[13]가 압도적으로 부각된 시기였다. 소비와 과시로 요약되는 귀족계급의 생활양식은 더 이상 찬탄과 모방의 대상이 아니라 분쇄해야 할 시대착오적인 악습으로 규정되었다. 실버포크 소설의 몰락은 이제 예정된 수순이었다.

실버포크 소설에 대한 공세는, 소설 속에서 가장 빛나는 존재이자 장르의 아이콘이던 댄디에 집중되었다. 겸손과 성실, 신중함과 배려 같은 중간계급의 덕목이 긴급하게 요청되던 시기였고, 스스로를 스펙터클로 연출하여 전시하는 댄디의 구별짓기는 절박한 시대상황에 반하는 행위로 판정되었다.

반실버포크 소설의 투사였던 매긴은 댄디를 향한 공격에서도 변함없이 선봉에 섰다. 그는 댄디를 "뻐기고 다니고 거드름 부리는 일"에만 능한 "재단사가 만든 거짓 신사"[14]로 비판했다. 새커리 역시 후위에 머물지 않았다. 그는 댄디의 허영심과 공허함을 부각시키는 전략을 채택했다. 그는 조지 1세부터 4세까지의 통치기간을 배경으로 영국사회의 풍습과 도덕, 예법 등을 다룬 에세이집 『네 명의 조지(The Four Georges)』를 펴냈다. 책에서 그는 한 시절 댄디의 상징으로 자부하던 섭정황태자(Prince Regent)를 소환한다. 새커리는 화려하고 과도한 의상 아래 숨어 있던 섭정황태자를 의상 더미 바깥으로 끄집어내어 해체시킨 후 그의 텅 빈 실체를 폭로한다.

> 나는 그를 해체하려고 시도한다. 그리고 실크 스타킹, 몸매 보완재, 장식단추와 모피 칼라가 달린 코트, 푸른 별 모양의 리본, 향수를 많이 뿌린 손수건, 기름 냄새가 강한 호두 같은 갈색의 가발, 의치 한 세트, 거대한 검정색 차꼬, 속블라우스, 더 많은 속블라우스, 그리고 나서는 아무것도 없었다.[15]

위대한 시인이며 비평가였던 아놀드도 반댄디 전선에 힘을 보탰다. 그는 「매장된 삶(The Buried Life)」이라는 시에서 댄디즘의 해악에 분노하고 안타까워했다. 대다수의 사람들이 "분장에 속아" 자신과 타인에게 모두 "낯선"[16] 존재가 되어 비극적으로 살아간다는 사실이 아놀드에게는 견디기 힘들게 다가오기 때문이다. 그는 댄디의 표면적인 전시를 따라하느라 자기 자신과는 물론 타인과도 깊은 교감을 나눌 능력을 상실한 동시대인들을 향한 슬픔을 처연하게 노래한다.

경제학자이자 철학자였던 밀도 반댄디즘 대열에 합류했다. 의외라고 느낄 수도 있겠지만, 그가 모든 사람의 행복을 선으로 추구하던 공리주의자라는 점을 감안한다면, 밀이 댄디의 자의식으로 가득한 개별적인 자기 전시에 대해 부정적인 반응을 드러낸 것은 놀랄 일은 아니다. 밀은 과도한 자의식을 드러내는 것은 예술가조차도 경계해야 한다고 믿었다. 그는 진정한 시인이라면 어떤 청중도 의식하지 않아야 하고 "작품 속에서 자신을 바라보는 시선에 대해 의식하고 있다는 흔적을 결코 보이지 않아야 한다"[17]고 주장했다.

댄디의 연극성과 칼라일의 영웅주의

반댄디 전선에서 가장 격렬하게 그리고 가장 영웅적으로 싸운 전사를 뽑는다면 칼라일이 될 것이다.[18] 칼라일은 댄디를 귀족적 가치관을 숭상하는 시대에 뒤떨어진 인간형으로, 오로지 자신에게만 몰두하는 기생적인 존재로 호되게 비판했다. 책의 곳곳에서 댄디즘을 향한 거센 공세를 선보이는 칼라일의 『의상철학』은 반댄디즘 선언으로도 읽을 수 있다.

칼라일은 댄디가 지닌 유일한 욕망을 "시각적 대상"이 되는 것이라고 판단했다. 타인의 시선에 대한 갈망, 스펙터클에 대한 욕망을 댄디즘의 핵심요소로 본 것이다.

> 댄디는 너의 은이나 혹은 너의 금을 구하지 않는다. 단지 네 눈의 응시를 구할 뿐이다. 단지 그를 바라보기만 하라. 그러면 그는 만족할 것이다.[19]

칼라일은 댄디를 "옷을 입는 일이 그의 직업이며 임무이며 존재 자체"[20]인 인물로 비하한다. 그런 수준의 인간이기에 댄디는, 실버포크 소설을 "성스러운 책"으로 간주하고 알막스 클럽을 "최고의 사원"으로 경외한다는 것이다. 그는 댄디가 스스로를 세속으로부터 멀리하려는 종교적인 염결성마저 드러낸다는 사실에 경악한다.

> 그들은 거대한 순수성과 분리주의를 가장한다. 스스로를 특정한 의상과 특정한 말투로 구별한다. 그리고 전반적으로는 나사렛종파의 행위양식을 유지하고 세상에 의해 오염되지 않게 지키기 위해 노력한다. 유태인들이 그런 것처럼 그들은 사원을 지닌다. 가장 최고의 사원은 그들의 대도시에 들어서고 불명확한 어원을 지닌 단어인 알막스로 명명된다. 이 종파에 성스러운 책이 없는 것이 아니다. 이들은 실버포크 소설을 성서로 부른다.[21]

칼라일이 가장 커다란 반감을 내비친 것은 댄디가 드러내는 연극성이었다. 댄디가 대중의 응시와 찬탄에 기대는, 시각적 의존성을 지닌 연극적인 존재라는 사실이야 말로 그가 몸서리치는 혐오를 느낀 지점이었다. 연극성에 대한 혐오는 그가 비평적 글쓰기의 전범으로 삼았던 18세기 영국의 위대한 시인이자 비평가였던 존슨Samuel Johnson으로부터 왔다. 존슨은 연극성을 자기 자신을 시장에 노출시키는 천박한 매춘행위로 여겼다.

연극성에 대한 존슨의 경계와 불신은 칼라일에게서 더욱 강화되어 나타난다. 칼라일은 관객을 작가의 품위를 떨어뜨리는 존재에 불과하다고 보았고, 관객을 염두에 두고 이루어지는 모든 행위에는 의심의 눈초리를 던져야 한다고 확신했다. 칼라일은 단호하게 선언한다. "사유는 오직 침묵 속에서 행해지는 것이며, 미덕은 오직 비밀 속에서 생성되는 것이다."[22] 『의상철학』이 출판되고 7년이 지난 후에 나온 『영웅들과 영웅숭배』에서 칼라일의 어조는 더욱 완강해진다. 그는 연극성을 공격하고 "침묵의 위대한 제국"을 찬양한다.

> 술통 뚜껑 위에 올라가 자신을 드러내지 않고는 견딜 수 없는 이들로 하여금 연설능력을 뛰어나게 연마하여 온 시장바닥에서 마구 지껄이게 하라. 그들로 하여금 다른 이들의 눈에 띄게 하여 뿌리 없는 커다란 숲이 되게 하라.[23]

칼라일은 댄디에 대한 공세를 주도하는, 댄디즘의 추방자로만 머물지 않았다. 그는 댄디즘의 해악을 극복하고 이상적인 남성성을 완성하는 새로운 대안으로 영웅주의를 제시하는 데까지 나아갔다. 그가 보기에 댄디즘의 문제는 귀족계급의 도덕적 나태와 경제적 기생과 같은 시대착오적인 악덕을 찬미하는 데만 있지 않았다. 더욱 심각한 문제는 댄디즘이 남성성을 심하게 훼손한다는 데 있었다.

칼라일이 제시하는 영웅은 댄디의 여성성에 대항하여 만들어진 주체이며, 그가 주창한 영웅주의는 당대의 젠더이데올로기와 대체로 일치한다. 영웅은 타인의 시선을 의식하여 외모를 치장하고 전시하는 일에 몰두하는 여성적인 댄디와는 극명한 대조를 이루는 인물로 제시된다. 영웅은 스스로에 대해 남성적인 무관심을 견지하며 생산적인 노동에 위대하게 헌신하는 인물로 규정되기 때문이다. 영웅의 남성적 무관심은, 댄디의 철저하게 장식적이고 여성적인 연극성과는 가장 멀리 떨어진 곳에 위치한다.

칼라일은 영웅의 아이콘으로 청교도혁명을 주도했던 정치가이자 군인이었던 크롬웰Oliver Cromwell을 선택한다. 그가 크롬웰을 호명한 이유는, 크롬웰이 댄디의 여성적 우아함을 분쇄시키는 근원적인 남성성을 드러냈다는 데 있다. "우아한 완곡어법"을 구사하는 "귀엽고 화사하게 꾸민" 자들과 "외교적인 처세에 능한" 자들과는 "너무도 낯선" 대조를 이루며, 크롬웰은 "야만적인 깊이와 거친 성실성"을 분출하고 "무례하고 혼란스럽게"[24] 투쟁했기 때문이다.[25]

칼라일은 『영웅들과 영웅숭배』에서 영웅의 몰락과 영웅주의의 소멸 그리고 댄디즘의 지배에 대해 경고한다. 댄디는 타인을 향한 시각적인 의존성으로 구성되었기 때문에 변덕스럽고 불안정한 정체성을 가진다. 반면에 영웅은 타인의 시선을 갈구하지 않는 독립적인 정체성을 지닌다. 그렇기 때문에 영웅주의를 소멸시킬 수 있는 가장 커다란 위험은, 영웅이 관객을 의식하는 순간에 온다. 그때 그는 자율성과 주체성 같은 영웅적인 고결함을 상실하게 되고, 영웅주의는 댄디즘의 지배를 받기 시작한다는 것이다. "세상의 동의와 상관없이 자신의 동의만으로 살아갈 수 없다면" 영웅은 "시각의 노예"[26]로 전락하고, 바로 그 순간 "영웅은 사라지고 사기꾼이 등장하는"[27] 것이다.

『의상철학』(1833~1834)

『의상철학』은 1833년과 1834년에 걸쳐 『프레이저스 매거진Fraser's Magazine』에 분재 형식으로 발표되었다. 별다른 주목을 받지 못한 『의상철학』은 영국에서 책으로 출판될 기회를 얻지 못하다가, 에머슨Ralph Waldo Emerson의 헌신적인 노력으로 미국의 보스턴에서 책으로 출판된다. 미국의 시인이고 에세이스트였으며 초월주의운동을 이끌던 에머슨은 오랜 기간 칼라일과 교류를 나누었고 그의 사상과 글을 높게 평가했다. 영국에서의 무반응과는 대조적으로 『의상철학』은 미국에서 커다란 반향을 일으켰고, 1838년에 영국에서도 책으로 출판될 수 있었다.

칼라일은 『의상철학』에서 세계의 모든 사물과 현상을 의상과 비교해 사유하려고 했다. 책의 1부에서 그는 눈에 보이는 인간의 육체와 자연의 피조물들은 영혼이나 신의 존재 같은 눈에 보이지 않는 것들을 상징하는 의상이라고 설명한다. 전기의 형식을 띤 2부에서 칼라일은 유물론적 세계관에서 출발해 자아의 초월을 거쳐 영원의 긍정에 이르는 인간의 정신적 발전과정을 그린다. 3부에서는 앞에서 설명한 의상철학이 더욱 치밀하고 정교하게 전개된다. 3부의 10장인 「멋쟁이 교파(The Dandiacal Body)」는 댄디의 연극성과 스펙터클을 거세게 질타한 반대디즘 선언으로 읽힌다.

『영웅들과 영웅숭배』(1841)

칼라일의 여섯 차례 강연을 책으로 출판한 『영웅들과 영웅숭배』는 그의 저서 중 가장 커다란 호응을 받았다. 역사의 발전에는 영웅적 리더십이 절대적이라는 그의 신념을 반영한 『영웅들과 영웅숭배』는 영국에서만 28판이 간행된 빅토리아시대 최고의 베스트셀러로 기록된다.

『영웅들과 영웅숭배』의 내용은 "위대한 인물들이 다스려야 하고 다른 이들은 그들을 숭배해야 한다"는 한 문장으로 요약된다. 칼라일은 군사적 영웅으로 나폴레옹과 크롬웰을,

종교적 영웅으로 마호메트, 루터, 녹스를, 문학적 영웅으로는 단테, 셰익스피어, 존슨, 루소, 번스를 꼽는다. 그는 최고의 영웅으로 예수를 선정한다.
칼라일은 영웅을 "세상의 동의와 상관없이 자신의 동의만으로 살아갈 수 있는" 인간으로 규정하고, 영웅의 필수요건으로 성실성과 통찰력을 내세운다. 그는 누구나 영웅이 될 수 있으며, 영웅숭배는 복종이 아니라 존경이어야 한다고 주장한다.

해체되는 댄디즘

강고하게 형성된 반댄디즘 대오는 댄디의 스펙터클을 경탄과 부러움의 대상에서 경멸과 혐오의 대상으로 바꾸어버렸다. 댄디를 둘러싸던 광채는 사라졌고, 댄디는 무대 바깥으로 밀려났다. 세기말에 이르러 중간계급의 실용주의를 거부하고 우아함과 쾌락, 포즈의 예술을 선포한 유미주의가 나타나기까지, 한때 댄디즘을 환하게 비추던 조명은 꺼진 채로 남아 있었다.

댄디즘은 "경박함을 유행시키는"[28] 사조가 되었고, 댄디가 드러내는 연극성과 자기 전시는 '허위'와 '거짓'에 불과한 것으로 판정되었다. 댄디즘에 대한 비판적 시각은 이전에도 존재했었다. 1820년대에 댄디를 공격한 글에서도 놀라울 정도로 유사한 용어와 어조를 만날 수 있다.

그는 존재에 있어서 가장 인공적인 구성물이다. 그는 머리부터 발까지 꾸며져 있다. 그는 전적으로 걸어다니는 허위다 — 머리부터 발가락까지 완벽한

거짓이다.[29]

달라진 점은, 1820년대에 댄디를 공격하는 목소리가 열광의 함성 속에서 거의 들리지 않았다면, 1840년대 이후에는 댄디를 비판하는 목소리에 커다란 힘이 실리게 되었다는 사실이다. 댄디즘의 몰락은 이제 돌이킬 수 없게 된 것이다. 1840년에 『벤틀리즈 미셀러니Bentley's Miscellany』에 실린 기고문에는 댄디의 몰락이 기정사실로 주장된다.

> 댄디의 황금기는 이미 지나갔다. 금세기 초기의 연도에는 댄디의 태양은 귀족세계의 모든 광채와 함께 빛났다. 그 후 조금씩 구름으로 가리어지다가, 갑자기 태양은 져버렸다.[30]

댄디가 문화자본을 전면에 내세우며 시도한 중간계급과의 구별짓기는 호응을 얻는 데 실패했다. 오히려 부정적인 반응을 증폭시키는 효과를 낳았을 뿐이었다. 댄디즘에 대한 추앙은 사라졌고, 댄디는 도덕심으로 무장하고 근면하게 노동하는 '존경받을 만한' 중간계급 남성과 대립하는, 사교계의 위선과 허영으로 가득한 존재로 간주되었다.

> 허영심으로 온몸을 누빈 — 속된 말로 배가 부른 — 눈물이 헤픈 감상으로 절여진, 대중적인 출판업자와 함께 내밀어진, 완벽하게 건방진 청년을 예로 들어보자. 불어 조각과 매우 세련된 한담으로 채를 썰어라. "극도로 멋진 코트", "새틴 재고품", "꽃다발", "오페라 특별석", "결투"를 첨가하라.[31]

댄디즘에 찍힌 선명한 주홍글씨의 낙인은 오래갔고 색깔 또한 바래지 않았다. 남성 처세술을 알려주는 책의 상당수는 댄디로 인식되는 것을 방지하기 위한 요령이나 비결에 대해 이야기하기 시작했다. "댄디나 혹은 더 나쁘게는 재단사의 조수"로 오해받는 위험을 피하기 위해서 "중간색조의 타이"와 "튀지 않는 코트", "검정색 모자와 작은 무늬와 차분한 색깔로 된 셔츠"[32]를 입으라는 것이 공통적으로 발견되는 충고였다.

댄디의 몰락

리스터는 『그랜비』에서 댄디가 "감소하는 부족"이 될 것이라고 예견했다. 소설의 주인공 그랜비는 런던에서 한 시절을 댄디로 화려하게 지낸다. 맬튼 경Lord Malton이 되어 런던을 다시 방문했을 때, 그가 선명하게 기억하던 댄디의 스펙터클은 사라졌음을 발견한다. 그가 전하는 "과거의 홍겨움"이 흔적도 없이 사라진 "슬픈 광경"에 대한 목격담이다.

> 시끄럽고 유쾌하게 댄디들이 많이 다니던 본드 가Bond Street는 지금은 실제와 같이 보였다 — 우리가 명성과 패션에 의해 눈멀지 않았다면 생각했을 — 더럽고 좁고 구불거리는 거리. 그러나 어떻게 막강한 것들이 무너지는지! 본드 가여, 너를 찾던 무리는 지금 어디에 있는가? 도로 위를 포효하던 포장 없는 2륜 마차, 지붕을 접을 수 있는 마차, 보석의 관을 쓴 마차들은? 너희 거닐던 이들은 어디에 있는가? 사라졌다 — 모두 사라졌다.

사라진 것은 댄디의 스펙터클만은 아니었다. 그들을 둘러싼 신비로운 기운과 그들을 바라보는 부르주아 청년들의 눈에 어리던 경외심도 사라졌다. 굶주린 1840년대에 들어와서도 변하지 않은 댄디의 자기전시는, 무책임하거나 유아적인 행위로까지 보이게 된 것이다. 이제 그들은 거센 비난의 대상이기보다는 어처구니없고 한심스러운, 웃어넘길 수 있는 존재가 되었다. 고어는 『세실 혹은 한 멋쟁이의 모험』에서 댄디가 누구도 신경 쓰거나 개의하지 않는, "최소한 요즘의 불량배들보다" "덜 위험하고" "해악이 덜한" 고립된 존재가 되었다고 주장한다.

> 그들이 쾌락을 추구하면서 여성화되고, 거만하고, 경박해진다 해도, 서로를 먹이로 삼는 어떤 곤충류처럼 그들의 희생자는 자신의 사교계에서 구해지고 발견된다.

디킨스는 댄디가 몰락하는 과정을 세밀하게 기록했다. 그가 1851년에 세상으로 내보낸 『황폐한 집(Bleak House)』은 댄디즘의 소멸에 관한 보고서로도 읽힌다. 디킨스는 댄디즘이 영향력이나 지배력을 상실한 지 이미 오래되었다고 진단한다.

> 댄디즘? 지금은 댄디를 유행시킬 조지 4세가 없다. (안타까움이 더하는구먼!) 풀 먹인 회전타올처럼 보이는 장식용 목도리도 없고, 허리선이 높은 코트도 없고, 종아리를 두껍게 보이게 하려고 착용하는 패딩도 없고, 코르셋도 없다. 이제 여자같이 매우 아름답게 옷을 입고, 오페라 특별석에서 넘치는

기쁨으로 황홀해하고, 다른 앙증맞은 피조물에 의해 생기를 얻고, 목이 긴 향수병으로 코를 찌르는 자들에 대한 희화화는 없다. 몸에 달라붙는 반바지를 입기 위해 네 명의 남성이 동원되어야 하는 멋쟁이도 없다.

모어스는 디킨스가 『황폐한 집』에서 보여준 댄디의 재현에는 칼라일과의 우정이 많은 영향을 끼쳤다고 주장한다.[33] 하지만 디킨스가 댄디를 그릴 때 드러내는 정서는 칼라일의 분노의 외침이나 애절한 호소와는 전적으로 다르다. 댄디즘을 사회악으로 보던 칼라일과는 너무도 다르게, 디킨스는 댄디즘을 "합리적인 사람이라면 특별히 반대할 필요가 없는" "짓궂지만" 무해한 유행으로 규정한다.

디킨스는 오히려 안쓰러움과 안타까움을 드러내며 댄디즘의 종말을 이야기한다. 그가 『황폐한 집』에서 댄디즘을 향해 드러내는 연민과 동정은 늙은 댄디인 터비드롭 씨Mr. Turveydrop의 재현에서 가장 잘 드러난다. 터비드롭 씨는 댄디의 인공성과 장식성을 체현한 인물로 등장한다. 그는 "꾸민 안색, 인공 치아, 가짜 수염, 그리고 가발을 하고, 지팡이를 들었고, 외알 안경을 썼으며, 코담배 상자를 가지고 다녔고, 반지를 끼었고, 팔찌를 착용했다." 하지만 한때 찬탄을 자아내던 그의 "화려하고 저명한" 외모는 간 데 없이 사라졌고, 그는 지금 단지 "살찌고 늙은 신사"로 남아 있다.

터비드롭 씨는 여전히 "아무것도 하지 않는다"는 댄디의 철학을 엄격하게 실천한다. 그는 어떤 생산적인 활동에도 참가하지 않으며 "다만 벽난로 앞에 서서 몸가짐의 모범을 보이는" 것으로 시간을 보낸다. 터비드롭 씨의 삶은 오직 스스로를 스펙터클로 연출하여 대중에게 전시하는 일로만 구성된다.

> 가장 좋은 옷을 입고 여유로운 삶을 사는 것, 세련된 이들이 한가한 시간을 보내는, 대중에게 목격될 수 있는 곳을 자주 방문하는 것, 브라이튼Brighton과 유행을 타는 시기의 다른 곳에서 눈에 띄는 것.

디킨스는 터비드롭 씨가 구현하는 댄디즘을 황당하고 어처구니없는, 시대착오적인 기행으로 공격하거나 조롱하지 않는다. 댄디즘이 여전히 세상에서 가치를 지닌다고 굳게 믿는 터비드롭 씨에게는 일말의 숭고함이나 비극적인 울림마저 부여된다. 그는 사람들이 자신의 삶의 방식을 높게 평가한다는 사실을 조금도 의심하지 않으며, "몸가짐을 최선의 모범으로 전시하기 위해 그리고 그 최선의 모델을 항상 자신을 통해 유지하기 위해" 언제나 최선을 다한다.

댄디는 이제 더 이상 사회적 해악을 끼치는 위험한 구성원이 아니었다. 차라리 그는 무위도식하는 무가치한 존재로 폄하되었다. 댄디는 열정을 가지고 반대하거나 비판해야 할 대상이 아니었고, 실버포크 소설 역시 공격하거나 비난해야 할 대상이 아니었다. 새커리는 이런 시대적 변화에 가장 어울리는 문학적 실천을 선보였다. 칼라일의 분노와 한탄과는 다르게, 디킨스의 연민과도 다르게, 새커리는 댄디를 조롱하고 실버포크 소설을 낙후시켰다. 『허영의 시장』에서 그는 연출가를 자처하며 중간계급의 귀족숭배와 댄디 흉내를 희화화하는 한 편의 연극을 선보인다. 무대 위에는 배우들의 현란한 퍼포먼스가 화려한 조명과 함께 펼쳐진다.

디킨스는 누구도 부인할 수 없는 19세기 영국 최고의 소설가였고, 작가가 꿈꿀 수 있는 최선의 삶을 살다 갔다.

막이 오른다. 공연을 관람할 시간이다.

살아 세상에 널리 알려지고, 글을 쓰다 죽다 — 찰스 디킨스

디킨스(1812~1870)는 영국을 대표하는 작가 중 한 명이다. 19세기로 시간의 범위를 좁힌다면 그는, 영국 최고의 작가로 평가될 수 있다. 그가 쓴 14편에 이르는 장편소설은 양적으로도 압도적일 뿐 아니라, 리얼리즘 문학의 성취를 고루 보여주기 때문이다.

경제관념이 부족했던 아버지가 채무자감옥에 갇히면서 디킨스는 12세부터 공장노동을 해야 했다. 정규교육의 혜택을 받을 기회를 갖지 못했지만 디킨스는 독서와 글쓰기, 연극관람을 통해 쌓은 지식과 예술적 감수성을 가지고 자신이 몸으로 느낀 당대 민중의 삶을 기록했다. 그는 24세에 단편 모음집인 『보즈의 스케치(Sketches by Boz)』(1836)를 출판하며 작가로 등단했고, 이후 대중적 인기와 비평적 찬사를 받는 소설을 계속 내놓았다. 반(anti)뉴게이트 소설인 『올리버 트위스트Oliver Twist』(1839), 사회제도의 문제점을 비판한 『오래된 골동품 가게(The Old Curiosity Shop)』(1841), 역사소설인 『두 도시 이야기(A Tale of Two Cities)』(1859), 자전소설인 『데이비드 코퍼필드David Copperfield』(1850)와 『위대한 유산(Great Expectations)』(1861), 자본주의 비판 동화인 『크리스마스 캐럴A Christmas Carol』(1843), 과도기적 추리소설인 『황폐한 집』(1853), 산업사회 이데올로기를 비판한 『어려운 시절(Hard Times)』(1854) 등은 영국소설 황금기의 주요 목록을 구성한다.

디킨스는 믿어지지 않을 정도로 부지런하게 훌륭한 글들을 써냈고, 열광하는 독자들 앞에서 자신의 문학적 성취를 과시하는 삶을 살았다. 그는 추리소설인 『에드윈 드루드의 비밀(The Mystery of Edwin Drood)』(1870, 미완성)을 집필 중에 뇌출혈로 쓰러져 사망한다. 디킨스는 살아서 문학적 명성과 대중의 사랑을 모두 누리다가, 글을 쓰다 죽는다는 작가들의 꿈도 실현한 행운아였다.

『황폐한 집』(1853)

『황폐한 집』은 형평법(chancery)과 살인사건이라는 두 개의 축으로 구성된다. 형평법 소송에서의 비효율성과 부패에 대한 폭로와 귀족가문의 추문을 둘러싸고 발생한 살인사건의 해결을 중심으로 소설의 서사가 진행되기 때문이다. 소설에서는 에스더 Esther Summerson의 출생과 레이디 데들록Lady Honoria Dedlock의 정체, 털킹혼 Tulkinghorn 변호사 살해를 둘러싼 미스터리가 발생하고, 이 세 가지 미스터리를 모두 해결하는 버킷Bucket 형사가 등장한다.

고아인 에스더는 바바리 양Miss Barbary에 의해 양육된다. 바바리 양이 세상을 떠난 후 에스더는 잔다이스John Jarndyce의 집에 거주하면 살림을 맡는다. 그녀는 레이디 데들록이 자신의 친모라는 사실을 알게 된다. 과거를 무기로 레이디 데들록을 통제하던 털킹혼 변호사가 살해되고, 레이디 데들록은 범인으로 의심을 받는다. 그녀는 남편인 레스터 경 Sir Leicester Dedlock의 명예를 손상시킬 것이 두려워 집을 떠난다. 아내의 과거를 알게 된 레스터 경은 그녀를 용서하고 버킷형사에 의해 털킹혼 변호사의 살인범이 마드모아젤 오르탕스Mademoiselle Hortense로 밝혀진다. 하지만 레이디 데들록은 옛 애인이었던 호든 대위Captain Hawdon의 무덤 옆에서 죽은 모습으로 발견된다.

잔다이스의 소송은 유산이 모두 비용으로 탕진되면서 비로소 끝이 난다. 에스더는 의사인 우드코트Allan Woodcourt와 결혼하고, 두 사람은 잔다이스가 선물한 요크셔의 집에서 두 명의 딸을 낳아 키우며 행복하게 살아간다.

7장

실버포크 소설을 낙후시키기

달라진 의제와 실버포크 소설의 하락

『두 도시 이야기』에서 디킨스는 프랑스혁명의 시간이 "최고의 시절이면서 최악의 시절, 지혜의 시대이자 어리석음의 시대"였다고 썼다. 그가 사용한 표현은 19세기 초반의 영국으로 그대로 옮겨놓을 수 있다. 영국의 19세기 전반부는 변혁과 저항, 갈등과 충돌, 협상과 화해, 영광과 수치가 함께하던 시간이었기 때문이다. 한 시절 모든 이들이 몰두하던 사회적 의제는 빠르게 다른 것으로 바뀌었고, 한때 빛나던 존재들은 다음 순간 추한 모습을 드러냈다.

실버포크 소설도 시대의 역동성에서 자유로울 수 없었다. 섭정황태자 시대를 통과하며 절정을 향해 치닫던 귀족들의 사치스럽고 과시적인 삶의 방식은, 이미 충분한 경제자본을 확보한 중간계급에게는 모방하고 싶은, 모방할 수 있는 삶의 모델로 다가왔다. 이들은 실버포크 소설을 탐독했고, 얻은 정보를 가지고 귀족적 삶을 따라했다. 오래지 않아 '굶주린 40년대'가 시작됐고, 모든 것은 달라졌다.

살인적인 노동환경과 저임금의 굴레 속에서 신음하던 노동자들은 산업혁명이 가져온 풍요로움에서 자신들의 몫을 요구하기 시작했고, 노동계급의 투쟁은 영국사회를 삼켜버렸다. 노동문제라는 절박하고 시급한 의제 앞에서 상류계급의 라이프 스타일을 모방하는 일은 이제 너무도 한가하고 사소한 문제로 보였다. 실버포크 소설에 대한 열기는 빠르게 식어갔고 반감과 비판은 거세졌다.

칼라일과 새커리는 달라진 시대적 의제에 문학적으로 대응한 대표적인 작가로 기억된다. 1830년대가 저물 무렵 이미 『의상철학』을 썼던 칼라일은 1840년대에 들어와 『영웅들과 영웅숭배』를 세상에 내놓았다. 새커리는 1840년대 후반에 들어 『속물들의 책(The Book of Snobs)』과 『허영의 시장』을 연이어 출판했다. 칼라일이 비장함과 격분을 연료로 사용했다면, 새커리는 풍자와 조롱을 무기로 사용했다. 새커리가 칼라일과 달랐던 것은 비판의 어조와 타격방식만은 아니었다. 그의 공격은 칼라일과는 겨누는 지점이 달랐다. 칼라일의 공세가 귀족계급에 집중됐다면, 새커리의 타격지점은 중간계급 — 귀족계급을 흠모하고 모방하는 — 이었다. 새커리는 그들을 "속물"로 규정하고 가혹하게 비판했다.

새커리는 『허영의 시장』에서 실버포크 소설을 낙후시키려고 했다. 그는 실버포크 소설을 직접적으로 공격하기보다는, 실버포크 소설의 비옥한 토양을 이루는 중간계급의 귀족숭배가 얼마나 기이한 현상인가를 폭로하는 쪽을 선택했다. 중간계급이 계급적 자부심을 지니지 못한 채 속물로 살아가는 일의 참담함을 폭로함으로써 실버포크 소설을 향한 열광의 원천 자체를 봉쇄하려고 한 것이다.

새커리는 『허영의 시장』에서 중간계급의 속물적인 귀족숭배를 비판하는

어머니가 어린 자녀에게 귀족작위(PEERAGE)에 관해 가르치는 중간계급 가정의 풍경이 담긴 『속물들의 책』 초판 표지. 새커리는 귀족계급을 따라하고 그럼으로써 품격을 과시하고 싶어 하는 중간계급을 "속물"로 규정했다.

데 머물지 않았다. 그는 중간계급의 남성성을 이상적인 남성성으로 선전하는 데까지 나아갔다. 크롬웰을 선택한 데서 잘 드러난 것처럼, 칼라일은 댄디에 맞서는 남성적 대안을 귀족계급 내부에서 찾았다. 그러나 새커리는 독립적이고 자족적인 중간계급 남성성을 내세워 댄디의 남성성과 경합했다. 중간계급 남성성을 내면화한 도빈William Dobbin에 대한 승인으로 완결되는 『허영의 시장』은 새커리의 계급적·젠더적 기획의도를 분명하게 드러낸다.

귀족숭배의 질긴 생명력

귀족계급 따라하기와 실버포크 소설에 대한 열광은 갑작스럽게 솟아난 현상이 아니다. 영국은 귀족숭배가 뿌리 깊게 자리 잡은 국가였다. 영국을 방문한 다른 나라 사람들이 귀족숭배 현상을 목격하고 놀라움을 표시하는 경우가 자주 발견되는 이유다. 영국주재 미국 외교관 바도Adam Badeau는, 영국에서는 "모든 이들이 위를 쳐다보고" 있으며 "영국인들의 귀족에 대한 굽실거림"은 "현대의 경이로운 일 중의 하나"[34]라고 개탄했다. 프랑스의 정치학자이자 역사가이며 귀족출신 정치가이기도 했던 토크빌Alexis de Tocqueville은, 영국에서 귀족숭배가 발생한 원인을 중간계급이 사회적 상승이라는 "환상"을 가지고 귀족계급에 영합하는 데서 찾았다.

영국의 중간계급이 귀족계급을 적극적으로 반대하는 것과는 너무도 거리가 멀게 오히려 귀족계급과 친하게 지내는 경향이 있는 것은, 귀족계급이 개방된 장소여서가 아니라 계급적 장벽이 제대로 규정되지 않은 데서 기인한다. 입구에 가닿을 때야 비로소 들어가기가 쉽지 않다는 것을 알게 되는 것이다. 그 결과 계급적 변두리에서 맴도는 자들은 귀족계급의 보호 아래 특권이나 혹은 실질적인 이득을 얻기를 소망하며, 자신들이 귀족계급에 속하며 그들과 힘을 모았다는 기분 좋은 환상을 키웠다.[35]

영국인들도 이런 사실을 몰랐던 것은 아니다. 스스로도 귀족숭배가 너무 과도하다고 오래전부터 인정해왔기 때문이다. 휘그당의 수장을 역임하기도 했던 18세기 영국의 정치사상가 에드먼드 버크Edmund Burke는 "우상화된" 영국인들의 귀족계급에 대한 숭배를 강하게 비판했다.

세습되는 부와 그것과 함께 가는 신분제도는, 알아서 기는 아첨꾼들과 맹목적이고 극도로 절망적인 권력의 찬미자들에 의해 너무도 과도하게 우상화되고 있다.[36]

귀족숭배가 너무 지나치다고 느꼈던 것은 사상가들만은 아니었다. 부르주아 계급 역시 강한 불만을 드러냈다. 19세기 영국을 대표하는 자본가 중 하나인 콥든Richard Cobden 역시 "제조업자들과 상인들은 대개 봉건주의의 발아래 납작 엎드린다"[37]고 개탄했다.

새커리는 「막상막하의 승부(Diamond Cut Diamond)」에서 중간계급이 실천하는 귀족숭배의 한 극단을 보여준다. 부유한 중간계급 청년 도킨스 Dawkins는 몰락한 백작의 아들인 듀시스Deuceace가 보낸 초청장을 받는다. 도킨스는 도박모임에 참가해 달라는 "초청장을 읽으며 미묘하게 얼굴을 붉혔다." "그는 기쁨으로 손을 떨다가"[38] 감격에 겨워 기절한다.

곡물법 파동을 통해 귀족계급의 실체와 기만을 생생하게 경험하고서도, 심지어 1840년대를 통과하고서도 영국에서는 귀족숭배 현상이 완전히 사라지지 않았다. 1850년에 출간된 『프레이저즈 매거진』에는 귀족숭배의 생명력에 절망감을 표시한 「겉치장의 시대(The Age of Veneer)」라는 글이 실린다.

> 이 국가의 사회는 모방적이다. 모든 신분과 계급이 우월한 자와 엮이려고 전력을 다한다. 자신이 스스로 창조한 미덕, 지위, 혹은 다른 특성을 자랑하지 않고, 자신의 거주영역 내에서 가장 가까운 귀족의 사례와 닮은 것을 자랑한다.[39]

새커리도 귀족숭배의 끈질긴 생명력에 경악을 금치 못했다. 그는 귀족 지위의 세습과 대를 이은 귀족숭배가 영국이라는 "자유국가"에서 사라지지 않는다는 사실에 냉소한다.

> 귀족숭배가 이 자유국가의 전체를 관통해 존재하고 있다! "당신의 훌륭함이 너무 거대해서 어떤 의미에서는 당신의 아이들이 우리를 지배하는 것은 허락되어야 합니다. 당신의 장남이 바보라 하더라도 최소한의 문제도 되지

않습니다. 당신의 능력이 그토록 뛰어났기 때문에, 죽음이 당신의 고귀한 자리를 비울 때 그가 당신의 명예를 뒤집어놓을 것입니다."[40]

속물의 탄생

새커리는 중간계급이 보이는 혐오스러운 행태 중에서 "귀족이라는 우상에 대한 숭배(Lordolatry)"를 최악의 행위로 지목한다. 귀족을 숭배하고 모방하여 신분상승과 사회적 존경을 확보하려는 시도는, 마침내 품위를 거머쥐었다고 생각하는 중간계급을 오만하게 할 뿐 아니라, 기품 있는 삶을 모방할 수 없는 하류계급의 사람들을 맹렬한 증오심에 빠뜨리거나 자학하게 만들기 때문이다.

새커리는 귀족숭배를 비판하기 위해 "속물"이라는 용어를 사용했다.[41] 새커리는 계급적으로 불안해하고 귀족계급을 모방하여 고상함을 과시하고 싶어 하는 중간계급을 "속물"로 정의하고, "'사회계급에 있어서 실제로 존재하는 곳보다 더 높은 곳에 있는 것처럼 가장하는' 습관"[42]을 "속물근성(snobbishness)"으로 규정했다.

『속물들의 책』에서 새커리는 반문한다.

공작 두 명과 팔짱을 끼고 폴몰 가를 따라 걸어가는 것을 보여줄 수 있다면, 가슴이 즐거움으로 뛰지 않을 이가 이들 차분한 도덕주의자들 중에 한 사람이라도 있을까? 나는 궁금하다.

영국에 존재하는 "귀족숭배의 범위와 지배"를 고려한다면, 중간계급의 어느 누구도 자신은 결코 속물이 되지 않으리라 자신할 수 없다는 것이다. 새커리는 "우리의 사회적 조건에서 때때로 속물이 되지 않는 것은 불가능"하다고 단언한다.

새커리는 귀족숭배가 영국사회에 강고하게 자리 잡은 현실이라는 점을 부인하지 않는다. 하지만 그 모든 사실을 인정한다고 하더라도, 귀족계급은 중간계급을 경멸하고 혐오하는데, 왜 중간계급은 귀족들을 존경하고 그들의 존재에 감격해하는가라는 의문에 대해서는 여전히 납득할 만한 답을 찾지 못한다. 『속물들의 책』에서 새커리는 클럽에서 흔히 목격되던 행위에 대해 언급한다. 귀족들은, 중간계급과는 간접적인 접촉이라도 피하기 위해, 중간계급의 손이 닿았을지 모르는 동전을 씻어서 사용하는 것을 관습처럼 실천했다는 것이다.

> 그래서 도시 속물의 돈이 한 세대가량 씻어졌을 때, 돈은 씻어져서 영지, 삼림 그리고 성과 읍내 저택이 되었다. 그것은 진짜 귀족적인 동전으로 세상에서 인정되었다.

귀족계급은 중간계급과는 동전을 통한 간접적인 접촉마저 회피하는데, 중간계급은 귀족계급을 경외하고 그들의 삶을 모방하려 한다는 사실을 새커리는 결코 이해할 수 없는 것이다.

새커리는 1849년에 중간계급 남성에게 보내는 충고를 담은 「브라운 씨가 한 젊은이에게 도시생활에 관해 쓴 편지(Mr. Brown's Letters to a Young Man About Town)」를 『펀치Punch』에 기고한다. 세상사에 밝은 런던 토박이로 설정된 브라운 씨는 변호사인 조카 밥Bob에게 허세를 버리고 속물적이지 않은 삶의 방식을 채택할 것을 촉구한다. 댄디인 휴고 경Lord Hugo을 선망의 눈으로 바라보며 따라하기에 힘쓰는 밥에게 브라운 씨는, 휴고 경을 "마음의 눈앞에 완벽하게" 떠올리고 "휴고 경이 착용한 의상의 모든 물품들"과 그가 살아가는 모습을 "살펴보라"고 권유한다. 밥이 떠올린 휴고 경의 의상은 여성적인 색상과 재단으로 요약된다. 그의 손은 "귀부인의 손처럼 장갑으로 타이트하고 섬세하게 둘러싸여 있고", 그가 입은 "핑크색 셔츠 앞섶"에는 보석들이 "휘감겨 있다." 휴고 경이 전시하는 삶의 방식도 역시 귀족계급의 사치와 나태, 무위를 드러낼 뿐이다.

> 그는 장엄한 돌출좌석에 앉아 있거나 혹은 화이츠 클럽 창문가에서 바보같이 웃고 있었다. 혹은 서펜타인Serpentine 호수 근방에서 이를 드러내 웃으면서 택시에서 내리는 것이 목격되었다. 비싼 프레임으로 둘러싸인 어여쁘지만 비싼 그림.

브라운 씨는 밥에게 "휴고 경을 모방하려고 시도하는 것이 얼마나 어리석은지 깨달으라"고 충고하며, 귀족 따라하기를 포기하라고 요구한다. 귀족적인 삶을 모방하고 싶지만 "진짜 보석을 살 능력이 없어서" "가짜 터키석 단추"를 "달고 있는" 것부터 중단하고, 중간계급 전문직인 "네 자신으로" 살아가야 한다는 것이다.

『허영의 시장』에 모인 속물들

『허영의 시장』에서 새커리의 비판은 귀족계급을 우회해 중간계급에 집중된다. 곡물법 파동을 거치며 많은 영국인들은 귀족계급에 대한 기대를 완전히 접었고, 새커리도 그들 중 한 명이었다. 『허영의 시장』에 등장하는 "매우 체구가 큰 젊은 댄디"인 귀족청년 로든Rawdon Cawley이 새커리의 가혹한 조롱과 풍자에서 비켜나 있는 이유다.

『허영의 시장』에서 새커리는 중간계급의 귀족숭배와 모방을 "견딜 수 없이" 비열하고 역겨운 행위로 규정한다. "귀족의 발밑에 자기 몸을 던져서 그의 빛을 쬐는" 중간계급의 행태는, "나폴리의 거지가 일광욕을 할 때 그러는 것"과 동일한 행위라는 것이다. 새커리는 이런 행위는 "아마 오직 자유인으로 태어난 영국인만이 할 수 있는 일일 것"[43]이라고 자조한다.

『허영의 시장』에서 중간계급의 귀족숭배를 가장 극명하게 보여주는 인물은 부유한 런던 상인 올드 오스본이다.

그는 길에서 귀족을 만나면 언제나 그 앞에 머리를 조아려 극진한 경의를 표하고, 집에 돌아와서는 귀족연감을 펼치고 그가 머리를 조아렸던 귀족가문의 역사를 숙독하곤 했다. 그는 그렇게 알게 된 귀족가문과 이름들을 일상 대화에 끼워놓고 으스대었다.

올드 오스본의 귀족숭배는 아들을 귀족처럼 만들기로 이어진다. "자신의 아들에게서 오스본 가문의 이름이 고귀해지는 것을 보기를" 열망하며 그는 막대한 재산을 아낌없이 쓰면서 외아들 조지를 귀족의 자제같이 키워낸다.

조지는 어린 시절부터 받은 귀족적인 교육으로 세련된 매너를 지니게 되고, "조지가 어디에 가든 여자들과 남자들이 그를 찬양하고 부러워했다." 귀족계급 청년들과 비교해도 손색이 없는, 오히려 그들보다 더 귀족적으로 변모한 조지를 보며 올드 오스본은 감격한다.

그가 이 소년에게 얼마나 자부심을 가졌는지! 그는 지금까지 본 가장 잘생긴 아이였다. 모든 사람들이 그가 귀족의 아들 같다고 말했다. 큐 가든즈Kew Gardens에서는 왕녀께서 그에 관해 언급하고 그에게 입 맞추고 그의 이름을 불렀다. 휴가 중인 섭정황태자를 조지가 알현한 날 세인트 제임스Saint James 궁전의 주변지역 어디에도 더 근사한 젊은이가 나타나지 않았다.

『허영의 시장』에서 중간계급의 귀족 따라하기를 대표하는 인물로 한편에 조지가 있다면, 다른 편에는 조스가 존재한다. 아버지의 후원에 힘입어 귀족처럼 성장한 조지와는 다르게, 조스는 인도에서 징수관(collector)으로 근무하며 일군 재산을 가지고 귀족 따라하기를 실천한다.

조스의 실천은 댄디를 정밀하게 모방하기 위한 노력으로 채워진다. 그는 헤어스타일과 장신구, 화장술, 그리고 무엇보다도 의상에서 댄디즘에 조금도 어긋나지 않기 위해 최선을 다한다. 그는 외출복과 파티복은 물론이고 실내복에서도 댄디의 복식을 그대로 따라한다. 집 안에서 아침을 맞이할 때도 그는 "당시의 댄디가 입는 아침 의상"을 똑같이 입는다. 조스의 댄디 따라하기는 아버지인 세들리 씨Mr. Sedley도 혐오를 느낄 정도로 과도하게 수행된다. 세들리 씨조차 "상류사회 남성으로 우쭐대는 아들을 견딜 수가 없는" 것이다.

조스의 불운은 댄디를 정확하게 복제하기에는 신체자본이 너무도 부족하다는 데 있다. 선천적인 한계에도 불구하고, 그것을 무릅쓰고, 스스로를 댄디의 스펙터클로 전시하기 위해 그는 할 수 있는 것을 다한다.

> 조스는 살찐 자신의 몸을 치장하느라 거대한 고통을 감수했다. 그리고 그 작업을 하는 데 매일 많은 시간을 썼다. 다른 대부분의 비만남성들처럼, 그는 옷을 지나치게 몸에 붙도록 만들게 했고, 가장 눈부신 색상을 사용하고, 젊어 보이는 마름질을 하도록 했다.

조스는 "허리선을 만들기 위해" "그 당시에 발명된 모든 복대와 복대끈 그리고 허리띠"를 사용한다. 또한 외모를 조금이라도 더 낫게 보이려고 화장품에 과도하게 집착한다.

조지와 조스는 거의 모든 면에서 다르다. 하지만 치열한 귀족 따라하

『허영의 시장』에서 조지가 거울 속 자신의 모습에 매혹되는 장면. 그는 세련된 스타일과 품위 있는 매너를 전시하고 고급스러운 소비를 실천하는, 2대에 걸친 중간계급의 귀족 따라하기가 이루어낸 성과물이다.

기에도 불구하고 신분상승 욕구를 실현하지 못하는 점에 있어서 그들은 동일하다. 두 사람 모두 계급적 한계를 드러내며 꿈꾸던 지점에 도달하는 데 실패한다.

조지는 아버지의 재정적 후원을 등에 업고 자신을 치장하고 귀족청년들과 어울리는 데 "돈을 구속하지 않았다." 군인이 되고 난 후에도 그는 "연대 안의 어떤 사람보다도 더 잘 만든" 코트를 입었고, 화려한 의상 속에서 그의 잘생긴 외모는 더욱 빛난다. 조지는 전력을 다해 "최상류계급의 젊은 남성들"과 어울리고 그들을 흉내 낸다. 하지만 그들은 "조지에게서 그들이 원하는 만큼의 돈"을 얻어내려 할 뿐, 결코 그를 같은 구성원으로 받아들이지 않는다. 조지가 아무리 귀족계급과 흡사한, 오히려 어떤 면에서는 더욱 뛰어난 스타일과 매너를 전시한다고 하더라도, 그는 장원과 고성에서 자란 귀족출신들과는 전혀 다른, 시장의 소음을 들으며 "버릇없이 자란 런던내기-댄디(cockney-dandy)"로 배제된다.

조스는 "자기와 브러멜이야말로 당대의 댄디"라고 주장한다. 그러나 조스의 주장은 설득력을 얻지 못한다. 그가 전시하는 스펙터클은 브러멜로 대표되는 고전적인 댄디와는 극단적으로 다르기 때문이다. 조스의 모습은 요란한 색깔과 과장된 디자인의 패션을 전시하지만 댄디의 품격은 갖추지 못한, 중간계급 벼락부자를 가리키는 스웰의 사전적 정의와 정확히 일치한다. 조스는, 댄디를 열정적으로 흉내 내지만, 조롱과 경멸의 대상이 되는 코믹 캐릭터에 머물고 만다.

『허영의 시장』(1847~1848)

『허영의 시장』은 베키Becky Sharp와 에밀리아Amelia Sedley가 핑커톤 양의 기숙학원(Miss Pinkerton's Academy)을 떠나는 것으로 시작된다. 베키는 알코올중독자 화가인 아버지와 오페라 배우인 프랑스인 어머니 밑에서 태어난 고아로, 에밀리아는 부유한 런던상인의 딸로 설정된다. 두 사람의 차이는 출신 배경에만 있지 않다. 베키가 자신이 소유한 성적 매력을 이용해 신분상승을 시도하는 삶을 산다면, 에밀리아는 순종적이고 무성적인 — 당대의 성 이데올로기에 일치하는 — 삶을 살아간다. 소설은 두 여성의 대조적인 삶의 궤적을 따라가며 진행된다.

베키는 에밀리아의 집에 잠시 머무는 동안 에밀리아의 오빠 조스를 유혹하지만, 에밀리아의 약혼자인 조지의 방해로 그녀의 시도는 좌절된다. 조스와의 결혼에 실패한 베키는 에밀리아의 집을 떠나 크롤리 경 가문의 가정교사가 된다. 베키는 노름과 음주를 즐기는 크롤리 경의 둘째아들 로든을 유혹하는 데 성공하고, 그와 비밀결혼을 한다. 크롤리 경의 분노를 피해 베키와 로든은 브라이튼으로 떠난다.

에밀리아의 아버지가 파산하자 조지의 아버지는 에밀리아와 조지의 결혼을 반대한다. 조지의 가장 가까운 친구 도빈은 — 에밀리아에 대해 남몰래 품은 연정에도 불구하고 — 두 사람의 결합을 위해 노력한다. 도빈의 설득으로 조지는 에밀리아와 결혼하고, 조지의 아버지는 조지에 대한 상속권을 무효화하고 그를 가문에서 축출한다.

나폴레옹전쟁이 일어남에 따라 조지와 도빈은 프랑스와의 전쟁에 참가한다. 조지는 워털루 전투에서 전사하고, 도빈은 자신도 심각한 부상을 당한 상황에서 부상병을 구해내 안전한 지역으로 이송시키는 용기와 희생정신을 보인다. 세련되지 못한 외모와 매너로 인해 귀족청년들의 멸시를 받던 도빈은 진정한 영웅이라는 찬사의 주인공이 된다.

에밀리아는 유복자를 낳고, 아들의 이름을 죽은 남편의 이름을 따서 조지라고 짓는다. 조지의 아버지는 손자를 에밀리아에게서 떼어내 자신의 집으로 데려와 양육한다. 베키는 로든과 헤어지고, 무일푼으로 유럽의 여러 도시를 떠돌아다닌다. 에밀리아는 인도에서 돌아온 오빠 조스의 경제적 지원을 받아 궁핍한 상태에서 벗어나고, 조지의 아버지가 사망한 후 아들을 데려와 함께 살게 된다.

도빈은 에밀리아에게 청혼하지만, 그녀는 죽은 남편에 대한 절개를 지키기 위해 청혼을 거절한다. 조스와 에밀리아, 조지의 아들과 도빈이 함께 떠난 유럽여행지의 도박장에서 이들은 베키와 마주친다. 베키는 에밀리아에게 조지가 자신과 사랑의 도피를 떠나려고 했었다는 사실을 알려준다. 죽은 남편의 실체를 알게 된 에밀리아는 미망에서 깨어나고, 도빈의 청혼을 받아들인다.

에밀리아와 도빈은 영국으로 돌아가고, 베키는 조스를 유혹해 유럽에 남아 함께 생활한다. 조스가 사망한 후 베키는 영국으로 돌아와 그의 유산으로 풍족한 생활을 한다. 베키는 교회에 출석하고 자선에도 참여하면서 사회적 평판을 개선한다.

속물들의 실패한 남성성

『허영의 시장』에서 중간계급을 공격할 때 새커리는 계급만을 조준하지는 않았다. 그는 중간계급의 귀족 따라하기를 계급위반뿐 아니라 젠더위반, 더 나아가서는 섹슈얼리티 위반으로 재현한다. 새커리는 조지와 조스를 과다한 허영심과 외모에 대한 집착으로 인해 여성화되는 인물로 그리는데, 조스의 재현에는 젠더뿐 아니라 섹슈얼리티 위반의 혐의마저 포착된다. 귀족계급을 모방하는 중간계급 남성을 비판하기 위해 새커리는, 젠더적 혐오를 넘어 동성애공포까지 동원한다.

조지는 뛰어난 외모를 자랑한다. 특히 "아름다운 검은색의 곱슬곱슬하고 반짝거리는 수염"은 조지의 남성적 매력을 강화한다. 이 시기 남성의 수염은 "남성적 권위의 기반인 내면적인 특성 — 특히 독립성, 용기 그리고 결단력 — 의 외면적인 표지"[44]로 간주되었기 때문이다.

수염과는 어울리지 않게 조지는 "여자아이처럼 허영심이 많은" 인물로 그려진다. 그의 허영심은 주로 외모를 치장하거나 장식하는 데 발휘되는데, 약혼녀인 에밀리아의 선물을 사려다 망설이는 장면은 그 대표적인 사례다. 친구인 도빈에게서 빌린 돈으로 에밀리아를 위한 선물을 구입하려던 조지는, "보석상 창문에 진열된 거부할 수 없는 멋진 셔츠 핀에 매혹된다." 결국 그는 약혼녀 선물 대신 자신을 유혹하던 호화로운 셔츠 핀을 사고야 만다.

조스는 신체자본의 한계를 극복하기 위해 처절하게 노력하지만 찬탄과 경외의 대상이 되는 데 실패한다. 그가 전시하는 스펙터클은 비만으로 인해 치명적으로 훼손되기 때문이다.

> 육중한 몸은 조스에게 우려 섞인 생각과 경고를 갖도록 했다. 때때로 그는 자신의 너무 많은 지방을 제거하려는 절박한 시도를 하곤 했지만, 즐거운 삶에 대한 나태와 애정이 개선에 대한 이러한 노력을 빠르게 제압했고, 그는 다시 하루에 세끼 먹는 자신을 발견했다.

19세기 영국에서 잘 관리된 육체는 용기와 정직성, 근면성 같은 내면

『허영의 시장』에 등장하는 조스가 하인 이시도어Isidor의 도움을 받아 코트를 입는 장면. 조스는 귀족계급을 열정적으로 모방하지만 격조나 세련됨과는 극단에 위치한 중간계급 남성을 대표한다.

적 특질을 드러낸다고 간주되었다. 반면에 비만은 나태와 무절제를 드러내는 지표로 여겨졌다. 당대의 저명한 내과의사 앤스티Francis Edmund Anstie는 비만이 "육체적 그리고 정신적 활동에 치명적"[45]이며, 활력을 감소시켜서 결국에는 생산성의 하락을 가져온다고 경고했다. 조스는 비만으로 인해 "게으르고 짜증을 잘 내며, 인생을 즐기려는" 나태와 무절제의 인간으로 살아간다.

새커리는 조스의 비만보다 그에게서 발견되는 여성적 성향을 더욱 치명적인 결함으로 그린다. 조스는 "소녀처럼 허영심이 많았고" 패션과 화장품에 과도하게 집착하고, 의상의 재단과 색조에 대해 극도로 예민하게 반응한다. 세들리 씨가 아들을 못 견뎌하는 가장 큰 이유도, 조스가 "여자 같다"는 데 있다.

조스는 자신의 비만을 감추기 위해 보정속옷과 복대 같은 장비를 착용한다. 그의 행위는 당대의 젠더규범을 위반하는, 여성적인 면모를 극명하게 드러내는 장치가 된다. 남성이 신체보정 장비를 착용하는 행위가 사회적으로 용인되기 시작한 것은 19세기가 끝날 무렵에 이르러서였다. 세기말이 되어서야 신체보정 상품은 여성적 함의에서 벗어났고, "많은 중간계급 전문직 남성들이 사용하게 되었다. 코르셋은 특히 인기가 높았다."[46] 아직 남성이 몸매 보정장치를 사용하는 것이 용납되지 않던 시기에, 조스는 그것들을 애용한 것이다.

조스가 드러내는 외모와 패션에 대한 관심과 시선을 끌고 싶어 하는 욕망은 동성애 연관성이 의심될 만큼 거대한 것으로 재현된다. 귀족계급 남성의 응시를 향한 그의 욕망은 "이 세상의 어느 요부에도 못지않을"

정도로 강한 것으로 그려진다. 조스가 "동성애 잠재성"을 드러내는, 섹슈얼리티에 관한 불안을 계급에 대한 불안으로 위장한 "슬프도록 둔감한 스타일의 남성동성애자"[47]라는 해석이 너무 과도하게만 들리지 않는 까닭이다.

『허영의 시장』에서의 남성성 경합과 재구성

곡물법 철폐를 거부한 데서 노골적으로 드러난, 계급갈등과 사회혼란마저 개의치 않는 귀족계급의 이기심과 탐욕은 귀족적인 가치와 리더십에 대한 전면적인 재평가를 가져왔다. 귀족계급의 전통적인 가치는 토지경제에 기반을 둔 구시대적 관습으로 폄하되었고, 산업혁명기 영국의 눈부신 경제발전을 이끌었던 중간계급의 노동윤리 — 절약, 금주, 청결, 사업관계에서의 정직성, 법률에 대한 존중, 근면 — 가 대안으로 부각되었다. 중간계급의 가치는 "부도덕하고 부당한 특혜를 받는 귀족계급과 규율을 지키지 않고 동물적인 노동계급"[48]을 매개함으로써, 영국사회의 파국을 막고 계급적 통합을 감당할 수 있는 이데올로기로 평가된 것이다.

중간계급은 영국사회의 전면에 등장할 수 있는 기회를 결코 놓치지 않았다. 중간계급은 "안락함과 호사보다는 존경심을 얻는 데 집중"[49]하기 시작했고, 공세적으로 자신들의 윤리적 자질이 다른 어떤 계급보다도 뛰어남을 선전했다.

중간계급은 가정을 산업화의 혼란 속에서 전통적인 윤리체계를 담보

해내는 '성스러운 장소'로, 그들의 여성을 '가정의 천사'로 이상화했다. 여성섹슈얼리티에 대한 통제는 이들이 택한 이상화 전략의 핵심이었다. 상류계급 여성의 성적인 타락이나 방종과 극명한 대조를 이루는 중간계급 여성의 무성성은, 중간계급의 도덕적 우월함을 과시하는 가장 효과적인 수단이었기 때문이다.

새롭게 권위를 차지한 것은 중간계급의 노동윤리와 가정윤리만은 아니었다. 남성성의 구축에 있어서도 중간계급의 남성성은 영향력을 행사하기 시작했다. 귀족계급이 전시하던 이상적인 남성성은 영국에서 "오래되고 한물간 것"이 되고 있었지만, 남성성의 새로운 대안은 아직 보이지 않던 시기였기 때문이다. "누군가는 이 유령을 다른 이는 저 유령을 붙잡으며 어둠 속에서 그것을 찾아 더듬고 있다."[50]

"정신적 갑옷"[51]으로 무장하고 생산적이고 유용한 활동에 몰두하는 남성상은 이상적 남성상의 지위를 놓고 외모지향적이고 전시적인 남성상과 경합했다. 중간계급의 가치가 반영된 윤리적이고 실용적인 남성성은 의혹의 눈길을 받고 있던 귀족계급 남성성의 권위를 회복이 불가능할 정도로 무너뜨렸다. "게으르게 노닥거리고, 뻐기며 활보하며, 심각하게 태만한"[52] 귀족계급의 남성성은 설 자리를 잃어버린 것이다. 새커리는 『허영의 시장』에서 신사를 "매우 잘 만든" 코트를 입은 남성이 아니라, "목표가 관대하고 항상 진실하고, 비천함이 없고, 모든 종류의 인간에 대한 평등한 남성적인 공감을 소유하고 세상과 정직하게 대면하는" 남성으로 규정한다. 이제 규범적 남성성은 소비와 치장, 시각적 전시와는 극단에 위치한 근면과 생산, 정직의 중간계급 남성성으로 교체되었다.[53]

규범적 남성성의 교체는 남성패션에도 커다란 변화를 가져왔다. 귀족계급의 화려하고 여성적인 의상이 배격되고, 중간계급의 실용주의가 반영된 평범하고 단순한 그리고 무엇보다도 활동하기에 편리한 의상이 선호되기 시작했다. 남성패션 연구자인 샤논Brent Shannon에 따르면, 남성패션에서 드러난 "급진적인" 변화는 "프랑스혁명의 사회정치적 봉기로부터 발생했던" "위대한 남성적 포기선언"의 흐름 속에 위치한다.[54] 프랑스혁명에서 목격된 귀족계급의 패션을 거부하는 "위대한 남성적 포기선언"이, 영국에서는 규범적인 남성성에서 귀족계급의 남성성을 배제하려는 움직임으로 나타났다는 것이다.

1840년대가 저물 무렵부터는 귀족계급의 남성성을 경계하라는 메시지가 젊은 남성을 위한 수신서(conduct book)의 핵심을 이루었다. 이 시기 대표적인 수신서의 하나인 『영국신사(The English Gentleman)』에는 외모에 집착하는 행위에 대한 경고가 반복된다. 귀족계급 남성이 착용하는 "과도하게 신경 쓰고 정교한" 의상은 절대로 모방해서는 안 되는, 남성을 "여자같이 보이게 하는"[55] 것으로 금기시 된다. 눈에 띄는 옷차림은 피해야 하고, 주목받지 않기 위해 회중시계를 제외한 모든 보석류나 장식품은 포기해야 하고, 낮은 명도의 옷을 착용해야 한다는 것이다. 『신사를 위한 라우틀리지 에티켓(Routledge's Etiquette for Gentleman)』에 제시된 남성패션에 관한 충고 또한 다르지 않다.

> 신사는 그의 의상이 전혀 주목받지 않도록 항상 매우 잘 입어야만 한다. 완벽한 단순함이야말로 완벽한 고상함이다. 신사의 몸단장을 진정으로 시험

하는 것은 전적인 조화, 돌출되지 않음, 잘 어울림에 있다. 만일 친구가 당신에게 "정말 멋진 조끼를 입고 있군"이라고 말한다면, 덜 멋진 조끼가 더 나은 취향이 될 것이라고 믿어도 된다. 만일 당신이 아무개 씨(Mr. So-and-So)가 엄청난 보석을 착용했다는 말을 듣는다면, 그가 너무 많은 보석을 착용했다고 예단해도 좋다. 과시는 언제나 피해야만 한다.[56]

19세기가 저물어 갈수록 남성성 담론에서 중간계급 남성성의 지배력은 강화되었다. 규범적 남성성은 "세계는 항상 종교적인 힘에 의해 형성된다는 굳건한 믿음 안에서 경제적인 환경을 조정하려는 남성의 결심"[57]으로 재구축된 것이다. "근로와 진지한 마음가짐을 전달하는"[58] 중간계급 남성성은, 진정한 남성다움과 동의어가 되었다.

『허영의 시장』이 유포하는 이상적인 남성상

새커리는 이상적인 남성성에서 "족보, 의상" 같은 "거짓 귀족다움"[59]을 제거하고, 그 비워진 공간을 중간계급의 도덕률로 채우려고 했다. 『네 명의 조지』에서 그는 이상적인 남성성을 구성하는 요건에 관해 사유한다. 그는 정결한 삶을 영위하고, 시민의 덕목을 숭상하고, 가정의 가치를 수호하는 남성을 신분과는 상관없이 "신사"로 호명해야 한다고 결론짓는다.

어느 사람이 시대가 몇 번 바뀌어도 찬양할 고귀한 인물인가? 저쪽에서 레이스와 금박으로 치장하고 춤을 추는 경박한 자, 혹은 저기서 오점 없는 명예로운 삶을 위해 칼을 휘두르는 영웅인가? 이들 중 누가 진정한 신사인가? 신사가 된다는 것은 무엇인가? 고상한 목적을 지니고 정결한 삶을 이끌며, 명예를 순결하게 지키고, 동료 시민의 존경을 받고 가정에서 사랑을 누리며, 행운을 순수하게 받아들이고 변함없이 악덕과 싸우며, 항상 진실을 유지하는 것이 아니겠는가? 삶으로써 이러한 특성을 전시한 행복한 이를 내게 보여다오. 그러면 그의 신분이 무엇이든 우리는 그를 신사로 추앙할 것이다.[60]

『허영의 시장』에서 새커리는 아예 중간계급 남성을 규범적인 남성성의 소유자로 재현하고 그를 이상적인 남성상으로 제시한다. 소설에서 도빈은 귀족적인 세련됨과는 거리가 먼 질박한 외모와 어눌한 말투의 소유자로 등장한다. 하지만 새커리는 도빈을 중간계급의 도덕률을 내면화함으로써 모든 이들로부터 존경을 받게 되는 인물로 그린다.

런던 잡화상의 아들인 도빈은 스펙터클로 전시할 수 있는 신체자본과 언변이나 매너, 취향 같은 문화자본을 결여한 인물로 설정된다. 기숙학교 시절 그는 "커다란 뼈가 솔기 사이로 터져나오는 꽉 조이는 코듀로이 바지와 재킷을 입은" "가장 말이 없고, 서투르고, 가장 멍청한 학생처럼 보였다." 학생들 사이의 위계에서 도빈은 "학교의 거의 맨 밑바닥에 놓였다." 그의 반대편에는 좋은 가문과 잘생긴 외모, 세련된 태도로 인해 "기숙학교의 대장"으로 행세하는 커프Reginald Cuff가 위치한다.

"댄디 중의 댄디"로 불리던 커프는 도빈의 출신성분을 조롱하면서 그를 괴롭히는 일에 특별한 쾌감을 느낀다. 오랜 시간을 참고 견디던 도빈은 마침내 커프에 맞서서 격투를 벌여 그를 제압한다. 도빈의 승리는 워털루 전투에서 영국군이 거둔 승리와 비견되는 것으로 재현된다. 그가 쟁취한 최초의 승리는 출신계급에 대한 자부심을 확고하게 하고, 커프를 포함한 귀족의 자제들로부터 인정과 존경을 받으며 성공적인 학창생활을 하게 되는 전환점으로 작용하기 때문이다.

성인이 된 후에도 도빈의 외모와 취향은 나아진 모습을 보이지 않는다. 그는 "커다란 손과 발 그리고 아주 짧게 자른 머리에 의해 두드러지는 커다란 귀를 지닌, 키가 아주 큰 볼품없는" 남성이 되었을 뿐이다. 도빈의 의상 역시 품격과는 거리가 멀다. 그는 거의 대부분의 시간과 장소에서 "늑골 모양의 장식이 붙은 흉물스러운 군복 코트"를 착용한다. 군복을 입지 않을 때도 그는 "볕에 그을린 얼굴과 희끗희끗한 머리에 푸른색 프록코트"를 입고 다닌다. 그의 매너 역시 세련됨과는 가장 먼 거리에 위치한다. 조지의 약혼녀 에밀리아를 처음 소개받았을 때 도빈은 "인간이 행한 고개 숙여 하는 인사 중에서 가장 형편없는 것 중 하나"를 건넨다.

신체자본과 문화자본은 많이 부족하지만 도빈은 "생각이 올바르고, 머리가 매우 좋고, 생활이 정직하고 정결한, 마음이 따뜻하고 겸손한" 인물로 재현된다. 소년시절의 "정직한 도빈"에서, 성인이 된 후 "정직한 신사"로, 마침내는 "정직한 소령"으로 그는 주변사람들의 존경을 받으며 살아간다. 특히 도빈이 군대생활 중 보여준 탁월성과 귀감이 되는 행위는 중간계급 남성성을 규범적 남성성으로 승인하는 것을 수긍하도록 만든다.

『허영의 시장』에서 에밀리아를 처음 소개받은 도빈이 “인간이 행한 고개 숙여 하는 인사 중에서 가장 형편없는 것 중 하나”를 건네는 장면. 도빈은 투박한 외모와 세련되지 못한 매너의 소유자이지만 탁월한 업무능력과 도덕성으로 존경을 받는 이상적인 남성상으로 재현된다.

장교생활을 할 때 도빈은 귀족출신 장교들과는 달리 쾌락을 좇는 생활을 거부한다. "돼지사냥에 나서고 도요새에 총질하고, 도박을 하고 궐련을 피우며 물 탄 브랜디에 자신을 맡기는" 동료들과는 달리, 도빈은 금욕적인 자세와 절제된 삶의 방식을 유지한다. 그는 자신뿐 아니라 다른 중간계급 출신 장교도 상류계급에 대한 추종과 모방을 중지하도록 계도한다. 도빈은 조지가 크롤리 경의 아들 로든과 어울려 노름과 음주를 즐기는 것을 중단하도록 설득해낸다. 도빈이 로든으로부터 "교수형을 당해야 마땅하다"는 저주 섞인 욕설을 듣게 된 이유다.

도빈은 검소한 생활과 소박한 외양, 자신을 낮추는 태도로 인해 주목받는 존재가 되지 못하고, 종종 동료들의 놀림감이 된다. 하지만 그가 지닌 헌신성, 절제력, 업무에 대한 해박한 지식, 책임감 같은 중간계급의 덕목은 그로 하여금 "연대의 가장 뛰어난 장교이자 가장 현명한 사람"이라는 평가를 받도록 만든다. 전쟁터의 극한 상황 속에서 도빈의 행동규범은 더욱 빛을 발한다. 자신도 부상을 입은 상태에서 도빈은 부상당한 병사를 구출해서 안전한 곳으로 이송시킨다. 도빈이 보여준 용기와 희생정신은 "군대 내에 그와 같이 훌륭한 장교는 없을 것"이라는 극찬을 낳게 한다. 도빈이 전시하는 중간계급의 윤리적 수월성은, 안전한 후방에 남아 전쟁터에서 나온 전리품을 구입하고 그것을 자신이 획득한 것처럼 위장하는 귀족계급 출신 로든의 비열함과 교활함과는 극적인 대비를 이루며 더욱 부각된다.

새커리는 이상적인 남성성은 귀족계급이 아니라 중간계급의 남성성에 의해 새롭게 구축되어야 한다고 확신했고, 『허영의 시장』에서 도빈의 재현을 통해 그것을 관철했다. 새커리 연구의 권위자인 레이Gordon Ray도 『허영의 시장』이 거둔 대중적인 인기와 비평적 찬사의 요인이, 시대가 요구하는 이상적인 남성상을 "귀족계급의 맥락이 아닌 중간계급의 가치와 밀접한 연관을 이루도록 한"[61] 데 있다고 판단한다.

새커리가 『속물들의 책』에서 예견한 일들은 이제 현실이 되어가는 것 같았다. 귀족가문의 문양이 "구역질을 일으키는" 기호로 전락하고, "상류사회니 고급이니 귀족적이니 하는 단어"가 "사악하고 비기독교적인 말"로서 "진지한 사람이 사용하는 어휘에서 추방"되는 세상이 열리는 것처럼 보였기 때문이다. 노동자들과 식민지의 원주민들이 '허영의 시장'으로 다가오고 있음을 그는 알지 못했다.

맺음말

소비의 시대에 오심을 환영합니다

눈부신 대상을 닮고 싶은 소망, 그녀/그를 따라하려는 마음은 누구도 뿌리칠 수 없는 인간의 본성이다. 세속을 초월하고자 하는 수도자들에게도 섬기는 대상과 하나가 되고 싶은 욕망은 남는다. 19세기 영국을 살아가던 중간계급도 마찬가지였다. 그들은 집단적으로 모방욕구를 따라 움직였다. 선망하는 계급이 전시하던 라이프 스타일을 따라했고, 귀족들이 소비하던 물건을 구입했다.

세월은 흐르고, 세상은 바뀐다. 귀족계급은 인정욕구를 실현시켜줄 선망의 자리에서 밀려났다. (유일한 예외는, 여성패션을 이끌었던 빅토리아 여왕이었다. 그녀가 남편과 사별하고 상복을 입은 후 상복 스타일의 옷이 유행할 정도로 그녀의 영향력은 거대했다. 영국민중들은 빅토리아 여왕의 패션을 따라하는 것에는 비난의 화살을 날리지 않았다. 다른 나라 사람들에게는 '난해한 사랑'으로 비춰지는, 영국인들 특유의 왕족사랑 때문이기도 했지만, 그 이유가 다는 아니었다. 빅토리아 여왕은 자국 상품에 대한 강한 애착을 드러냈다. 그녀가 중요한 공식행사에서 영국이 생산한 섬유로 만든 의복과 영국에서 만든 장신구를 착용하기 위해 세심한 주의를 기울인다는 점은 널리 알려진 사실이었다. '애국적' 소비는 여왕과 다른 귀족들의 소비를 뚜렷하게 가르는 지점이었다.)

무대 위 조명은 이제 중간계급을 비추었고, 이들의 윤리는 영국사회

빅토리아 여왕은 영국에서 생산된 의상과 장신구를 착용하는 것을 패션의 원칙으로 삼았다. '애국적' 소비는 여왕을 여성패션의 리더로 만든 가장 결정적인 요인이었다.

를 지배하기 시작했다. 중간계급은 문학의 사회적 책임을 강조했고, 작가가 당대의 도덕적 타락과 정치적 부패, 경제적 불평등에 대해 발언하기를 요구했다. 실버포크 소설은 빠르게 몰락했고, 소설의 주류는 "사회문제 소설(Social Problem Novel)"로 이동했다.

실버포크 소설의 빛나던 별이던 디즈레일리는 시대의 흐름을 정확하게 파악했고, 신속하게 변신했다. 그는 실버포크 소설을 미숙한 소년의 상상력이 빚어낸 기형물로 혹독하게 비판하고, 계급갈등을 다룬 소설 『시빌 혹은 두 개의 국가』를 써서 세상에 내보냈다. 훗날 디즈레일리가 영국총리가 된 것도 운만은 아니었다. 콜번의 공장에서 누구보다 많은 실버포크 소설을 찍어내던 고어가 돌연 금융가의 부패상을 고발하는 소설 『은행가의 아내(The Banker's Wife)』를 쓴 것 역시 놀라운 일은 아니다.

그렇다고 해서 귀족적 소비에 대한 동경과 선망, 그리고 따라하기가 사라져버리지는 않았다. 짐작과는 달리, 품격 있는 소비에 대한 수요는 오히려 더 커져갔다. 중간계급이 빠져나간 따라하기 대열의 빈자리를 노동계급이 빠르게, 넘치도록 채워나갔기 때문이다. 해외식민지의 '신민들'도 제국의 소비를 욕망하며 따라하기 물결에 합류했다. 중간계급이 실버포크 소설을 탐독하며 모방욕구를 구체화했다면, 노동자들과 식민지 원주민들에게는 박람회가 실버포크 소설이 하던 역할을 대신했다. 이들은 박람회장에 진열된 상품의 스펙터클을 통과하며 구입해야 할 목록을 작성할 수 있었다.

'굶주린 1840년대'를 지나며 그토록 우려하던 노동자혁명은 발생하지 않았다. 파국을 막기 위해 영국정부가 노동계급을 위한 다양한 개혁조치를 단행했기 때문이다. 1847년부터 시행된 공장법령(Factory Acts)으로 노동조건은 개선되었고, 노동자들을 굶주리게 하던 곡물법은 1846년에 철폐되었다. 1851년 런던의 수정궁이라고 불린 거대한 건물에서 국제박람회가 열렸을 때, 노동자들은 더 이상 위협적인 혁명세력이 아니었다. 이들은 체제 내에 포섭된, 새롭게 갖게 된 구매능력에 들떠 있는 (예비)소비자들이었다.

수정궁박람회를 개최한 목적은 영국 기술문명의 우월성과 효율성을 과시하는 데 있었다. 하지만 박람회에 모인 노동자들은 기계공학적인 측면에는 별다른 흥미를 나타내지 않았다. 그들은 진열된 물품에 호기심을 보이고 그 다채로움에 경탄하는 쪽을 선택했다. 19세기 전반까지 영국의 시장은 중세의 노천시장이 단지 규모가 확대된 수준에 머물렀다. 좁고 포장되지 않은 통로와 북적대는 사람들로 인해 통행이 불편하던 노천시장에만 길들여진 노동자들에게 박람회장은, 잘 정비된 통로와 여유 있는 공간을 통해 부대끼지 않고 경쾌하고 원활하게 움직이면서 상품과의 만남에 집중할 수 있는 신세계였다.

재래시장에서 상품은 물품교환의 주변적 존재에 불과했다. 상품의 다양성보다는 풍성함이 강조되었고, 상품은 전적으로 자연광에 의존한 채 분류되지 않고 무질서하게 쌓여 있었다. 박람회장의 상품은 달랐다. 종류(department)별로 구분된 풍부하고 다양한 상품들이 인공조명 아래 진열되어 관람객들의 시선을 기다리고 있었다.

새커리는 「멀로니 씨의 수정궁 이야기(Mr. Maloney's Account of the Crystal

Palace)」에서 관람객들이 박람회장에서 상품의 스펙터클과 접하고 드러내는 경이와 황홀의 반응에 대해 노래한다.

> 자부심을 의식하면서
> 나는 내부로 뚫고 들어가
> 세계에서 가장 위대한 박람회를 구경했소,
> 구경거리가 너무도 눈부셔서
> 내 눈이
> 더 이상 쳐다볼 수 없을 때까지.[1]

건축학과 기계공학, 음성학 연구를 열정적으로 수행하던 케임브리지 대학 교수 윌리스Robert Willis는, 수정궁박람회에서 자신이 느낀 강렬한 인상을 대중에게 알리는 일에도 커다란 사명감을 느꼈다. 그가 했던 수많은 강연은 『대박람회의 결과물들에 관한 강연들(Lectures on the Results of the Great Exhibition)』이란 제목의 책으로 출판되었다. 윌리스는 박람회장에 전시된 물품들이 "관람객들에게 미적인 개념을 전달하는" "구경거리가 될 만한 신기한 상품들"[2]로 변모한다고 이야기했다.

윌리스가 신앙 간증의 어조로 고백한, 평범한 물건이 매혹의 대상으로 변신하는 순간은 스펙터클로 상품을 재현시켜 구매자를 유혹하는 현대적 의미의 광고가 탄생하는 순간이었다. 이 순간은 박람회에 모인 노동자들이 노동해방의 전사에서 호기심을 내비치는 관람객으로, 궁극적으로는 상품이 만들어내는 스펙터클에 매혹되는 소비자로 변모하는 순간이기도 했다.

박람회장에 전시된 상품은 바라보는 시선의 주체와 특별한 관계를 맺고 있는 것처럼 보였다. "꼬집어 말할 수는 없지만", "모든 사람들"이 "진귀하고 고급스러운 물건들"을 "민주적으로 사용하게 되리라고 약속하는 듯"[3]했다. 관람객들은 모든 이들이 최고의 상품을 '평등하게' 구입해 사용할 수 있으리라는 '환상'을 품은 채 집으로 돌아갈 수 있었다.

품격 있는 라이프 스타일을 모방하기 위한 대열에 동참한 것은 영국의 노동계급만은 아니었다. 식민지의 '백성들' 역시 서둘러 귀족적 소비의 흐름에 합류했다. 가장 앞서가는 산업기술을 보유한 국가였던 영국이 생산해내는 상품의 수량은, 국내의 소비만으로는 감당할 수 없을 정도로 급격하게 증가했다. 잉여생산물을 소비할 수 있는 해외시장의 확대는 영국 자본주의와 제국주의의 유일한 생존전략으로 남았다.

제국과 식민지의 관계는 판매와 소비라는 맥락에 의해 재규정되었다. 세계적인 명성을 지닌 영국의 탐험가이자 언론인이었던 스탠리H. M. Stanley는 1889년에 검은 대륙을 '구호'한다는 명목을 내걸고 아프리카를 탐험했다. 탐험을 마친 후 작성한 보고서에서 그는 아프리카를 "대륙도 국가도 심지어는 변방도" 아닌, "단순한 자국 생산물의 진열장"[4]으로 정의했다.

품격을 지닌 소비에 대한 선망과 모방은 제국의 품을 떠나 식민지에 성공적으로 이식되었다. 조이스James Joyce의 『더블린 사람들(Dubliners)』 연작의 하나인 「아라비Araby」는 피식민인들의 제국적 소비에 대한 환상을 잘 보여준다. ("아라비"는 1894년 5월에 영국의 식민지 아일랜드의 수도 더블린에서

박람회 형식으로 열린 특별판매회의 이름이었다.) 소설 속에는 대영제국의 잉여상품이 재현하는 스펙터클을 보기를 갈망하는 식민지의 '어린 백성'이 등장한다. 소년은 "아라비"에 가면 "동방의 매혹"과 만나고 "영혼이 풍요로워지는" 음악을 듣게 되리라는 환상을 품는다. 그가 품은 환상은 종교적 열정과 학업의 성실성, 우정과 가족애마저 지워버릴 정도로 크고 강렬해진다. 소년이 중요하다고 여겨온 "인생의 진지한 일"은 이제 그가 품은 환상 앞에서 "흉하고 단조로운 어린애 장난"으로 축소된다. 소년에게는 박람회에 가는 일만이, 성배(Holy Grail)를 찾으러 가는 일처럼, 성스러운 사명으로 남는다.

불멸의 작가 혹은 하나의 문화산업 — 제임스 조이스

지금 — 인종과 젠더, 성적 지향에 따라 일정비율로 작가를 공부하는 — 은 다르지만, 한때 미국 대학의 캠퍼스에서는 "From Shakespeare to Joyce"라는 문구가 달린 티셔츠를 입고 다니는 영문학 전공생들이 보였다. 그 시절 조이스(1882~1941)는 셰익스피어와 더불어 영문학의 정전작가를 대표했다. 지금도 그는, 최소한 백인 남성작가 중에서는, 불멸의 존재로 남는다.

조이스는 1882년에 아일랜드 더블린에서 태어났다. 그가 아홉 살이 되었을 때 지방정부의 세금징수원이었던 아버지가 실직했고, 이후 아버지의 음주와 폭력적인 주사 그리고 가난에 시달리게 되었다. 조이스는 예수회 교육기관인 클롱고우스 우드Clongowes Wood 기숙학교에서 학업을 시작했고, 1902년에 더블린의 유니버시티 칼리지University College Dublin에서 문학사 학위를 받았다. 의학을 공부하기 위해 프랑스 파리에 머물던 그는 1903년에 더블린으로 돌아와 어머니의 죽음을 맞이한다. 1904년 조이스는 나머지 생을 함께한, 평생 격렬한 애증의 대상이 되는 노라Nora Barnacle를 만난다. 이들은 함께 아일랜드를 떠나고, 이후 두 사람의 삶은 대부분 아일랜드 바깥에서 진행된다.

조이스는 1906년에 『더블린 사람들』을 탈고하지만, 자신의 이야기를 소설에 담았다고 생각한 사람들로부터 항의와 소송을 제기하겠다는 위협을 받았다. 『더블린 사람들』은 1914년에야 출판될 수 있었다. 같은 해에 그는 『젊은 예술가의 초상(A Portrait of the Artist as a Young Man)』의 연재를 시작했고, 『율리시스Ulysses』의 집필을 시작했다. 조이스는 1915년에 스위스 취리히로 이주했고 1919년까지 그곳에 머물면서 『젊은 예술가의 초상』(1916)과 희곡인 『망명자들(Exiles)』(1918)을 출간했다. 그는 1918년에 『더 리틀 리뷰The Little Review』에 『율리시스』의 연재를 시작했지만 음란물 판정 시비로 중단하게 된다. 『율리시스』는 1922년 파리에서 영어판으로 출판될 수 있었고, 미국에서는 1934년에 그리고 영국에서는 1936년에 세상에 나올 수 있었다. 1930년대에 들어와 건강이 계속 나빠지고 있었지만, 조이스는 글쓰기를 멈추지 않았다. 그는 『피네간의 경야(Finnegans Wake)』를 1939년에 발표했다.

오랜 기간 지속된 식민지배로 아일랜드는 저항과 분열이라는 내적 모순에 시달렸다. 조이스가 아일랜드를 "제 새끼를 잡아먹는 늙은 암퇘지"로 부른 이유다. 아일랜드를 혐오하고, 아일랜드 바깥에서 글을 쓰면서도 그의 문학은 아일랜드와, "사랑하지만 너무도 추잡한 연인 같은 더블린(Dear Dirty Dublin)"을 떠나지 않았다. 조이스는 살아서 다시는 더블린의 골목길을 걷지 못했다. 그는 수술의 합병증으로 1941년 스위스 취리히에서 사망했다.

「아라비」(1914)

조이스의 문학은 아일랜드의 거대한 문화산업으로 남았다. 『더블린 사람들』은 더블린과 그곳의 사람들에 대해 그가 남긴 애정과 혐오의 기록이다.

더블린 빈민가의 삼촌 집에서 살아가는 소년은 또래 남자아이들과 어울려 늦게까지 거리에서 뛰노는 것을 즐긴다. 친구 맹간Mangan의 누나를 좋아하게 되면서 그는 변모한다. 지금까지 좋아하고 중요하게 생각했던 모든 것들은 "어린애 장난"같이 느껴지게 된다. 그는 학교에서 수업을 받을 때나 교회에서 기도문을 외울 때, 밤에 빈 방에서 홀로 비 내리는 화단을 바라볼 때 그녀의 모습을 떠올린다.

소년은 자신의 사랑을 맹간의 누나에게 고백하지 못한다. 어느 날 그녀가 소년에게 아라비 바자회에 갈 계획이냐고 묻는다. 자신도 꼭 가고 싶지만 성당의 피정으로 갈 수 없다는 그녀에게 소년은, '선물을 사다 주겠다'는 약속을 한다. 그 후 아라비는 소년에게 마법의 장소, 동방의 매혹이 깃든 땅으로 다가온다.

아라비가 끝나는 날인 토요일이 되었지만 밤늦게 집에 들어온 삼촌 때문에 소년은 늦은 시간에야 아라비로 출발한다. 소년은 폐장 전에 닿기 위해 최선을 다하지만, 거의 마치는 시간이 되어 아라비에 도착한다.

아라비에 설치된 대부분의 매장은 불이 꺼져 있고, 그는 기대했던 천상의 아름다운 음악 대신 동전 떨어지는 소리를 듣는다. 아직 불이 켜져 있는 매장으로 다가갔을 때 소년은 영국 억양을 쓰는 남자 둘이 판매여성에게 추파를 던지는 장면을 목격한다. 판매여성은 소년을 귀찮아하며 사고 싶은 것이 있냐는 질문을 마지못해 던진다. 소년이 아라비를 떠나려고 할 때 모든 불은 꺼지고, 어둠 속에서 그는 '갑작스러운 깨달음(epiphany)'을 얻는다. 소년은 자신이 "허영심으로 움직이고" 그것에 의해 "조롱거리"가 되어버린 "존재"임을 깨닫는다. 소년은 "비통함과 분노"에 휩싸이고, 소설은 종결된다.

제국의 상품으로 치장된 스펙터클을 놓치지 않기 위해 소년은 숨을 헐떡이며 뛰어간다. 하지만 제국의 소비에 편입되기를 꿈꾸던 식민지 소년의 환상은 오래가지 못한다. 아라비에 도착한 그는 어디에도 꿈꿔온 황홀한 아름다움과 찬란함은 존재하지 않음을 발견한다. 천상의 음악은 들리지 않고, "동전들이 떨어지며 내는" 소리가 "예배가 끝난 후의 침묵" 같은 쓸쓸함을 뚫고 들려올 뿐이다.

소년의 환상은 깨지고, 악몽이 그를 맞이한다. 폐장이 될 무렵 그는 "영국식 악센트"로 말하는 남자들이 아일랜드 여인과 시시덕거리는 장면을 목격한다. 소년의 환상 속에서 고귀하고 성스러운 공간으로 존재하던 아라비에서, 제국의 남성들은 식민지 여성을 희롱하고 있었다. 그는 자신이 "허영심으로 움직이고" 그것에 의해 "조롱거리"가 되어버린 "존재"임을 깨닫는다. 소년은 "비통함과 분노"에 휩싸이고, 소설은 종결된다.

식민지 원주민들이 모두 소년과 같이 깨달음의 순간을 경험한 것은 아니었다. 오히려 제국의 라이프 스타일을 열망하던 원주민들의 의식은, 상품을 대영제국의 이미지와 결합시킨 광고에 의해 거듭 식민지화되었다. 상품에 대한 광고는 제국주의의 서사시 혹은 찬가로 제국의 새로운 영토에서 울려 퍼진 것이다. 조이스는 『율리시즈』에서 고대 그리스의 영웅 오디세이Odyssey의 오랜 모험과 방랑을, 20세기 초엽 더블린에 사는 평범한 식민지 남성인 블룸Leopold Bloom이 광고주문을 받으러 돌아다니는 일로 대체한다. 조이스의 재현은 새롭게 탄생한 식민지 소비자들에 대한 자기모멸적인, 그러나 통찰력을 지닌 우울한 응시로 읽힌다.

선망하는 대상을 따라하기는 19세기 영국의 중간계급을 거쳐 노동계급으로, 마침내는 제국의 식민지로 전파되었다. 그렇게 20세기는 시작되었고, 따라하기의 포식성과 장악력을 그 끝까지 보여주면서 막을 내렸다. 세기말의 체게바라 '산업'은 저항과 투쟁의 신화마저 패션으로 소비되는 풍경을 내려오는 막 위에 그려 넣었다.

누구나 스마트폰을 소유한다는 시대에 소비의 광채는 더욱 빛난다. 누군가 강이 내려다보이는 넓은 거실에서 햇살에 눈을 찌푸리며 스마트폰을 본다면, 누군가는 어둡고 차가운 물류창고에서 입김을 내뿜으며 문자를 확인한다. 판타지와 악몽이 결합된 소비의 시간이 흐른다.

부록

참고문헌/주석

참고문헌

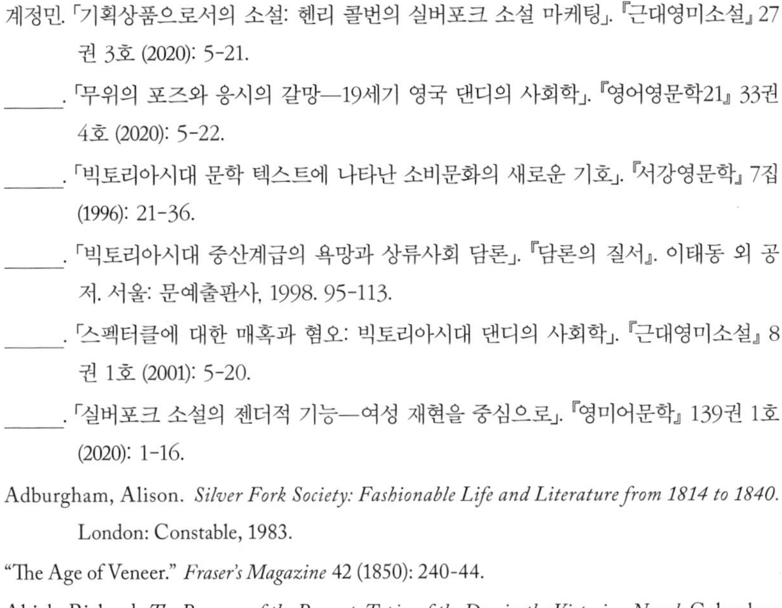

계정민. 「기획상품으로서의 소설: 헨리 콜번의 실버포크 소설 마케팅」. 『근대영미소설』 27권 3호 (2020): 5-21.

______. 「무위의 포즈와 응시의 갈망—19세기 영국 댄디의 사회학」. 『영어영문학21』 33권 4호 (2020): 5-22.

______. 「빅토리아시대 문학 텍스트에 나타난 소비문화의 새로운 기호」. 『서강영문학』 7집 (1996): 21-36.

______. 「빅토리아시대 중산계급의 욕망과 상류사회 담론」. 『담론의 질서』. 이태동 외 공저. 서울: 문예출판사, 1998. 95-113.

______. 「스펙터클에 대한 매혹과 혐오: 빅토리아시대 댄디의 사회학」. 『근대영미소설』 8권 1호 (2001): 5-20.

______. 「실버포크 소설의 젠더적 기능—여성 재현을 중심으로」. 『영미어문학』 139권 1호 (2020): 1-16.

Adburgham, Alison. *Silver Fork Society: Fashionable Life and Literature from 1814 to 1840.* London: Constable, 1983.

"The Age of Veneer." *Fraser's Magazine* 42 (1850): 240-44.

Altick, Richard. *The Presence of the Present: Topics of the Day in the Victorian Novel.* Columbus: Ohio State UP, 1991.

Anderson, Bonnie. "The Writings of Catherine Gore." *Journal of Popular Culture* 10 (1976): 404-23.

Anderson, Perry. *English Questions.* London: Verso, 1992.

Anstie, Francis Edmund. "Corpulence." *The Cornhill Magazine* 7 (1863): 457-68.

Arnold, Matthew. "The Buried Life." *Victorian Poetry and Poetics.* Ed. Walter E. Houghton and G. Robert Stange. New York: Houghton Mifflin, 1968. 446-48.

Babbage, Charles. *The Exhibition of 1851.* Hants, England: Gregg, 1969.

Badeau, Adam. *Aristocracy in England.* New York: Harper, 1885.

Bagehot, Walter. "Sterne and Thackeray." *Thackeray: The Critical Heritage.* Ed. Geoffrey

Tillotson and Donald Hawes. London: Routledge, 2014. 350-57.

Bailey, Peter. "'A Mingled Mass of Perfectly Legitimate Pleasures': The Victorian Middle Class and the Problem of Leisure." *Victorian Studies* 21 (1977): 7-28.

__________. *Popular Culture and Performance in the Victorian City.* Cambridge: Cambridge UP, 2003.

Bainbridge, Claire. "Introduction." *Silver Fork Novels 1826-1841.* Ed. H. D. Jump. Vol. 1. London: Pickering & Chatto, 2005. i-xli. 6 vols.

Baldick, Robert. *The Duel: A History of Duelling.* London: Chapman and Hall, 1965.

Baudelaire, Charles. *Art in Paris, 1824-1862.* Trans. and Ed. Jonathan Mayne. London: Phaidon, 1965.

__________. *The Painter of Modern Life and Other Essays.* Trans. and Ed. Jonathan Mayne. New York: Da Capo, 1986.

Baudrillard, Jean. *Selected Writings.* Ed. Mark Poster. Stanford: Stanford UP, 1988.

Beaver, Patrick. *The Crystal Palace, 1851-1936: A Portrait of Victorian Enterprise.* London: Jarrold, 1970.

Benjamin, Walter. *Illuminations.* Ed. Hannah Arendt. Trans. Harry Zohn. New York: Schocken, 1969.

Blessington, Marguerite. *Belle of a Season.* London: Longmans, 1840.

__________. *The Two Friends.* 3 vols. London: Oatley, 1835.

__________. *The Victims of Society. Silver Fork Novels 1826-1841.* Ed. H. D. Jump. Vol. 4. London: Pickering & Chatto, 2005. 6 vols.

Bourdieu, Pierre. *Distinction: A Social Critique of the Judgement of Taste.* Trans. Richard Nice. Cambridge: Harvard UP, 1984.

Bradford, Sarah. *Disraeli.* New York: Stein and Day, 1982.

Braudy, Leo. *The Frenzy of Renown.* New York: Oxford UP, 1986.

Braun, Thom. *Disraeli the Novelist.* London: Allen, 1981.

Briggs, Asa. *Iron Bridge to Crystal Palace: Impact and Images of the Industrial Revolution.* London: Thames and Hudson, 1979.

Brightfield, Myron Franklin. *Theodore Hook and His Novels.* Cambridge: Harvard UP, 1928.

Brontë, Charlotte. *The Brontës: Their Lives, Friendships and Correspondence.* Ed. T. J. Wise and J. A. Symington. Oxford: Shakespeare Head, 1931.

Bulwer-Lytton, Edward. *England and the English.* 2 vols. London: Bentley, 1833.

__________________. *Pelham.* Ed. Jerome McGann. Lincoln: U of Nebraska P, 1972.

Burke, Edmund. *Reflections on the Revolution in France.* New York: Liberal Arts P, 1955.

Butler, E. M., ed. *A Regency Visitor.* New York: Dutton, 1958.

Cannadine, David. *The Rise and Fall of Class in Britain.* New York: Columbia UP, 1999.

Carlyle, Thomas. "Characteristics." *Carlyle's Complete Works.* Vol. 14. Boston: Estes and Lauriat, n.d. 344-83. 20 vols.

______________. *The Collected Letters of Thomas and Jane Welsh Carlyle.* Ed. Charles R. Sanders. Durham: Duke UP, 1970.

______________. *On Heroes and Hero Worship.* London: Everyman's Library, 1908.

______________. *Past and Present.* Ed. Richard D. Altick. New York: NYUP, 1977.

______________. *Sartor Resartus.* Ed. Charles Frederick Harrold. Indianapolis: Odyssey, 1937.

______________. "Sir Walter Scott." *Critical and Miscellaneous Essays.* Vol. 3. London: Chapman and Hall, 1864. 167-223. 4 vols.

______________. *The Works of Thomas Carlyle.* Vol. 1. New York: Scribner, 1899-1901. 26 vols.

Casey, Ellen. "Silver Forks and the Commodity Text: Lady Morgan and the Athenaeum." *Women's Writing* 16 (2009): 253-62.

Cazamian, Louis. *The Social Novel in England 1830-50.* Trans. Martin Fido. London: Routledge, 1973.

Clair, William St. *The Reading Nation in the Romantic Period.* Cambridge: Cambridge UP, 2004.

Collins, A. *The Profession of Letters.* New York: Dutton, 1929.

Cragg, William E. "Bulwer's *Godolphin*: The Metamorphosis of the Fashionable Novel." *Studies in English Literature, 1500-1900* 26 (1986): 675-90.

Crary, Jonathan. *Techniques of the Observer: On Vision and Modernity in the Nineteenth Century.*

Cambridge: MIT P, 1990.

Cronin, Richard. *Romantic Victorian.* New York: Palgrave, 2002.

Cruse, Amy. *The Englishman and His Books in the Early Nineteenth Century.* London: Harrap, 1930.

"The Dandy of the Present Day and the Beau of Former Times." *Bentley's Miscellany* 8 (1840): 40-44.

d'Aurevilly, Jules Barbey. *Dandyism.* Trans. Douglas Ainslie. New York: PAJ, 1988.

Davidoff, Leo. *The Best Circles: Society, Etiquette and the Season.* London: Helm, 1973.

Davidoff, Leonore and Catherine Hall. *Family Fortunes: Men and Women of the English Middle Class, 1780-1850.* Chicago: U of Chicago P, 1987.

Deane, Bradley. *The Making of the Victorian Novelist: Anxieties of the Authorship in the Mass Market.* New York: Routledge, 2002.

Dickens, Charles. *Bleak House.* Ed. George Ford and Sylvère Monod. New York: Norton, 1977.

_____________. *A Tale of Two Cities.* London: Penguin, 1994.

Dinwiddy, J. R. *From Luddism to the First Reform Bill: Reform in England 1810-1832.* New York: Blackwell, 1986.

Disraeli, Benjamin. *Sybil or the Two Nations.* Oxford: Oxford UP, 2017.

______________. *Vivian Grey.* London: Longmans, 1892.

______________. *The Young Duke.* Ed. E. Grosse and R. Arnot. London: Dune, 1904.

Dixon, Roger and Stefan Muthesius. *Victorian Architecture.* London: Thames, 1978.

During, Simon. "Regency London." *The Cambridge History of English Romantic Literature.* Ed. James Chandler. Cambridge: Cambridge UP, 2009. 335-54.

Elfenbein, Andrew. "Silver-Fork Byron and the Image of Regency England." *Byromania: Portraits of the Artist in Nineteenth-and Twentieth-Century Culture.* Ed. Frances Wilson. New York: St. Martin's, 1999. 77-92.

Eliot, George. *The Mill on the Floss.* London: Blackwood, 1881.

Engel, Elliot and Margaret F. King. *The Victorian Novel before Victoria.* New York: Macmillan, 1984.

The English Gentleman: His Principles, His Feelings, His Manners, His Pursuits. London: George Bell, 1849.

Erickson, Lee. *The Economy of Literary Form.* Baltimore: Johns Hopkins UP, 1996.

Escott, Thomas H. S. *Edward Bulwer, First Baron Lytton of Knebworth: A Social, Personal, and Political Monograph.* London: Routledge, 1910.

Feldman, Jessica. *Gender on the Divide: The Dandy in Modernist Literature.* Ithaca: Cornell UP, 1993.

Feltes, N. N. *Modes of Production in Victorian Novels.* Chicago: U of Chicago P, 1989.

Flavin, Michael. *Gambling in the Nineteenth-Century English Novel.* Brighton: Sussex Academic P, 2003.

Flügel, J. C. "'The Great Masculine Renunciation and Its Causes' from The Psychology of Clothes." *The Rise of Fashion: A Reader.* Ed. Daniel Leonahard Purdy. Minneapolis: U of Minnesota P, 2004. 102-108.

Foulkes, Nick. *The Last of the Dandies: The Scandalous Life and Escapades of Count D'Orsay.* London: Little, Brown, 2003.

Gaskell, Elizabeth. *Mary Barton.* New York: Dent, 1965.

Gettman, Royal. *A Victorian Publisher: A Study of the Bentley Papers.* Cambridge: Cambridge UP, 1960.

Gibbs-Smith, C. H., comp. *The Great Exhibition of 1851: A Commemorative Album.* London: His Majesty's Stationery Office, 1950.

Gilmour, Robin. *The Idea of the Gentleman in the Victorian Novel.* London: George Allen & Unwin, 1981.

Gore, Catherine Frances. *Banker's Wife; or Court and the City.* 3 vols. London: Colburn, 1843.

____________________. *Cecil, or the Adventures of a Coxcomb.* 3 vols. London: Bentley, 1845.

____________________. *The Débutante.* 3 vols. London: Routledge, 1846.

____________________. *The Diary of a Désennuyée.* 2 vols. London: Colburn, 1836.

____________________. *The Hamiltons.* 3 vols. London: Bentley, 1834.

____________________. *Pin Money.* 3 vols. London: Colburn, 1831.

Graham, James. *Corn and Currency: In An Address to the Land Owners.* London: n.p., 1829.

Graham, Peter W. "Bulwer the Moraliste." *Dickens Studies Annual* 9 (1981): 143-62.

Haley, Bruce. *The Healthy Body and Victorian Culture.* Cambridge: Harvard UP, 1978.

Hart, Francis Russell. "The Regency Novel of Fashion." *From Smollett to James: Studies in the Novel and Other Essays Presented to Edgar Johnson.* Ed. S. Mintz, A. Chandler and C. Mulvey. Charlottesville: UP of Virginia, 1981. 84-133.

Hazlitt, William. "The Dandy School." *Examiner* 18 Nov. 1827: 721-23.

______________. "On Effeminacy of Character." *The Complete Works of William Hazlitt.* Ed. P. P. Howe. Vol. 8. London: Dent, 1932. 248-55. 21 vols.

Hibbert, Christopher. *Disraeli: The Victorian Dandy Who Became Prime Minister.* New York: Palgrave, 2006.

Himmelfarb, Gertrude. *The Idea of Poverty: England in the Early Industrial Age.* New York: Knopf, 1984.

____________________. ed. *The Spirit of Age: Victorian Essays.* New Haven: Yale UP, 2007.

Hobhouse, Christopher. *1851 and the Crystal Palace.* London: John Murray, 1951.

Hollander, Anne. *Sex and Suits: The Evolution of Dress.* New York: Kodansa, 1995.

Hook, Theodore. *Danvers. Sayings and Doings, or Sketches from Life.* 3 vols. London: Colburn, 1824.

_______________. *The Man of Many Friends. Sayings and Doings, or Sketches from Life.* 3 vols. London: Colburn, 1825.

Houghton, Walter E. *Victorian Frame of Mind, 1830-1870.* New York: Yale UP, 1957.

Hughes, Winifred. "Silver Fork Writers and Readers: Social Contexts of a Best Seller." *Novel* 25 (1992): 328-47.

Huysmans, J. K. *Against Nature.* Trans. Robert Baldick. Baltimore: Penguin, 1959.

Jerman, B. R. *The Young Disraeli.* Princeton: Princeton UP, 1960.

Jesse, William. *Beau Brummell.* 2 vols. London: Grolier Society, 1844.

Joyce, James. "Araby." *Dubliners.* Harmondsworth, England: Penguin, 1968. 27-33.

__________. *Ulysses.* Middlesex: Penguin, 1969.

Joyce, Stanislaus. *My Brother's Keeper.* New York: Viking, 1958.

Kelly, Gary. *English Fiction of the Romantic Period 1789-1830.* London: Longman, 1989.

Kelly, Ian. *Beau Brummell: The Ultimate Man of Style.* London: Free P, 2006.

Kendra, April. "Gendering the Silver Fork: Catherine Gore and the Society Novel." *Women's Writing* 11 (2004): 25-39.

___________. "Silver Forks and Double Standards: Gore, Thackeray and the Problem of Parody." *Women's Writing* 16 (2009): 191-217.

Kingsley, Charles. "Recent Novels." *Fraser's Magazine* 39 (1849): 417-32.

Knight, Charles. *Passages of a Working Life during Half a Century, with a Prelude of Early Reminiscences.* Shanon: Irish UP, 1972.

Landon, Letitia E. *Romance and Reality. Silver Fork Novels 1826-1841.* Ed. H. D. Jump. Vol. 2. London: Pickering & Chatto, 2005. 6 vols.

Levine, George. *The Realistic Imagination: English Fiction from Frankenstein to Lady Chatterley.* Chicago: U of Chicago P, 1981.

Lister, Thomas Henry. *Granby.* 3 vols. London: Colburn, 1826.

_________________. *Herbert Lacy.* 3 vols. London: Colburn, 1828.

"Literary Recipes: How to Cook Up a Fashionable Novel." *Punch* 1 (1842): 38-41.

Litvak, Joseph. "Kiss Me Stupid: Sophistication, Sexuality, and Vanity Fair." *Novel: A Forum on Fiction* 29 (1996): 223-42.

Lytton, Robert. *The Life, Letters, and Literary Remains of Edward Bulwer, Lord Lytton, by His Son.* Vol. 1. London: Tench, 1883. 2 vols.

Maginn, William. "The Dominie's Legacy: Fashionable Novels." *Fraser's Magazine* 1 (1830): 320-35.

______________. "Mr. Edward Lytton Bulwer's Novels; and Remarks on Novel Writing." *Fraser's Magazine* 1 (1830): 509-32.

______________. "The Novels of the Season." *Fraser's Magazine* 3 (1831): 318-35.

Margetson, Stella. *Victorian London.* London: Macdonald, 1969.

Maurois, Andre. *Disraeli: A Picture of the Victorian Age.* New York: Appleton, 1928.

"Mens Sana in Corpore Sano." *Bailey's Magazine of Sports and Pastimes* 7 (1864): 328-35.

Meynell, Wilfred. *The Man Disraeli.* London: Hutchinson, 1927.

Mill, John Stuart. *Literary Essays.* Ed. Edward Alexader. Indianapolis: Bobbs-Merrill, 1967.

Moers, Ellen. *The Dandy: Brummell to Beerbohm.* Lincoln: U of Nebraska P, 1978.

Morgan, Marjorie. *Manners, Morals and Class in England, 1774-1858.* New York: St. Martin's, 1994.

Newman, Gerald. *The Rise of English Nationalism: A Cultural History 1740-1830.* New York: St. Martin's, 1987.

O'Cinneide, Muireann. *Aristocratic Women and the Literary Nation, 1832-1867.* New York: Palgrave, 2008.

Official Descriptive and Illustrated Catalogue. London: Spicer Brothers, 1851.

Oldstone-Moore, Christopher. "The Beard Movement in Victorian Britain." *Victorian Studies* 48 (2005): 7-34.

Perekins, S. H. "The Middle Classes in Great Britain." *Christian Examiner* 48 (1850): 266-80.

"The Progress of Coxcombry." *New Monthly Magazine and Literary Journal* 8 (1823): 532.

Ray, Gordon. *Thackeray: The Uses of Adversity.* Oxford: Oxford UP, 1955.

Rev. of *Pin Money,* by Catherine Frances Gore. *Westerminster Review* 15 (1831): 430-38.

Rev. of *Sayings and Doings* (Second Series), by Theodore Hook. *London Magazine* 1 (1825): 379-87.

Rev. of *Tremaine; or the Man of Refinement,* by Robert Plumer Ward. *Blackwood's Magazine* 17 (1825): 518-32.

Rev. of *Tremaine; or the Man of Refinement,* by Robert Plumer Ward. *Gentleman's Magazine* 95 (1825): 56-57.

Rev. of *Tremaine; or the Man of Refinement,* by Robert Plumer Ward. *London Magazine* Apr. 1825: 527-38.

Rev. of *Tremaine; or The Man of Refinement,* by Robert Plumer Ward. *Quarterly Review* 33 (1826): 474-90.

Rev. of *Tremaine; or the Man of Refinement,* by Robert Plumer Ward. *U.S. Literary Gazette* 3 (1825): 121-29.

Rev. of *Tremaine; or the Man of Refinement,* by Robert Plumer Ward. *Westminster Review* 4 (1825): 293-310.

Rev. of *The Two Friends.,* by Lady Marguerite Blessington. *London Literary Gazette* 19 (1835):

173-91.

Ribeiro, Aileen. *The Art of Dress: Fashion in England and France, 1750-1820.* New Haven: Yale UP, 1995.

Richards, Thomas. *The Commodity Culture of Victorian England: Advertising and Spectacle, 1851-1914.* Stanford: Stanford UP, 1990.

Rosa, Matthew Whiting. *The Silver-Fork School: Novels of Fashion Preceding Vanity Fair.* New York: Columbia UP, 1936.

Ruskin, John. *Modern Painters.* London: George Allen, 1904.

Sadleir, Michael. *Bulwer: A Panorama: Edward and Rosina, 1803-1836.* Boston: Little, Brown, 1931.

______________. *Nineteenth-Century Fiction: A Bibliographical Record Based on His Own Collection.* London: Constable, 1951.

Sedgwick, Eve Kosofsky. *Between Men: English Literature and Male Homosocial Desire.* New York: Columbia UP, 1985.

Shannon, Brent. *The Cut of His Coat: Men, Dress, and Consumer Culture in Britain, 1860-1914.* Athens: Ohio UP, 2006.

Shuttleworth, Sally. "Demonic Mothers: Ideologies of Bourgeois Motherhood in the Mid-Victorian Era." *Rewriting the Victorians: Theory, History, and the Politics of Gender.* Ed. Linda M. Shires. New York: Routledge, 1992.

Simmel, Georg. "Fashion." *The Rise of Fashion: A Reader.* Ed. Daniel Leonhard Purdy. Minneapolis: U of Minnesota P, 2004. 289-309.

Siskin, Clifford. "Novels and System." *NOVEL: A Forum on Fiction* 34 (2001): 203-15.

Spacks, Patricia Meyer. *Boredom: The Literary History of a State of Mind.* Chicago: U of Chicago P, 1995.

Stanhope, Marianne Spencer. *Almack's: A Novel.* 3 vols. London: Saunders & Otley, 1826.

Stewart, Susan. *On Longing: Narratives of the Miniature, the Gigantic, the Souvenir, the Collection.* Durham: Duke UP, 1993.

Strachan, John. *Advertising and Satirical Culture in the Romantic Period.* Cambridge: Cambridge UP, 2007.

Summer, Charles. *Memoir and Letters of Charles Summer.* Ed. Edward C. Pierce. 2 vols. Boston: Robert Brothers, 1877.

Sussman, Herbert. *Victorian Masculinities: Manhood and Masculine Poetics in Early Victorian Literature and Art.* Cambridge: Cambridge UP, 1995.

Sutherland, John. "Henry Colburn: Publisher." *Publishing History* 19 (1986): 59-84.

______________. *Victorian Fiction: Writers, Readers, and Publishers.* New York: St. Martin's, 1995.

Thackeray, William Makepeace. *The Book of Snobs.* Ed. John Sutherland. St. Lucia: U of Queensland P, 1978.

____________________________. "Diamond Cut Diamond." *The Yellowplush Correspondence.* Ed. Peter L. Shillingsburg. New York: Garland, 1991. 27-39.

____________________________. "The Four Georges." *The English Humorists & the Four Georges.* London: Dent, 1949. 289-423.

____________________________. *The History of Pendennis.* Ed. John Sutherland. Oxford: Oxford UP, 1994.

____________________________. "Lords and Liveries, by the Authoress of Dukes and Dejeuners, Hearts and Diamonds, Marchionesses and Milliners, etc. etc." *Contributions to Punch.* Vol. 6. New York, Harper, 1898. 512-14. 14 vols.

____________________________. "Men and Coats." *The Complete Works.* Vol. 13. London: Smith Elder, 1899. 600-601. 22 vols.

____________________________. "Mr. Brown's Letters to a Young Man About Town." *Punch* 16 (1849): 115.

____________________________. "Mrs. Gore's Sketches of English Character." *Contributions to the Morning Chronicle.* Ed. Gordon N. Ray. Urbana: U of Illinois P, 1966. 139-42.

____________________________. *Vanity Fair.* Ed. Peter L. Shillingsburg. New York: Norton, 1994.

Tocqueville, Alexis de. *The Old Régime and the French Revolution.* Trans. Stuart Gilbert. Garden City: Doubleday, 1955.

Trevelyan, G. M. *English Social History: A Survey of Six Centuries, Chaucer to Queen Victoria.*

New York: Mckay, 1942.

Tuite, Clara. "Trials of the Dandy: George Brummenll's Scandalous Celebrity." *Romanticism and Celebrity Culture, 1750-1850.* Ed. Tom Mole. Cambridge: Cambridge UP, 2009. 143-67.

Veblen, Thorstein. *The Theory of the Leisure Class.* New York: Sentry, 1965.

Wagner, Tamara. *Financial Speculation in Victorian Fiction.* Columbus: Ohio State UP, 2010.

______________. "Silver Fork Legacies." *Women's Writing* 16 (2009): 301-22.

______________. "A Strange Chronicle of the Olden Time: Revisions of the Regency in the Construction of Victorian Domestic Fiction." *Modern Language Quarterly* 66 (2005): 443-75.

Wahrman, Dror. *Imagining the Middle Class: The Political Representation of Britain, c.1780-1840.* Cambridge: Cambridge UP, 1995.

Ward, Robert Plumer. *Tremaine; or A Man of Refinement.* 3 vols. London: Colburn, 1825.

"What is a Peer?" *The Poor Man's Guardian* 8 Oct. 1841: 3.

White, Charles. *Almack's Revisited.* 3 vols. London: Saunders, 1828.

Wilde, Oscar. *The Picture of Dorian Gray and Other Writings.* New York: Bantam, 1982.

Willis, Robert. *Lectures on the Results of the Great Exhibition.* London : Bogue, 1852.

Wilson, Cheryl. "Almack's and the Silver Fork Novel." *Women's Writing* 16 (2009): 237-52.

주석

머리말 _ 따라하기와 구별짓기

1 Sally Shuttleworth, "Demonic Mothers: Ideologies of Bourgeois Motherhood in the Mid-Victorian Era", p. 42.

2 Clifford Siskin, "Novels and System", p. 209.

3 Myron Franklin Brightfield, *Theodore Hook and His Novels,* p. 279.

4 David Cannadine, *The Rise and Fall of Class in Britain,* p. 73.

5 Michael Sadleir, *Bulwer: A Panorama: Edward and Rosina, 1803-1836,* p. 118.

1부 실버포크 소설의 부상

1 Michael Sadleir, *Bulwer: A Panorama: Edward and Rosina, 1803-1836,* p. 119.

2 William Makepeace Thackeray, "Lords and Liveries, by the Authoress of Dukes and Dejeuners, Hearts and Diamonds, Marchionesses and Milliners, etc. etc", p. 513.

3 Simon During, "Regency London", p. 335.

4 Ellen Moers, *The Dandy: Brummell to Beerbohm,* pp. 43~44.

5 Charlotte Bronté, *The Brontés: Their Lives, Friendships and Correspondence,* p. 150.

6 발딕 Robert Baldick의 『결투: 결투의 역사(The Duel: A History of Duelling)』, pp. 121~39를 참조할 것.

7 플래빈 Michael Flavin의 『19세기 영국소설에서의 도박(Gambling in the Nineteenth- Century English Novel)』, pp. 65~82를 참조할 것.

8 Michael Sadleir, 앞의 책, p. 127.

9 William Hazlitt, "The Dandy School", p. 722.

10 위의 책, p. 723.

11 William Maginn, "The Dominie's Legacy: Fashionable Novels", p. 321.

12 William Maginn, "Mr. Edward Lytton Bulwer's Novels", p. 532.

13 Ian Kelly, *Beau Brummell: The Ultimate Man of Style*, p. 221.

14 Charles Knight, *Passages of a Working Life during Half a Century, with a Prelude of Early Reminiscences*, pp. 220~21.

15 G. M. Trevelyan, *English Social History: A Survey of Six Centuries, Chaucer to Queen Victoria*, p. 472.

16 위의 책, p. 472.

17 Bradley Deane, *The Making of the Victorian Novelist: Anxieties of the Authorship in the Mass Market*, p. xi.

18 Lee Erickson, *The Economy of Literary Form*, p. 170.

19 Edward Bulwer-Lytton, *England and the English*, vol. 2, p. 109.

20 Michael Sadleir, 앞의 책, p. 173.

21 Edward Bulwer-Lytton, 앞의 책, vol. 1, p. 488.

22 Amy Cruse, *The Englishman and His Books in the Early Nineteenth Century*, p. 277.

23 Michael Sadleir, 앞의 책, p. 125.

24 Thom Braun, *Disraeli the Novelist*, p. 30.

25 Andre Maurois, *Disraeli: A Picture of the Victorian Age*, p. 40.

26 Christopher Hibbert, *Disraeli: The Victorian Dandy Who Became Prime Minister*, p. 24.

27 Thom Braun, 앞의 책, p. 30.

28 위의 책, p. 30.

29 E. M. Butler, ed., *A Regency Visitor*, p. 243.

30 Thomas H. S. Escott, *Edward Bulwer, First Baron Lytton of Knebworth: A Social, Personal, and Political Monograph*, p. 153.

31 Royal Gettman, *A Victorian Publisher: A Study of the Bentley Papers*, p. 63.

32 A. Collins, *The Profession of Letters*, p. 192.

33 콜번이 구사했던 퍼핑 전략에 대해서는 서덜랜드John Sutherland의 논문「헨리 콜번: 출판업자(Henry Colburn: Publisher)」, pp. 62~63을 참조할 것.

34 John Sutherland, *Victorian Fiction: Writers, Readers, and Publishers*, p. 62.

35 Winifred Hughes, "Silver Fork Writers and Readers: Social Contexts of a Best Seller", p. 346.

36 위의 책, p. 346.

37 William St. Clair, *The Reading Nation in the Romantic Period,* p. 188.

38 Alison Adburgham, *Silver Fork Society: Fashionable Life and Literature from 1814 to 1840,* pp. 3~7.

39 Andrew Elfenbein, "Silver-Fork Byron and the Image of Regency England", p. 79.

40 N. N. Feltes, *Modes of Production in Victorian Novels,* p. 10.

41 John Strachan, *Advertising and Satirical Culture in the Romantic Period,* p. 253.

42 John Sutherland, "Henry Colburn: Publisher", p. 80.

2부 댄디, 댄디즘, 여성

1 David Cannadine, *The Rise and Fall of Class in Britain,* p. 73.

2 Dror Wahrman, *Imagining the Middle Class: The Political Representation of Britain, c.1780-1840,* p. 250.

3 April Kendra, "Gendering the Silver Fork: Catherine Gore and the Society Novel", p. 26.

4 Thomas Carlyle, *Sartor Resartus,* p. 227.

5 Ellen Moers, *The Dandy: Brummell to Beerbohm,* p. 13.

6 John Ruskin, *Modern Painters,* p. 16.

7 Thomas Carlyle, *The Works of Thomas Carlyle,* vol. 1, p. 104.

8 John Stuart Mill, *Literary Essays,* p. 105.

9 사진복제술은 개인의 이미지와 정체성을 재생산하여 광범위하게 유포되도록 했고, 회전그림판 사진술, 요지경, 만화경, 입체경 등은 실재와는 무관한 가상현실을 창조했다. 19세기에 등장한 시각장치의 발명과 그 사회적 작동방식에 대해서는 크레리Jonathan Crary의 『관찰자의 기법: 19세기의 시각과 모더니티(Techniques of the Observer: On Vision and Modernity in the Nineteenth Century)』를 참조할 것.

10 Pierre Bourdieu, *Distinction: A Social Critique of the Judgement of Taste,* p. 68.

11 위의 책, p. 56.

12 William Maginn, "Mr. Edward Lytton Bulwer's Novels; and Remarks on Novel Writing", p. 514.

13 Charles Summer, *Memoir and Letters of Charles Summer,* vol. 2, p. 23.

14 Alison Adburgham, *Silver Fork Society: Fashionable Life and Literature from 1814 to 1840,* p. 195.

15 Wilfred Meynell, *The Man Disraeli,* p. 38.

16 Sarah Bradford, *Disraeli,* p. 51.

17 Ellen Moers, 앞의 책, p. 41.

18 위의 책, p. 41.

19 Francis Russell Hart, "The Regency Novel of Fashion", pp. 84~85.

20 Georg Simmel, "Fashion", p. 293.

21 댄디에 관한 역사적 고찰은 Ellen Moers, 앞의 책을 참조할 것.

22 J. C. Flügel, "'The Great Masculine Renunciation and Its Causes' from The Psychology of Clothes", p. 103.

23 William Jesse, *Beau Brummell,* vol. 1, p. 55.

24 위의 책, vol. 1, p. 55.

25 Clara Tuite, "Trials of the Dandy: George Brummell's Scandalous Celebrity", p. 147.

26 브러멜의 패션철학과 적용사례에 관해서는 켈리 Ian Kelly의 『뷰 브러멜: 궁극적인 스타일의 남자(Beau Brummell: The Ultimate Man of Style)』를 참고할 것.

27 William Jesse, 앞의 책, vol. 1, p. 56.

28 April Kendra, "Silver Fork and Double Standards: Gore, Thackeray and the Problem of Parody", p. 197.

29 Nick Foulkes, *The Last of the Dandies: The Scandalous Life and Escapades of Count D'Orsay,* p. 248.

30 Edward Bulwer-Lytton, *England and the English,* vol. 2, p. 131.

31 Peter Bailey, "'A Mingled Mass of Perfectly Legitimate Pleasures': The Victorian Middle Class and the Problem of Leisure", p. 101.

32 Charles Baudelaire, *Art in Paris, 1824-1862,* pp. 27~28.

33 Charles Baudelaire, *The Painter of Modern Life and Other Essays,* p. 24.

34 Jules Barbey d'Aurevilly, *Dandyism,* p. 33.

35 Winifred Hughes. "Silver-Fork Writers and Readers: Social Contexts of a Best Seller", p. 330.

36 Brent Shannon, *The Cut of His Coat: Men, Dress, and Consumer Culture in Britain, 1860-1914,* p. 130.

37 Jules Barbey d'Aurevilly, 앞의 책, p. 264.

38 Patricia Meyer Spacks, *Boredom: The Literary History of a State of Mind,* p. 199.

39 Eve Kosofsky Sedgwick, *Between Men: English Literature and Male Homosocial Desire,* p. 93.

40 위의 책, p. 93.

41 Jessica Feldman, *Gender on the Divide: The Dandy in Modernist Literature,* p. 13.

42 William Hazlitt, "On Effeminacy of Character", pp. 248~49.

43 Jessica Feldman, 앞의 책, p. 11.

44 와일드의 동성애 혐의에 관한 재판에 관해서는 신필드 Alan Sinfield의 『와일드의 세기: 여자 같음, 오스카 와일드, 그리고 퀴어의 순간(The Wilde Century: Effeminacy, Oscar Wilde, and the Queer Moment)』과 코헨 Ed Cohen의 『와일드의 편을 드는 이야기: 남성섹슈얼리티 담론의 계보학을 향해(Talk on the Wilde Side: Toward a Genealogy of a Discourse on Male Sexualities)』를 참조할 것.

45 Jean Baudrillard, *Selected Writings,* p. 24.

46 Thorstein Veblen, *The Theory of the Leisure Class,* pp. 160~61.

47 Susan Stewart, *On Longing: Narratives of the Miniature, the Gigantic, the Souvenir, the Collection,* p. 151.

48 J. K. Huysmans, *Against Nature,* p. 181.

49 Walter Benjamin, *Illuminations,* p. 67.

50 William Hazlitt, "The Dandy School", p. 152.

51 위의 책, p. 153.

52 Charles Baudelaire, *The Painter of Modern Life,* p. 27.

53 William Maginn, "The Novels of the Season", p. 325.

54 영문학 연구에서 실버포크 소설은 낭만주의시대 소설과 빅토리아시대 소설 사이에 위치

한 빈 공간으로 존재했다. 실버포크 소설이 19세기 영문학의 발전에 있어서 "보통 인정하는 것보다 훨씬 더 영향력 있는 역할을 수행한"(Tamara Wagner, *Financial Speculation in Victorian Fiction*, p. 31) "역사적인 중요성"(Richard Cronin, *Romantic Victorians*, p. 142)을 지닌 장르라는 주장이 드물게 발견되기는 하지만, 이들의 경우에도 실버포크 소설의 중요성은 낭만주의시대 문학연구와 빅토리아시대 문학연구를 이어주는 "연결선"(Richard Cronin, 위의 책, p. 143) 역할로 제한되어 규정된다.

55 April Kendra, "Silver Forks and Double Standards: Gore, Thackeray and the Problem of Parody", p. 191.

56 새커리는 고어와 같은 여성 실버포크 소설가들이 수행한 역할에 대해 "경이롭다"(Mrs. Gore's Sketches of English Character, p. 139)고 표현한 바 있다.

57 가장 대표적인 논문으로는 와그너Tamara Wagner의 「실버포크 유산들(Silver Fork Legacies)」을 들 수 있고, 저서로는 오시네이드Muireann O'Cinneide가 쓴 『귀족여성과 문학국가, 1832-1867(Aristocratic Women and the Literary Nation, 1832-1867)』을 꼽을 수 있다.

58 대표적인 논문으로는 와그너Tamara Wagner의 「"고대의 기이한 연대기": 빅토리아시대 가정소설 구성에서의 섭정시대 수정('A Strange Chronicle of the Olden Time': Revisions of the Regency in the Construction of Victorian Domestic Fiction)」이 있다.

59 윌슨Cheryl Wilson의 「알막스와 실버포크 소설(Almack's and the Silver Fork Novel)」과 케이시Ellen Casey의 「실버포크 소설과 상품 텍스트: 모간 부인과 애서니움(Silver Forks and the Commodity Text: Lady Morgan and the Athenaeum)」이 대표적인 연구물이다.

60 대표적인 논문으로는 켄드라April Kendra의 「실버포크 소설을 성별화하기: 캐서린 고어와 사교계 소설(Gendering the Silver Fork: Catherine Gore and the Society Novel)」이 있다.

61 April Kendra, 위의 논문, p. 26.

62 Marjorie Morgan, *Manners, Morals and Class in England, 1774-1858*, p. 25.

63 Michael Sadleir, *Bulwer: A Panorama: Edward and Rosina, 1803-1836*, p. 127.

64 Richard Altick, *The Presence of the Present: Topics of the Day in the Victorian Novel*, p. 35.

65 E. M. Butler, ed., *A Regency Visitor*, pp. 242~43.

66 Thomas H. S. Escott, *Edward Bulwer, First Baron Lytton of Knebworth: A Social, Personal, and Political Monograph*, p. 153.

67 이런 시각은 앤더슨Bonnie Anderson의 논문 「캐서린 고어가 쓴 글들(The Writings of

Catherine Gore)」과 엘펜바인 Andrew Elfenbein이 쓴 「실버포크 바이런과 섭정시대 영국의 이미지(Silver-Fork Byron and the Image of Regency England)」에서 드러난다.

68 사교계 데뷔에 관해서는 대비도프 Leo Davidoff의 『최고의 집단들: 사교계, 에티켓, 사교시즌(The Best Circles: Society, Etiquette and the Season)』, pp. 24~52를 참조할 것.

69 Gerald Newman, *The Rise of English Nationalism: A Cultural History 1740-1830,* p. 17.

70 Leo Davidoff, 앞의 책, p. 52.

71 Claire Bainbridge, "Introduction", vol. 1, p. xxxiii.

3부 실버포크 소설의 몰락

1 Winifred Hughes, "Silver Fork Writers and Readers: Social Contexts of a Best Seller", p. 329.

2 Robin Gilmour, *The Idea of the Gentleman in the Victorian Novel,* p. 53.

3 Louis Cazamian, *The Social Novel in England 1830-50,* p. 246.

4 George Levine, *The Realistic Imagination: English Fiction from Frankenstein to Lady Chatterley,* p. 14.

5 Charles Kingsley, "Recent Novels", p. 417.

6 Thomas Carlyle, *Sartor Resartus,* p. 211.

7 Thomas Carlyle, "Sir Walter Scott", p. 181.

8 William Makepeace Thackeray, "Men and Coats", p. 601.

9 J. R. Dinwiddy, *From Luddism to the First Reform Bill: Reform in England 1810-1832,* p. 28.

10 James Graham, *Corn and Currency: In An Address to the Land Owners,* p. 9.

11 Charles Kingsley, 앞의 글, p. 417.

12 "What is a Peer?", p. 3.

13 Gertrude Himmelfarb, *The Idea of Poverty: England in the Early Industrial Age,* p. 312.

14 William Maginn, "Mr. Edward Lytton Bulwer's Novels; and Remarks on Novel Writing", p. 514.

15 William Makepeace Thackeray, “The Four Georges”, p. 388.

16 Matthew Arnold, “The Buried Life”, p. 446.

17 John Stuart Mill, *Literary Essays,* p. 56.

18 많은 연구자들은 칼라일을 댄디즘 공격의 대표자로 규정한다. 『댄디The Dandy』의 저자 모어스 Ellen Moers, 『빅토리아시대 소설에서의 신사에 대한 견해(The Idea of the Gentleman in the Victorian Novel)』를 쓴 길머 Robin Gilmour, 『장터의 목가: 오스카 와일드와 빅토리아 시대의 대중(Idylls of the Marketplace: Oscar Wilde and the Victorian Public)』의 저자 개그니어 Regenia Gagnier를 그 대표적인 연구자로 들 수 있다.

19 Thomas Carlyle, *Sartor Resartus,* p. 207.

20 위의 책, p. 207.

21 위의 책, pp. 209~10.

22 위의 책, p. 164.

23 Thomas Carlyle, *Heroes and Hero-Worship,* p. 449.

24 위의 책, p. 442.

25 칼라일은 가까운 사람들에게 보낸 편지에서 스스로를 광야에서 외치는 세례요한에 비유하곤 했다. 자신이 영웅주의의 거친 예언자이고 댄디즘의 추방자임을 가까운 벗들로부터 확인받고 싶은 마음이 담긴 비유였다.

26 Thomas Carlyle, 앞의 책, p. 350.

27 위의 책, p. 402.

28 Matthew Whiting Rosa, *The Silver-Fork School: Novels of Fashion Preceding Vanity Fair,* p. 6.

29 “The Progress of Coxcombry”, p. 532.

30 “The Dandy of the Present Day and the Beau of Former Times”, p. 43.

31 “Literary Recipes: How to Cook Up a Fashionable Novel”, p. 39.

32 Brent Shannon, *The Cut of His Coat: Men, Dress, and Consumer Culture in Britain, 1860-1914,* p. 28.

33 Ellen Moers, *The Dandy: Brummell to Beerbohm,* p. 234.

34 Adam Badeau, *Aristocracy in England,* pp. 155~56.

35 Alexis de Tocqueville, *The Old Régime and the French Revolution,* pp. 88~89.

36 Edmund Burke, *Reflections on the Revolution in France,* pp. 58~59.

37 Perry Anderson, *English Questions,* p. 126.

38 William Makepeace Thackeray, "Diamond Cut Diamond", p. 29.

39 "The Age of Veneer", p. 240.

40 Gertrude Himmelfarb, *The Idea of Poverty: England in the Early Industrial Age,* p. 100.

41 속물이라는 단어는 새커리가 만들거나, 최소한 활성화시킨 어휘로 알려져 있다. 서덜랜드John Sutherland가 편집한 『속물들의 책』 중 「부록: 속물의 어원학(Appendix: The Etymology of Snob)」, pp. 23~37을 참조할 것.

42 Walter Bagehot, "Sterne and Thackeray", p. 354.

43 William Makepeace Thackeray, *The Book of Snobs,* pp. 133~34.

44 Christopher Oldstone-Moore, "The Beard Movement in Victorian Britain", p. 8.

45 Francis Edmund Anstie, "Corpulence", p. 458.

46 Brent Shannon, 앞의 책, p. 86.

47 Joseph Litvak, "Kiss Me Stupid: Sophistication, Sexuality, and *Vanity Fair*", p. 224.

48 Peter Bailey, "'A Mingled Mass of Perfectly Legitimate Pleasures': The Victorian Middle Class and the Problem of Leisure", p. 15.

49 Walter E. Houghton, *Victorian Frame of Mind, 1830-1870,* p. 184.

50 Thomas Carlyle, "Characteristics", p. 357.

51 Herbert Sussman, *Victorian Masculinities: Manhood and Masculine Poetics in Early Victorian Literature and Art,* p. 19.

52 "Mens Sana in Corpore Sano", p. 335.

53 Anne Hollander, *Sex and Suits: The Evolution of Dress,* p. 87.

54 Brent Shannon, 앞의 책, pp. 23~26.

55 *The English Gentleman: His Principles, His Feelings, His Manners, His Pursuits,* p. 102.

56 Brent Shannon, 앞의 책, pp. 28~29.

57 Leonore Davidoff and Catherine Hall, *Family Fortunes: Men and Women of the English Middle Class, 1780-1850,* p. 229.

58 Brent Shannon, 앞의 책, p. 131.

59 Bruce Haley, *The Healthy Body and Victorian Culture,* p. 206.

60 William Makepeace Thackeray, “The Four Georges”, p. 388.

61 Gordon Ray, *Thackeray: The Uses of Adversity,* p. 14.

맺음말 _ 소비의 시대에 오심을 환영합니다

1 Christopher Hobhouse, *1851 and the Crystal Palace,* p. 175.

2 Robert Willis, *Lectures on the Results of the Great Exhibition,* p. 295.

3 Thomas Richards, *The Commodity Culture of Victorian England: Advertising and Spectacle, 1851-1914,* p. 17.

4 위의 책, p. 169.